Chiemsee-Cowboys

Der Rosenheimer Heinz von Wilk war schon vieles in seinem Leben: Weltreisender, Musiker, Künstleragent und Immobilienhändler. Nach langen Jahren in Spanien lebt er nun seit einiger Zeit im Chiemgau und schreibt hier seine »etwas anderen« Chiemseekrimis.

Dieses Buch ist ein Roman. Handlungen und Personen sind frei erfunden. Ähnlichkeiten mit lebenden oder toten Personen sind nicht gewollt und rein zufällig.

HEINZ VON WILK

Chiemsee-Cowboys

OBERBAYERN KRIMI

emons:

Bibliografische Information der Deutschen Bibliothek
Die Deutsche Bibliothek verzeichnet diese Publikation
in der Deutschen Nationalbibliografie; detaillierte bibliografische
Daten sind im Internet über http://dnb.d-nb.de abrufbar.

Copyright © 2014 by Heinz von Wilk
Copyrights Deutsche Erstausgabe © 2014 by Emons Verlag
Cäcilienstraße 48, 50667 Köln
info@emons-verlag.de
Alle Rechte vorbehalten
Umschlagmotiv: © mauritius images/ib/Digfoto
Umschlaggestaltung: Tobias Doetsch
Gestaltung Innenteil: César Satz & Grafik GmbH, Köln
Druck und Bindung: Books on Demand GmbH, Norderstedt
Printed in Germany
ISBN 978-3-95451-197-6
Oberbayern Krimi
Originalausgabe

Unser Newsletter informiert Sie
regelmäßig über Neues von emons:
Kostenlos bestellen unter
www.emons-verlag.de

Dieses Werk wurde vermittelt durch die Michael Meller
Literary Agency GmbH, München.

Die automatisierte Analyse des Werkes, um daraus Informationen
insbesondere über Muster, Trends und Korrelationen gemäß
§ 44b UrhG (»Text und Data Mining«) zu gewinnen, ist untersagt.

Für meinen Lebensmenschen

Jetzt passieren schon wieder zwei oder drei Sachen gleichzeitig:

Kitzbühel-Stockerdörfl, 18.36 Uhr

Der Rotschopf, eine wirklich attraktive Frau so um die dreißig, dreiunddreißig, tritt vor die Tür und schaut in den Kitzbüheler Abendhimmel. Schnee wird's wohl noch keinen geben, denkt sie. Und für Regen sieht's zu klar aus. Okay, ein paar Wolken sind wie mit Pferdeschweifen ans Firmament gepinselt. Aber die Luft riecht irgendwie nicht nach Regen. Obwohl das ferne Grollen des Donners über den Bergen an Äpfel erinnert, die in eine große alte Holzkiste geschüttet werden.

Über den zementierten Fußweg geht sie zu einem drei Jahre alten roten Honda, der gegen die Fahrtrichtung am Bordstein geparkt ist.

Sie schließt den Wagen auf, wirft beim Einsteigen ihre Handtasche auf den Beifahrersitz und steckt den Schlüssel ins Zündschloss. Während sie sich eine Haarlocke aus der Stirn bläst und im Rückspiegel kurz ihr Gesicht betrachtet, tritt sie die Kupplung durch und dreht den Schlüssel. Es gibt einen leuchtenden hellroten Blitz. Dann, den Bruchteil einer Sekunde später, einen Knall. So heftig, dass in der beschaulichen Nachbarschaft Dutzende Fensterscheiben zerspringen und ein Splitterregen wie ein Diamantschauer in der Straße niedergeht. Rauchschwaden steigen um den explodierten Honda auf.

Träge verziehen sie sich, und dann sieht man, dass die Fahrertür nur noch schief und verbeult an einem Scharnier hängt und der Oberkörper der Frau aus dem Wagen herausbaumelt. Ihre grünen Augen bewegen sich ungläubig und blinzeln, öffnen sich noch einmal weit, dann wird der Blick starr. Ein einzelner Blutstropfen fällt aus ihrem Ohr auf den Bordstein und gerinnt.

»Ich will nicht nach Deutschland. Nicht mal für einen Tag. Ich will nicht in ein Land, in dem viele Mädchen aussehen wie Schweinsteiger und Podolski mit Titten. Warum sind wir nicht von Mailand oder Rom geflogen, sondern haben ab München gebucht?«

Sonny Buonasante, fünfunddreißig, der hinten rechts in dem verschmutzten, dunkelblauen und vollkommen überladenen A4-Kombi mit italienischem Kennzeichen sitzt, nickt mit dem Kopf zum Fenster. Sein etwas jüngerer Bruder Rico neben ihm hält sich den Zeigefinger an die Lippen. Aber zu spät, denn Papa Vito Buonasante, Don Vito, der Lenker des Autos, dreht seinen grauhaarigen Löwenkopf nach hinten und brüllt: »Das ist nicht Deutschland, sondern Bayern, du dämliches Gemüse. *Capisce?* Außerdem sitzt hier vorne eure Mutter. Also Respekt. *Rispetto,* eh? Und wenn wir gleich bei Onkel Musona sind, dann benehmt euch wie echte Sizilianer. *Prego,* eh? Schließlich war Musona zu seiner Zeit in Palermo eine Legende bei der *famiglia. Basta!*«

»Wieso eigentlich Musona? Eigentlich ist der doch einer von den Santinis aus Palermo, oder?« Das ist jetzt Rico, der das fragt. Weil er einerseits den Zorn seines Vaters von seinem Bruder Sonny ablenken will, und andererseits keiner in der Buonasante-Familie (genau genommen: fast keiner) so genau weiß, wie einer aus dem verhassten Santini-Clan ein Onkel in der Buonasante-Familie sein kann.

»*Così«,* sagt Don Vito, während er in der beginnenden Dämmerung den vollbepackten Audi über die Autobahnbrücke in die Chiemseestraße lenkt, »ich erklär's mal für Leute, die so intelligent sind wie ein frisch geschlagener Radicchio: Musona, das heißt so was wie miesepetrige Ziege, und das ist sein Straßenname, sein Kampfname. Schon als Kind war Musona so böse drauf, dass ihm seine Mutter zweimal in der Woche einen Kalbsknochen an einer Schnur um den Hals gebunden hat, damit wenigstens die Hunde in den Gassen von Brancaccio mit ihm gespielt haben. Später, da war er schon der Vollstrecker der Santinis, hat er seine Vorliebe für Kautabak mit Knoblauch-Geschmack entwickelt. Mit dem Mordgeschäft war's dann aber schnell vorbei. Weil Musona so gestunken hat, dass er einfach nicht nahe genug an die Leute herankam, die er umbringen sollte. So ist er dann Geldeintreiber geworden. Das hat gut funktioniert, bis … Ahhh, da ist ein Schild, ich kann's aber nicht lesen, was steht da?«

Der lenkt wieder ab, der schlaue alte Fuchs, denkt sich Sonny und sagt: »Bernau steht da, Papa. Aber warum hat Musona dann hier in Bernau eine Pizzeria, und was genau wollen wir hier?«

»Italiener, die ins Ausland müssen, machen immer erst einmal eine Pizzeria auf. Was anderes kauft man uns auch gar nicht ab. Oder hast du schon einmal von einem Italiener gehört, der Schweinebraten und Semmelknödel verkauft? Also, ich hab gehört, dass Musona versucht hat, in seinem alten Job weiterzumachen. Hat aber nicht geklappt, weil er die Sprache hier noch nicht so draufhatte. Er hat in Innsbruck einem Mann nachts auf der Straße seine Pistole unter die Nase gehalten und gesagt: ›Isch abe eine Waffel auf disch gerichtet, gib mir deine Geld.‹ Und der Mann hat gesagt: ›Um die Uhrzeit mag ich keine Waffeln mehr, geh pieseln mit deine Kekse.‹ Und da war Musona so in seiner Berufsehre gekränkt, dass er Innsbruck fluchtartig verlassen und hier die Pizzeria übernommen hat.«

»Schon klar, aber trotzdem: Warum ausgerechnet eine Pizzeria?« Rico fragt das jetzt.

»*Certo* Pizzeria, du dummer Kürbis«, faucht Don Vito, »was soll er denn sonst machen? Warst du schon einmal in einem Eskimo-Restaurant? Nein? Da kriegst du ein tiefgefrorenes Robbensteak, das kannst du erst einmal eine Stunde lang auf Zimmertemperatur lutschen, bevor du es essen kannst. Aber Pizza und Pasta, das geht immer, und das mögen alle. Wir bleiben nur ein paar Tage bei Musona, bis unser Geld aus Sizilien da ist. Besser so, dann weiß keiner, was wir machen und wo wir hinfliegen. Und dann geht's weiter nach New Jersey. Ich kann's kaum erwarten, Tony Soprano kennenzulernen. Big T., so nennen sie ihn da.«

»Papa«, sagt Maria Buonasante zu ihrem Mann und streicht ihm zärtlich durch die graue Mähne, »Papa, Tony ist eine Figur aus einer Fernsehserie, ein Schauspieler, und die anderen auch, aber uns wird's in New Jersey sicher gut gehen. Und wir werden tolle Sachen erleben.«

Kurz darauf sieht Don Vito die von Scheinwerfern angestrahlte Bernauer Kirche und sagt: »*Demone mio*, wo ist diese Dingsstraße, wo die Pizzeria ist? Kann denn keiner von euch *stronzi* da hinten einen Stadtplan lesen?«

»Steht da an der Ampel: geradeaus. Also fahr, Papa, fahr zu!«

»Da, schau, jetzt hat es schon wieder einen erwischt. Schon der zweite Wirt von der Fraueninsel.« Die Nellie, zornig und mit einer neuen hellblonden Kurzhaarfrisur, wirft dem Stocker die Zeitung auf den Tisch, dass das Kaffee-Haferl einen entsetzten Sprung nach rechts macht. »Ich hab beide gekannt. Und beide konnten schwimmen wie besoffene Pinguine. Von denen ist keiner ertrunken. So!«

Stocker ist noch nicht so ganz wach, denn gestern war wieder Party mit Livemusik in seiner Musikkneipe, der »Endstation«. Vorsichtig schiebt er seinen Kaffee aus der Gefahrenzone und schnappt sich die Zeitung. Im Gastraum riecht es nach Bier, Wein und Rock 'n' Roll. In der Ecke neben der alten Theke stehen die Instrumente: Gitarre, Bass und sein Schlagzeug. Aus der Küche hört man den Zeno laut und erfrischend falsch »Santa Maria« singen, während er Gemüse schneidet. Allerdings hat er den Text etwas modifiziert und singt: »Es ist noch Sand da, Maria, es ist noch immer Sand da, Maria …«

Die Nellie, trotz der frühen Stunde mit dem ersten Gin Tonic des Tages bewaffnet, nimmt einen heftigen Schluck.

»Wenn du so verpennt aus der Wäsche schaust, dann siehst du dem Jo, dem Wirt aus ›Rosenheim-Cops‹, so was von ähnlich, Stocker. Aber was wollt ich eigentlich sagen? Ach so, ja, den Bergmüller, den hat's vor zwei Wochen erwischt«, sagt sie. »Angeblich ist er nachts beim Segeln über Bord gefallen und ersoffen. Dann jetzt der Schranner Willi, der war sowieso eine Zangengeburt, weil der mit Schwimmflossen an den Haxen auf die Welt gekommen ist. Die beiden sind ertrunken? Das glaubt doch keine Sau, so was. Und depressiv oder so war auch keiner von denen. Weißt noch, wie mich der Schranner neulich am Tresen so blöd angemacht hat, und ich hab gesagt zu ihm: ›Was ist der Unterschied zwischen Schweinen und Männern, Willi? Schweine werden nicht zu Männern, wenn sie besoffen sind!‹ Und jetzt ist der tot. Prost.«

Der nächste Schluck Gin Tonic geht seinen Weg, und die Nellie knallt das leere Glas auf den alten, verschrammten braunen Wirtshaustisch. Seufzend wischt der Stocker ein paar Tropfen von der Zeitung und liest den Artikel. Mit einem Kopfschütteln sagt er dann: »Mit dem Schranner Willi war ich letzte Woche noch radeln. Er wollt mir was erzählen, dann sind wir aber nicht mehr dazu gekommen, weil die Bedienung von der Seiseralm dauernd am Tisch war. Die hat mir eine Klinke ans Knie gelabert wegen dem Artikel in meinem neuen Wirtshausführer. Erst hat sie noch gesagt: ›Wir brauchen keinen Wirtshausführer, ich find mich auch so in meiner Wirtschaft zurecht, und verlaufen hat sich hier drin auch noch keiner.‹ Und jetzt wollen die zwei Seiten. Mit Fotos. Jedenfalls, später, am Parkplatz unten an der Kreuzstraße, da hat der Willi gemeint, er ruft mich die Tage mal an. Dann hat er sein Fahrrad ins Auto gelegt und ist weggefahren. Seitdem hab ich nichts mehr von ihm gehört. Da steht auch, dass der Todeszeitpunkt ungefähr in der Früh um fünf gewesen ist. Das klingt komisch. Was soll der in der Früh um fünf auf dem Chiemsee? Gib mir mal das Telefon rüber, ich ruf den Zuckerhahn an. Wenn's da was gibt, dann weiß der das.«

Die Nellie wischt sich die Hände an ihrer bodenlangen schwarzen Schürze ab und stapft zur Theke. Im Vorbeigehen wirft sie dem ausgestopften Hirschkopf über den Zapfhähnen einen misstrauischen Blick zu. Seit der im letzten Jahr laut und vernehmlich »schöner Arsch« zu ihr gesagt hat, isst sie auch wieder Hirschgulasch. Aber das ist eine andere Geschichte.

Der Zuckerhahn, genau genommen EKHK Donat Zuckerhahn (Erster Kriminalhauptkommissar) und mittlerweile Leiter der SOKO 412/OK (organisierte Kriminalität) beim LKA München, klingt brummig und missmutig: »Grüß dich, Stocker. Lang nichts gehört, wie läuft's denn so mit deiner Kneipe? Was macht mein Ex-Mitarbeiter? Werd ich dir sowieso nie verzeihen, dass du mir meinen besten Mann abgeworben hast. Hinkt er noch immer so?«

»Na ja, das ist beim Zeno mehr so ein Schlurfen, aber die Mädels finden es sexy. Obwohl, die Nellie meint, wenn der Schuss anstatt in den Oberschenkel nur zwanzig Zentimeter weiter nach links gegangen wär, dann hätt's sein komplettes Denkzentrum erwischt.

Donat, was ist denn mit den beiden Wirten von der Fraueninsel? Gibt's da was?«

»Warum?«

»Weil mir der Schranner Willi vor ein paar Tagen was erzählen wollte. Irgendwas hat den bedrückt. Und jetzt ist er tot. Zwei Gastronomen in zwei Wochen, das ist doch komisch, oder? Habt ihr da was?«

»Stocker, du machst schon wieder an was rum, was dich eigentlich gar nichts angeht. Ich kenn die Vorfälle, und wir haben da auch schon einiges auf dem Radar.« Pause in der Leitung, man hört einige schwere Atemzüge, dann sagt der Zuckerhahn: »Pass auf, ich muss heute Nachmittag nach Kitzbühel rüber. Kann ich dir ruhig sagen, du erfährst es ja sowieso: Eine Kollegin, du kennst sie von der München-Sache im letzten Jahr, die ist gestern Abend in Kitzbühel ums Leben gekommen.«

Jetzt ist es der Stocker, der tief durchatmet: »Hab ich die als Frau Steierer kennengelernt, bei der Traian-Sache? Das meinst du doch, oder? Und was heißt … ums Leben gekommen bitte genau?«

Zuckerhahn seufzt und sagt: »Lass uns heute Abend, so um sieben rum, was essen. Such ein kleines, abgelegenes Lokal bei euch in der Ecke raus und gib mir eine SMS für mein Navi durch. Sprich mit niemandem und komm allein.« Damit hat er aufgelegt. Stocker schaut sein Telefon an und dann in die Augen von Zeno, der unbemerkt an den Tisch gekommen ist und sich jetzt die Hände an seiner Kochschürze abwischt: »Probleme?«

»Schaut so aus. Die Frau Steierer ist tot. Nellie, mach uns mal zwei kleine Bier, bitte.«

»Hallo, Sie! Ja, Sie da mein ich. Sie können da nicht rein. Was glauben Sie eigentlich, wer Sie sind?« Erbost steigt der Kitzbüheler Gendarm aus seinem Streifenwagen, der am Straßenrand parkt. Genau vor dem großen dunklen Fleck, an dem gestern noch der rote Honda stand. Der Zuckerhahn, der sich gerade das Haustürschloss mit dem großen Polizeisiegel dran ansieht, richtet sich ächzend auf und geht auf den Polizisten zu: »Wir in München müssen da an gar nichts glauben, wir wissen nämlich, wer wir sind. Schauen Sie, ich zum Beispiel, ich bin der Hauptkommissar Zuckerhahn von der SOKO 412. Hier ist mein Dienstausweis.«

»Na servas. Mein Kompliment, Verehrtester. Was machen Sie hier? Mir wurde nichts avisiert. Und Sie sind eindeutig außerhalb Ihres Dienstbereiches und haben hier überhaupt nix zu suchen.« Der Ton des Uniformierten wird nicht eben freundlicher.

»Genau genommen bringen mich zwei Angelegenheiten hierher«, sagt der Zuckerhahn, dem langsam der Blutdruck steigt. »Erstens hab ich gehört, dass hier oben im Wald«, damit zeigt er am Kopf des Polizisten vorbei auf die bewaldeten Berge, »dass genau hier oben vor ungefähr zweihundert Jahren der erste uniformierte Polizist von den Bäumen runtergefallen und aufrecht aus dem Wald gekommen ist. Und das wollt ich mir ansehen. War bestimmt ein Verwandter von Ihnen. Zweitens: Ich warte hier auf den Major Schmittel vom Wiener BK. Mit dem bin ich verabredet. Und Sie setzen sich freundlicherweise wieder in Ihr Auto und fragen in der Zentrale nach, ob der Major schon auf dem Weg hierher ist. Danke.« Damit dreht sich der Zuckerhahn wieder der Haustür zu.

Eine Minute später hört er Motorengeräusche, und ein grauer Passat kommt hinter dem Streifenwagen zum Stehen. Major Schmittel, ein groß gewachsener, sportlicher Mittvierziger mit hellblauen Augen, kommt mit schnellen Schritten den Weg entlang: »Zuckerl, grüß dich, es is ein Jammer, net wahr, dass uns so was zusammenbringen muss. Komm, geh ma rein. Sie bleiben im Auto, Herr Wachtmeister.«

Schmittel schließt die Haustür auf und bittet den Zuckerhahn ins Innere. Kühl ist es in dem Flur, und im Wohnzimmer sieht's ziemlich unpersönlich aus, wie in einem Hotelappartement.

»Da hat sie also gewohnt, die Mona«, sagt der Zuckerhahn und setzt sich mit einem Seufzer in einen der abgewetzten braunen Sessel. Keine Fotos im Regal, nichts Persönliches, nur ein Stapel mit Stadtplänen und Restaurantprospekten.

Major Schmittel knöpft seinen blauen Mantel auf und holt ein kleines, abgegriffenes Notizbüchlein aus der Innentasche, das irgendwann mal braun war. Auf dem Siebziger-Jahre-Sofa sitzt er dem Zuckerhahn genau gegenüber und beugt sich über den fleckigen, stumpfen Glastisch: »Wir haben sie als Steierer Mona hier in der Anmeldung, Beruf: Journalistin. Aufenthaltszweck: Urlaub. Außer mir und einer Handvoll Leuten im Dezernat in Wien hat keiner gewusst, dass sie eine von euch ist und hier undercover ermittelt hat. Wie ist sie also aufgeflogen?«

»Keine Ahnung, bis jetzt jedenfalls. Die Mona hat mich vor zwei Tagen noch angerufen und gesagt, sie ist an was dran. Die, die hier in Kitz und Kufstein und Umgebung die Spielbanken und einige Restaurant- und Hotelbesitzer erpressen, die werden von jemandem aus dem Chiemsee-Raum gesteuert. Sie hat wohl einen von den Geldeintreibern hier umgedreht, und der hat ihr erzählt, er arbeitet für jemanden oder etwas, von dem keiner was Genaues weiß, das aber so effektiv ist, dass es oder er alle, die reden oder aussteigen wollen, auf üble und grausame Weise zum Schweigen bringt. Vor ein paar Wochen ist bei uns draußen einer mit dem Bukarester Gruß umgebracht worden. Das würde also zusammenpassen.«

»Bukarester Gruß? Klär mich auf.«

»Tja«, sagt der Zuckerhahn, »da wird einer an den Füßen mit dem Kopf nach unten aufgehängt. Hände auf dem Rücken gefesselt. Dann bindet man ihm eine Plastik-Einkaufstasche um den Hals. Aber am Hals locker, dass der arme Hund noch gut atmen kann. Dann schüttet man ihm langsam Wasser oben in die Hosenbeine. Das Wasser läuft am Körper entlang und schlussendlich in die Plastiktüte. Das Opfer ertrinkt. Aber langsam und qualvoll. Das ist der Gruß an alle anderen und motiviert zum Weiterarbeiten.

Kannst du mir glauben. Ich hab gedacht, mit der Rumänen-Gang vom Traian, die wir im letzten Jahr hochgenommen haben, wären diese Methoden auch ad acta, aber da hab ich mich getäuscht.«

»Du kommst deinen Geistern auch nicht aus, Zuckerl, oder?«

»Ich hab geglaubt, die Reihen haben sich ein bisschen gelichtet. Und dass es möglich ist, Dinge hinter sich zu lassen. Hab gedacht, man muss sich nur intensiv genug mit den Gespenstern in seinem Kopf beschäftigen, damit man erkennt, dass es bloß noch Gespenster sind. Aber du kannst gehen, wohin du willst, du nimmst deine Gedanken mit. Überall hin.« Zuckerhahn streicht sich mit einer hilflosen Geste über den fast kahlen Kopf. »Meine Frau hat's vor vielen Jahren auch so erwischt wie jetzt die Mona, das weißt du doch. Die Mona, verdammt noch mal. Hätt ich sie bloß gleich nach dem Telefonat abgezogen und zurück nach München geholt. Meine Schuld.«

»Schuld? Ist ein relativer Begriff«, sagt der Major und blickt in sein Notizbuch. »Und weil wir grad davon reden: Zu der Rumänen-Sache bei euch draußen in Bernau im letzten Jahr, da wollt ich dich eh noch was fragen. Das lässt mir nämlich keine Ruhe. Ich hab mir die Akten angesehen. Also, da oben, bei dem Showdown auf dem Dingsberg da, da kannst du unmöglich mit dem Zeno alleine gewesen sein. Rechts neben dir, da muss noch einer gestanden haben. Und der hat auch geschossen. Zeitgleich mit euch. Sonst wärst du heute nicht hier, mein Freund.«

»So ein Schmarrn«, seufzt der Zuckerhahn, »das ist doch alles Schnee von gestern und längst abgehandelt, also fang jetzt nicht mit so was an.«

»Ist mir auch wurscht«, meint der Major Schmittel, »nur: Du bist nicht Wyatt Earp und verteilst nicht beidhändig Blattschüsse aus der Hüfte. Ich hab mir die Schusskanal-Analyse angesehen und ausgewertet. So was ist eine Spezialität von mir. Und ich sag dir, da war mindestens noch einer. Rechts neben dir. Der hat dreimal geschossen. Und der war dann wie vom Erdboden verschluckt, als deine Kavallerie angerauscht ist. Vier tote Gangster, da in der Halle. Und das waren keine, die im Dunkeln Angst hatten. Die Dunkelheit hat Angst vor denen gehabt. Zuckerl, ich hab auch schon eine Theorie, wer das gewesen sein könnte, der dritte Mann.« Dabei summt der Schmittel die Zither-Melodie von Anton Karas aus dem gleichnamigen Film und sagt: »Ein Name taucht bei der Rumänen-Sache nämlich ein paarmal auf, so ganz am Rande. Und dein Ex-Spitzenmann, der Zeno, der kocht jetzt mit besagtem Phantomschützen in der eigenen Kneipe. Die beiden haben das Gasthaus vor knapp einem Jahr gekauft.«

»Ein alter Hut, das Ganze«, sagt der Zuckerhahn, »außerdem ist der Fall abgeschlossen. Ist auch viel geschlampt worden bei den Ermittlungen. Und den Stocker, den meinst du ja wohl, den kenn ich flüchtig, der ist ungefähr so gefährlich wie ein Furz in der Badewanne.«

»Über deinen Furz hab ich aber ein paar interessante Sachen rausbekommen.« Der Schmittel kratzt sich mit seinem Kuli am Hinterkopf, da, wo die Kopfhaut schon etwas durchwächst: »Die spanischen Kollegen zum Beispiel, die sind fest davon überzeugt, dass dein Stocker was mit zwei toten Rockern da unten am Meer zu tun hat. Gibt aber keine Beweise. Außerdem hatte er an der Costa Blanca irgendwas mit einer Truppe, die sich Manchester-Boys nennt, am Laufen. Übler Haufen, das. Dagegen sind unsere Tiroler Gangs ein schlechter Abklatsch der Wiener Sängerknaben. Der Stocker war für einige Zeit ganz schön aktiv, da in Spanien. Die Guardia Civil hat dir sogar mal ein dickes Aktenpaket geschickt, da ist aber nie was passiert, kam auch keine Nachfrage oder so was, meinten die. Ist ja auch egal. Erzähl mir nur jetzt bitte keinen Scheiß, dafür kennen wir uns zu lange. Dein Stocker, das ist einer, der isst keinen Honig, sondern der kaut die Bienen. Und sein Partner, der Zeno, der liest keine Bücher, sondern der starrt sie so lange an, bis sie ihm freiwillig sagen, was er wissen will. Hast mich?«

»Was willst du, Schmittel?«

»Unbürokratische Zusammenarbeit, Nachbarschaftshilfe, so was in etwa. Die Steierer Mona ist mit C4 in die Luft gesprengt worden. So was gibt's hier beim HOFER, ALDI heißt der bei euch draußen, nicht mal an Weihnachten zu kaufen. Außerdem sind wir ziemlich sicher, dass die Burschen, die hier in der Tiroler Ecke die Casinos und die Kneipiers erpressen, dass die nur zum Abkassieren und Dealen rüberkommen oder halt zu Strafaktionen. Dann verschwinden sie wieder in Richtung Chiemgau, genau wie du gesagt hast. Alles straff organisiert. Die paar Kleinganoven, die wir hier erwischt haben, die wissen nicht viel. Sind nur Helfershelfer. Alles ist zellenmäßig organisiert. Die kennen nicht einmal ihre Kontaktleute persönlich. Alles läuft über Einweghandys und tote Briefkästen. Da sind echte Profis dran. Was hast du bis jetzt?«

»Ja, was hab ich?« Der Zuckerhahn wischt sich über den Mund und beugt sich vor. »Der Typ, mit dem die Mona geredet hat, der ist offiziell Kellner in einem italienischen Restaurant bei Bernau da irgendwo. Viel hat der nicht gesagt. Hat erzählt, dass er der Capo einer Fünf-Mann-Truppe ist. Lauter Süditaliener. Und wenn's was zu tun gibt, kriegt er eine SMS aufs Handy, Absendernummer nicht eruierbar. Da steht dann, wo er neuen Stoff oder schriftliche Informationen für den Einsatz findet. Lesen, auswendig lernen. Zettel an Ort und Stelle verbrennen. Ab in den Einsatz. Das eingesammelte Geld kommt abzüglich der Provision in ein Kuvert und wird irgendwo hinterlegt. Dafür gibt's wieder eine SMS mit genauen Anweisungen. Keiner hat bis jetzt den Abholer gesehen, aber alle haben Angst.«

»Bei uns hier in Tirol, da haben sich die Italiener bisher nur untereinander erpresst und beschissen, aber jetzt geht's richtig zur Sache. Nicht gut. Apropos gut: Was ist das denn für ein Restaurant, da bei Bernau? Guter Laden? Wie schmeckt's denn da bei dem Italiener?«

»Wie bei Oma unterm Arm«, sagt der Zuckerhahn. »Das ist es ja: Von den Köchen kann keiner so richtig kochen, und der Service ist auch nicht gerade professionell. Wenn du dich da bei einem der Kellner übers Essen beschwerst, dann gibt's eine auf die Knabberleiste, und dann kann's schon sein, dass deine Zahnbürste am nächsten Morgen ins Leere greift. Außerdem liegt der Laden irgendwo im Niemandsland. Schwer zu überwachen, das Objekt. In Bernau gibt's auch schon lange einen guten Italiener und in Grassau neuerdings auch, den Pino. Der kocht so was von spitze, sag ich dir. Aber im ›Il Padrino‹, so heißt die Hütte, da sieht's zwar toll aus, doch von Gastronomie versteht da keiner so richtig was. Es stehen auch immer ein paar Mann zu viel als Personal da rum. Meine Theorie: Der Geldeintreiber ist überwacht worden, man hat den mit der Mona gesehen und sich den Burschen geschnappt und zur Brust genommen. Dann haben die sich überlegt, ob die Mona von der Abteilung Greif und Schnapp ist, und das Ergebnis sehen wir ja. Übrigens: Der Geldeintreiber ist seit heute früh von unserem Radar verschwunden. Spurlos. Wahrscheinlich lagert der jetzt irgendwo im Moor zwischen Chiemsee und Grassau und wartet aufs Jüngste Gericht.«

Der Zuckerhahn beugt sich über den Tisch und nimmt dem Major Schmittel das Notizbuch aus der Hand, klappt es zu und gibt es ihm. »Du hast doch selber deine eigene Schattentruppe in Wien, lauter Ehemalige, zum Teil von der COBRA übernommen. Und die machen manchmal Sachen für dich, die die Polizei nicht machen darf. So ganz blöd bin ich auch nicht. Also, was genau willst du?«

»Schaff mir dieses Pack vom Hals, Zuckerl. Ist mir auch wurscht, wie du das machst. Wenn deine Leute was brauchen, ruf mich an. Direkt, meine private Handynummer hast du. Spann den Stocker und den Zeno mit ein. Lass die über ihre eigenen Kanäle arbeiten. Du machst sowieso deinen Job, das weiß ich. Aber wenn hier bei uns Polizisten in die Luft gesprengt werden, einfach so, auf Verdacht, dann muss man die Keule rausholen. *Homo homini lupus est*, Zuckerl, der Mensch ist des Menschen Wolf. Und jetzt wird's Zeit, dass wir auf Wolfsjagd gehen. Morgen früh hast du alle Unterlagen und Tatortanalysen, die ich auch hab. Und alle Infos. Bleib hier, solange du willst, und nimm mit, was du brauchst. Mach's gut, alter Freund, ich geh jetzt.«

Der Major Schmittel senkt den Kopf und schließt die Augen, wie wenn er noch was sagen will. Dann steht er mit einem Seufzen auf, klopft dem Zuckerhahn auf die Schulter und dreht sich zur Tür. Bevor sie hinter ihm zufällt, hört der Zuckerhahn, wie kleine Sekurit-Glassplitter, die immer noch auf dem Gehweg liegen, unter den Schritten des Wiener Majors knirschen. Wie Nussschalen, denkt er sich. Oder getrocknete Buchenblätter, mit denen der Wind seinen flüchtigen Spaß gehabt und sie dann achtlos liegen gelassen hat.

So endet ein junges Leben, denkt sich der Zuckerhahn und zündet sich sein vorletztes Zigarillo an. Wann hab ich zum letzten

Mal eine geraucht?, denkt er sich. In Seeon, in der Klosterstube? Nein, draußen im Biergarten am See. Mit dem Stocker. Voriges Jahr im Sommer war das, denkt er, und ich wollte den Traian, um jeden Preis. Hab ja auch meine Seele dafür verkauft, weil ich gedacht hab, dann ist Schluss mit den Alpträumen, mit den Nächten, die nie aufhören. Dann sind die alten Rechnungen bezahlt. Aber nach der Party ist vor der Party. Und jetzt das. Die Mona, die hab ich gemocht. War eine gute Polizistin. Ein toller Mensch, mit Träumen und Plänen und Hoffnungen und Ängsten. Hat alles hier ein Ende gefunden. Aber nicht für mich, denkt er, nicht für mich, Mona.

Schon wieder zu spät, zwar bloß um gut zwanzig Minuten, aber immerhin, sagt sich der Zuckerhahn, wie er so aus seinem Auto steigt. Der Rücken tut ihm weh und die Seele auch. Aber ich glaub eh nicht mehr an Gott, denkt er sich. Ich glaub allerdings daran, dass jeder Mensch an irgendwas glauben muss. Das Leben ist bloß eine einmalige Chance zwischen zwei Ewigkeiten. Und die wenigsten machen was draus, ich ja auch nicht.

Auf dem kiesbedeckten Parkplatz, direkt vor der braun gestrichenen Holzveranda des alten Forsthauses, da steht die Wanderdüne. Das ist das Auto vom Stocker, ein ziemlich alter 190er Diesel-Mercedes von mittlerweile undefinierbarer Farbe, der liebevoll und ungeniert seine Rostflecken zur Schau stellt.

Jetzt muss man sagen, das »kleine Wirtshaus«, das ist so was wie ein Geheimtipp unter Kennern. Der Stocker, zum Beispiel, der hat lange an den Wirt hinfieseln müssen, bis der ihm die Rezepte für seinen gebackenen Tafelspitz oder für ein paar andere Köstlichkeiten verraten hat.

Der Zuckerhahn steigt ächzend die drei alten Holztreppen hoch in den Flur, an der offenen Küche vorbei, in der der Chef, ganz in Weiß, irgendwas flambiert. Die Flammenzungen tanzen um ihn herum wie auf einem Scheiterhaufen, und es riecht nach Bratensauce mit Cognac. Der Kommissar geht auf den knarrenden Holzdielen nach rechts und öffnet die alte Holztür zur Gaststube. Da sitzt der Stocker, an dem Tisch gleich links neben dem braunen Kachelofen. Genau unter der antiken, laut tickenden Pendeluhr. Ihm gegenüber steht die Lisa, die Bedienung, über den Tisch gebeugt, und hört dem Stocker hingebungsvoll zu. Der hat die prächtigen Alpen von der Lisa genau in Augenhöhe, und der Zuckerhahn hört ihn sagen: »Jetzt mal ganz ehrlich, Lisa, ich bin treu, stubenrein, kann kochen, bügeln und tanzen. Und bring dir jeden Morgen das Frühstück ans Bett. Also, wie schaut's aus mit uns zwei am Sonntagabend?«

Nicht unübel, der Bursche, denkt sich die Lisa, und beugt sich jetzt tiefer über den Tisch, sodass man einen noch besseren Blick in ihre PR-Abteilung hat: »Also wirklich, Albin, irgendwelche Fehler musst du doch haben, oder? Ich mein, hallo, das gibt's ja nicht. Einer wie du?«

»Na ja«, sagt der Stocker. »Ich krieg beim Sex immer Schluckauf, und ich lüg halt gern.«

»Weißt du, was mir an dir so gefällt, Stocker? Nein? Ich nämlich auch nicht!« Die Lisa zieht scharf die Luft ein und schaut nach links, genau auf den Zuckerhahn: »Jessas, Maria und Josef, der Sedlmayr Walter! Ich hab's ja immer gesagt, dass es hier spukt!«

Nun ähnelt der Zuckerhahn auf den ersten Blick wirklich dem toten Volksschauspieler, das muss man schon ganz ehrlich sagen. So was ist er aber gewohnt.

»Mein Boss ist ein jüdischer Zimmermann, und der hat mir heute Ausgang gegeben, also bringen 'S mir doch freundlicherweise ein Bier, junge Frau«, sagt er und setzt sich gegenüber vom Stocker. »Grüß dich, Albin. Lass uns gleich zur Sache kommen: Was ich dir jetzt erzähl, das hab ich vor zwei Stunden von einem Freund beim österreichischen BKA erfahren. Aber inoffiziell. Also, pass auf.«

Und nach zehn Minuten und einer für den Zuckerhahn ziemlich langen Rede nimmt er einen Schluck von seinem Bier: »Jetzt weißt du genauso viel wie ich, ungefähr jedenfalls. Die Mona hab ich auf den Typen angesetzt, weil der eine Schwester in Kitzbühel drüben hat, die besucht er alle zwei Wochen mal. Da sieht das unauffälliger aus, wenn er eine Frau kennenlernt und mit der über alles Mögliche redet. Was wir bisher wussten, das ist, dass hier das übliche Kroppzeug unterwegs ist. Und dass eine Handvoll Wirte erpresst wird, mit der Schutzgeldmasche, das ist auch nichts wirklich Neues. Dass die hier aber gleich innerhalb von vierzehn Tagen zwei von den Wirten umbringen, das passt nicht ins Raster. Da kommen wir jetzt ins Spiel: Die erpressen nicht nur, die dealen auch. Und zwar mit einem neuen, so reinen Stoff, dass es ein paar von den hiesigen Junkies ruck, zuck ins Paradies befördert hat.«

»Wo kommt der Stoff her, aus dem Osten?«, fragt der Stocker.

»Nein, das ist es ja.« Zuckerhahn nimmt einen weiteren Schluck, wischt sich etwas Schaum vom Mund und sagt: »Wir glauben, die machen den Stoff hier selber. Die haben sich einen guten Chemiker mitgebracht. Ist ja heutzutage nicht schwer, so einen zu finden. Ich vermute, die machen ein synthetisches Opioid. Das geht alles mit einfacher Chemie und einem sauberen Küchentisch. Das heißt volle Kontrolle und kein Risiko mit Schmuggel. Jetzt kommt das österreichische BK und sagt, hier bei uns in der Kitzbüheler Ecke, da ist jede Menge los. Die Klitschkos trainieren in Going beim ›Stanglwirt‹. Politiker mit Familie sind da und so weiter. Natürlich haben die ihre eigene Security vor Ort, und die örtliche Polizei ist richtig gut und auch präsent. Aber stell dir nur vor, da passiert, sagen wir mal, in Kufstein irgendwas Größeres mit dieser neuen Droge. Das geht durch die Weltpresse. Dann können die Nobelwirte erst mal dichtmachen. Nein, nicht dichtmachen, aber die Superprominenz, die bleibt für einige Zeit weg. Also darf das Zeug gar nicht erst da drüben ankommen. Der Schmittel glaubt mittlerweile auch, der Stoff kommt von hier, und die Italiener vertreiben den, meint er. Da sollen wir einhaken.«

»Wie viel können die in Heimarbeit produzieren, was denkst du?«

»So zwischen eineinhalb und drei Kilo in der Woche, schätze ich«, sagt der Zuckerhahn und winkt der Bedienung. »Und weißt du was? Der Stoff ist drei Mal stärker als das Heroin, das hier sonst so auf der Straße ist, sagt unser Labor. Wir haben ein paar Proben reinbekommen im Lauf der letzten Wochen.«

»Wollen die Herren was essen?« Die Lisa, die immer noch fix und fertig ist, dass bei ihnen in der Wirtschaft der tote Volksschauspieler sitzt, die denkt sich: Wenn der jetzt was zum Essen bestellt, dann ist der kein Geist.

»Wie ist denn das Gulasch? Gut?«, sagt der Zuckerhahn und zeigt auf die Karte.

»Das? Ist einsame Spitze. Ist aber leider aus. Nehmen 'S doch die gebratene Renke. Die kommt sogar von hier.« Die Lisa beugt sich schräg von hinten über den Zuckerhahn und blinzelt dem Stocker dabei zu. »Das sind Eins-a-Chiemseerenken, und nicht die launischen Biester aus dem Starnberger See, die die ganze Zeit beim Schwimmen das Maul offen haben. Deswegen schmecken die auch wässriger. Oder auch zu empfehlen: das gebratene Rinderherz. Ganz frisch. Von dem hat der Chef vor zehn Minuten grad noch ein EKG gemacht. Darf's in der Zwischenzeit noch ein Bier sein?«

»Nein«, sagt der Zuckerhahn, »eins reicht. Bier hat nämlich zu viele weibliche Hormone. Nach einer Maß reden Männer blödes Zeug, und nach zwei können sie nicht mehr rückwärts einparken. Bringen Sie mir bitte ein Wasser.« Und zum Stocker gewandt: »Jetzt sind wir in einem Alter, wo wir zwar das meiste wissen, uns aber keine Sau danach fragt.«

Gott sei Dank kommt jetzt der Chef des Hauses um die Ecke: »Grüß euch. Das mit dem Alter hör ich auch jeden Tag. Neulich hat meine Frau zu mir gesagt: ›Früher hab ich vor dem Spiegel Grimassen geschnitten, und jetzt rächt der sich an mir. Andererseits hab ich jetzt das Aussehen, das du dir nach dreißig Ehejahren mit mir verdient hast.‹ Und das alles nur, weil sie mich neulich gefragt hat: ›Sag einmal, warum hängt eigentlich das Bild von mir in der Gaststube genau zwischen den beiden Hirschgeweihen?‹ — ›Weil du der kapitalste Bock bist, den ich in meinem ganzen Leben geschossen hab‹, hab ich zu ihr gesagt. Kam nicht so gut. Danach hat sie zwei Tage nichts gesprochen. Und wenn Frauen schweigen, darf man sie dabei nicht unterbrechen. Was gibt's eigentlich bei dir drüben in der ›Endstation‹ heute als Tagesgericht, Stocker? Neulich hab ich dieses tolle Putengeschnetzelte mit Sauerkraut bei dir gegessen.«

Und hier für Sie, wenn Sie grade Hunger kriegen:

Stockers Putengeschnetzeltes mit Sauerkraut

Für vier Personen:
500 g Putenbrust
3 Zwiebeln, 200 ml Weißwein, 300 ml Geflügelbrühe, 500 g Sauerkraut, 1 rote Paprika. Außerdem:
1 TL Kümmel, Knoblauch, 3 EL Olivenöl, 3 EL Paprikapulver, Salz, Pfeffer, 2 Lorbeerblätter, 1 Bio-Zitrone, 100 g Joghurt, eine Handvoll frische Petersilie.
Und so geht's: Putenfleisch klopfen, in Würfel schneiden und in

*Öl wenden, mit dem Paprikapulver, der gewürfelten Paprika,
dem Knoblauch, Pfeffer und Salz für circa zwei Stunden
marinieren.*
*Dann die Zwiebeln würfeln, anbraten. Jetzt das Putenfleisch
portionsweise anbraten und warm stellen.*
*Zwiebeln bei mittlerer Hitze anbraten, das Sauerkraut
dazugeben. Kümmel, Lorbeer, Wein und Geflügelbrühe mit in
den Topf und fünf bis zehn Minuten schmoren lassen. Etwas
Zitronenschale, Kümmel und Joghurt dazugeben sowie das
gebratene Putenfleisch. Noch ein oder zwei Minuten ziehen
lassen, noch mal abschmecken und ab auf die Teller.*
*Dazu: Kartoffelbrei. Aber wenn's geht, die Kartoffeln in der
Schale kochen und samt Schale durch eine Spätzle-Presse
geben. Dann vorsichtig Butter und etwas Milch drunter rühren.
Schmeckt super.*

»Aber wisst's was?«, sagt der Wirt. »Ich mach euch jetzt meinen
panierten Tafelspitz. Mit einem lauwarmen Kartoffelsalat dazu und
ein bissel Vogerlsalat dazwischen. Das schmeckt wie Weihnachten,
sag ich euch.« Und weg ist er.

»Stocker«, sagt der Zuckerhahn und schaut dem Wirt nach,
»spielst du eigentlich Fußball?«

»Nein, ich mach schon gern Sport, wenn ich Zeit hab, aber
dann was ganz anderes. Kein Fußball.«

»Was dann? Tennis? Radfahren?«

»Was? Nein, ich schau gern aus dem Fenster. Warum?«

»Ich mein bloß«, sagt der Zuckerhahn, »ich könnt wetten, dass
ich dich im Fernsehen erlebt hab. FC Basel gegen Bayern München. Eins zu null für die Alphörner. Da war bei den Schweizer
Fußballern ein Stocker dabei. Und der hat so gespielt, wie du
redest. Tja, und genau deswegen wär dein Typ jetzt wieder gefragt.
Geh mal ins ›Il Padrino‹, schau dir den Laden an. Du bist ein Wirt,
der eine oder andere kennt dich, und keiner kommt auf die Idee,
dass du was mit uns zu tun hast. Der Chef-Italiener dort ist ein
Ex-Mafioso. Sein Kampfname war ›die Ziege‹. Eigentlich haben
wir gedacht, der hätte sich hier zur Ruhe gesetzt. Bäckt seine
Mafia-Torten und erzählt von der guten alten Zeit. Aufgefallen

ist uns aber, dass mindestens drei seiner Kellner in Italien eine ellenlange Vorstrafenliste haben. Und gestern Abend, du glaubst es nicht, da taucht plötzlich ein Mafia-Häuptling nebst Familie auf. Don Vito Buonasante, mit seinen zwei erwachsenen Söhnen und seiner Frau Maria. Ganz unauffällig in einem vollbepackten Audi A4. Der steht übrigens immer noch genauso voll hinter der Pizzeria. Rausgenommen haben die nur einen Koffer und ein bisschen Kleinzeug. Was läuft da, Teufel noch mal? Von den italienischen Kollegen von der DIA, der Anti-Mafia-Polizei, hab ich ein umfangreiches Dossier über die Buonasantes gemailt bekommen. Die haben aber noch gar nicht gewusst, dass der alte Don mit Frau und Söhnen außer Landes ist. Da geht irgendwas ab, das spür ich. Ich hab im Wald hinter der Kneipe ein Zweier-Team, aber das muss ich heute Abend, genauer gesagt jetzt, abziehen. Und den Audi würd ich zwar liebend gerne durchsuchen lassen, darf ich aber nicht. Das unterschreibt mir kein Staatsanwalt. Keine ausreichenden Verdachtsmomente und so weiter.«

»So, Männer, hier ist euer gebackener Tafelspitz. Jetzt schaut's euch bloß einmal den leckeren Kartoffelsalat an. Mit frischem Feldsalat vermischt. Muss schon was dran sein, wenn der Wirt von der ›Endstation‹ hier bei uns isst, gell? Obwohl meine Freundin neulich gesagt hat: ›In der ›Endstation‹ vom Stocker, also, da kann man ruhig vom Fußboden essen.‹ — ›Warum‹, hab ich gesagt, ›ist es da so sauber?‹ — ›Nein‹, hat sie gesagt, ›aber da kochen zwei Männer, da liegt in der Küche sowieso das meiste auf dem Boden.‹ Guten Appetit, ihr zwei.«

Mit einer schnippischen Drehung verschwindet die Lisa aus der Gaststube, und der Zuckerhahn sieht den Stocker verwundert an: »Da hab ich vorher was verpasst, oder? Irgendwie hast du die Dame ziemlich vergrätzt. Egal. Was meinst du zu meinem Vorschlag?«

»Was soll in dem Audi sein, was denkst du?« Der Stocker probiert ein Stück von dem dünnen, aber saftigen und goldgelb rausgebackenen Tafelspitz. »Unfassbar, wie der hier kocht. Ich krieg den panierten Tafelspitz nicht so hin. Und dann diese leichte Meerrettichsauce dazu. Einfach ein Gedicht.«

»In dem Audi«, mampft der Zuckerhahn, »in dem Audi könnten Teile für das Labor sein, in dem die Brüder ihre Pillen und Pülver-

chen machen. Oder Essenzen, die man für den Destillierprozess
braucht. So ein Labor in einem gut getarnten Keller unter einem
Restaurant, das wäre doch ideal. Denn der Gestank, der beim
Destillieren und Kochen von Opioiden entsteht, der geht in den
Küchenabzug mit rein und ab in die Luft. Wenn da also Laborteile
drin sind, in dem Audi meine ich, oder Flaschen mit merkwürdi-
gen Flüssigkeiten, dann weiß ich, dass die ihr Teufelszeug in dem
Haus in einem der Keller herstellen.«

»Warum sollen die ihre Ersatzteile und Labormaschinen mit
einem Auto aus Italien bringen lassen?«, fragt der Stocker, nachdem
einige Minuten keiner der Männer was gesagt hat, und fischt das
letzte Stück von dem warmen Kartoffelsalat von seinem Teller.

»Also, du brauchst keine bewusstseinserweiternden Drogen
zu nehmen, Stocker, weil in deinem Kopf nichts ist, das sich zu
erweitern lohnt. Pass auf, der Herr Lehrer erklärt's dir zum Mitschreiben: Weil man so was nicht bei eBay ersteigert oder im
Fachgroßhandel kauft, du Genie. Dann wär das doch für uns von
der Bullerei zu leicht nachzuvollziehen, oder? Nein, wenn das
technische Material, das die so brauchen, wenn das in kleinen
Fuhren aus Italien kommt, fällt das keinem auf. Und wenn die an
der Grenze wirklich mal den Schleierfahndern in die Hände fallen,
na und, dann sagen die einfach, das wären Sachen für den Neffen,
für den Chemiebaukasten oder so. Verstehst? Nein, ihr beide, der
Zeno und du, ihr geht heute Abend noch ins ›Il Padrino‹, und
einer von euch kann vielleicht kurz einen Blick auf den Audi
werfen. Der steht ein paar Meter vom Kücheneingang weg, direkt
vor dem Papiercontainer. Fräulein, zahlen, bitte. Alles zusammen,
der Herr Stocker ist mein Gast.«

»Ich versteh dich schon«, sagt der Zeno in der Küche, wischt sich die Hände an dem karierten Handtuch ab und reicht dem Stocker ein kleines Bier. Auf den Schneidebrettern liegt noch Petersilie rum, daneben Knoblauch, Zwiebeln und Paprika. Es riecht nach Braten, nach Steak und irgendwie auch ein bisschen nach Fisch. »Und den Zuckerhahn, den versteh ich auch. Nur, wenn wir da jetzt rüberfahren, Albin, dann brauchen wir gar nicht erst in die Pizzeria zu gehen. Weil's dann für Essen und Trinken eh schon zu spät wird. Nein, wir laufen durch den Wald hinter der Kneipe und schauen mal, ob wir einen Blick in den Audi werfen können. Um das geht's doch, oder? Wenn wir bis morgen warten, dann haben die den Wagen entladen, und wir haben keinen Schimmer, was drin war. Das ›Il Padrino‹ ist genau zwischen Rottau und Grassau, ein bisschen ab von der B 305. Und ich weiß, wo wir da in der Kendlmühlfilzen parken können. Von dort sind's vielleicht noch zweihundert Meter durchs Unterholz zum ›Padrino‹, und wir kommen hinter dem Laden aus dem Wald. Da sieht uns keiner. Und jetzt sowieso nicht. Weil, wenn's dunkel ist, ist Nacht. Okay?«

Und so fahren die beiden kurz darauf in der Wanderdüne die paar Kilometer von Atzdorf über Prien durch das nächtliche Bernau. An der Ampel, da sieht man links das beleuchtete Wirtshaus und auf der anderen Straßenseite die dunkle Sparkasse. Zeno deutet am Gesicht vom Stocker vorbei rechts in die Aschauer Straße und meint: »Wenn ich hier vorbeikomm und an die Schießerei denke, die wir da hinten hatten, dann tut mir immer das rechte Bein weh. Phantomschmerz oder so was. Hast du nicht auch irgendwas, das immer wieder auftaucht?«

»Ja schon, ich hör in meinem Kopf dauernd mein Lieblingslied: tausend Takte Tinnitus. Obwohl, für so übersinnliche Sachen bin ich schon empfänglich. Meine Oma, die konnte zum Beispiel aus dem Kaffeesatz lesen.«

»Ehrlich?« So was interessiert den Zeno brennend. Außerdem

ist die Ampel immer noch auf Rot. Die haben Rotphasen hier, da könnte man zwischendurch ein Kind zeugen.

»Ja«, sagt der Stocker und dreht die Musik leiser, die aus der Zwölf-Lautsprecher-Anlage des alten Mercedes kommt. »Meine Oma, die hat mich mal eine große Tasse mit fast einem halben Liter Kaffee austrinken lassen, und dann hat sie sich den Kaffeesatz am Boden von dem Haferl genau angesehen. Dann hat sie ein bisschen überlegt, vor sich hin gemurmelt und dann zu mir gesagt: ›In kurzer Zeit wird was mit dir passieren.‹«

»Ich glaub es ja nicht«, sagt der Zeno und vergisst fast, bei Grün wieder anzufahren. »Ja, erzähl, und dann?«

»Sie hat mich gespenstisch angesehen und gesagt: ›Du musst bald pinkeln.‹«

Es riecht nach … ja was? Moos, Erde, Moor, Birken, Fichten und Laubbäumen, nach verwelkten Blättern im morastigen Boden, die sich für die Reise in die Ewigkeit schmücken. Zwischen den Büschen: der Zeno, auf den Knien, mit einem Zeiss-Nachtsichtfernglas mit Infrarot-Restlichtverstärker an den Augen. Hightech im Moor. Daneben, im Schneidersitz: Stocker, mückengeplagt und müde.

»Der Audi steht da«, zischelt der Zeno, »direkt neben dem Papiercontainer. In der Küche ist, glaube ich, niemand mehr. Da ist die Nachtbeleuchtung an. Der Parkplatz ist vorne, aber der ist leer, hab ich vorher von der Straße aus gesehen.«

»Was siehst du noch? Ist wer in der Wohnung im ersten Stock?«

»Glaub ich nicht. Im Lokal brennen noch Lichter. Ein paar Leute sitzen an einem Tisch. Die Wohnung ist ziemlich dunkel. Da läuft aber ein Fernseher. Warte: In der Küche ist doch jemand. Eine Frau. Die macht da irgendwas am Herd. Seh ich aber nicht so genau. Hier, nimm das Glas, ich geh jetzt rüber und schau mir den Audi an.«

»Warum du? Das hier ist eigentlich mein Revier«, sagt der Stocker, den die ganze Pirsch ziemlich nervt. Ich werd zu alt für diese Karl-May-Scheiße, denkt er sich, nimmt dem Zeno das Fernglas ab und fuchtelt gegen einen Schwarm Mücken, der genau vor seiner Nase tanzt.

»Vielleicht, weil ich beim SEK war? Vielleicht, weil ich für so was irgendwann mal supermäßig ausgebildet worden bin?«, sagt der Zeno, und zwar genau in dem Ton, den der Stocker nie leiden konnte. Weil seine Verflossene, die Rosi, immer exakt in dem Ton genervt hat, wenn sie was wollte.

»Ich, mein Bester«, sagt er also, »ich war bei den Gebirgsjägern. Schon vergessen? Schau dich mal um hier. Deshalb, keine Diskussion: Ich geh.«

»Gebirgsjäger. Super. Haut voll rein. Aber mal ganz unter uns Mädels: Siehst du hier im Umkreis von, sagen wir mal, dreihundert

Metern irgendeinen Berg oder gar ein ganzes Gebirge? Nein? Also, mach's gut, Schwester.« Weg ist er, der Zeno.

Der ist so was von naturstoned, denkt der Stocker, außerdem hat er diesen postnatalen Verpisser-Drang. Aber was soll's, er wird es schon richten.

Wahrscheinlich hat der keine Angst, weil er keine Phantasie hat, sollte man meinen. Jetzt muss man aber sagen, leider hat der Zeno etwas zu viel Phantasie, wie sich gleich herausstellen wird. Im typischen SEK-Stil, nämlich tief geduckt, fast auf den Knien, huscht er lautlos die vielleicht achtzig Meter durch das nahezu hüfthohe Gestrüpp. Ein paarmal schnuppert er wie ein alter Hofhund, der vergessen hat, wo er seinen Lieblingsknochen vergraben hat. Die letzten zwanzig Meter oder so geht's über eine Kiesfläche, dann ist er am Audi.

Der Stocker sieht durch das Nachtsichtgerät, wie der Zeno von allen Seiten in den Wagen späht. Zwei, drei kurze Blitze flackern auf, die aber durch das Nachtsichtgerät und die Infrarotverstärkung wie ein gewaltiges Sommergewitter rüberkommen. Stocker nimmt das Glas von den Augen und fährt sich geblendet mit der Hand über das Gesicht. Macht der blöde Hund doch glatt Fotos. Mit seinem Handy in den Wagen rein, das darf doch nicht wahr sein, denkt er sich. In der Küche tut sich nichts, die im Lokal haben anscheinend auch nichts gemerkt. Schwein gehabt.

Und jetzt? Man glaubt es nicht, jetzt schaufelt der Zeno mit den Armen mengenweise Papier aus dem Container unter den Audi und … nein, lieber Gott, bitte nicht … und zündet es an. An vier oder fünf Stellen gleichzeitig züngeln die Flammen unter dem Auto hervor und breiten sich aus. Für eine Sekunde steht er da, der Zeno, vor den schnell heller werdenden Flammen, die Arme ausgebreitet wie ein leuchtendes Ausrufezeichen zu einem noch gar nicht gesagten Satz. Dann rennt, oder besser gesagt, humpelt er in rekordverdächtiger Zeit über die Kiesfläche, durch die Büsche und ist wenige Sekunden später schwer atmend beim Stocker.

»Los, ungeordneter Abmarsch. Gleich ist hier was los.«

Der Stocker, immer noch wie betäubt, schaut zu dem mittlerweile lichterloh brennenden Audi und dann zum Zeno hoch:

»Sag mal, bist du jetzt voll bescheuert, oder was? Du kannst doch nicht einfach die Kiste abfackeln? Hallo?«

»Reden können wir später. Ich hab meine Gründe, mehr als einen. Und Beweise. Einmal Bulle, immer Bulle, vertrau einfach meinen Instinkten. Los jetzt, aufwachen, Mutti. Und ab durch den Rhabarber.«

Die beiden rennen durch das Unterholz und den Moorwald und hören weit hinter sich in der Dunkelheit Stimmen. Italienisch, laut, und alle schreien durcheinander. Stocker schwingt sich hinters Steuer seiner Wanderdüne, und in dem Moment kommt ein gelber Lichtschein durch die Baumstämme und man hört zwei, drei Explosionen. Nicht besonders laut, aber immerhin.

»Da verglüht ein Teil eines Drogenlabors. Super. Wir sind Helden. Yes.« Der Zeno macht die Boris-Becker-Faust, und während der relativ schnellen Rückfahrt hört man von ihm nur: »Ja! Yes! Nicht mit uns. Hast du das gesehen? Hm? So macht man das. So. Yo, Mann.«

Kurz vor Bernau kommt ihnen ein Feuerwehrwagen mit Blaulicht entgegen. Gleich darauf noch einer. Sogar mit Sirene zu dem Blaulicht.

Die letzten Gäste sind schon weg, und in der Gaststube ist nur noch die Notbeleuchtung an. Ein paar matte Lichter verbreiten diffuse Helligkeit in der Nähe der Küchentür. An einem Tisch in der Nähe der Theke sitzen Don Vito und seine beiden Söhne, außerdem Musona und seine Lebensgefährtin, eine übelgelaunte Mittvierzigerin aus Niederbayern. Aus der Gegend von Straubing, genau genommen.

»Also ehrlich, Musona, ich sag es noch einmal: So einen Laden hab ich noch nie gesehen.« Anerkennend schaut sich Don Vito um. Das »Il Padrino« ist ein großer Raum im römischen Stil, mit sechs mächtigen Marmorsäulen in der Mitte. Mit Stuckdecken, und über jedem Tisch hängt ein goldener Leuchter mit zehn oder zwölf Lampen. Alles ist dann natürlich runtergedimmt, wenn Gäste da sind, und an den vier Wänden sind jeweils zwei riesige Flachbildschirme angebracht. Während der Öffnungszeiten laufen Szenen aus »Der Pate«, stumm und in Endlosschleife. Auf jedem Gerät sind andere Filmausschnitte zu sehen, und aus den verdeckt eingebauten Dutzenden von Deckenlautsprechern hört man dazu sizilianische Musik. »So was gibt's nicht einmal bei uns in Palermo, und wir haben den ganzen Schwachsinn erfunden. In Farbe und mit echtem Blut.«

Die Babett, Musonas LAP (Lebensabschnittspartnerin), verdreht genervt die Augen und sagt zu Don Vito: »Und morgen geht's weiter, ja? Ich hab's vergessen, wo wollt ihr gleich wieder hin? New Jersey? Wo ist denn das?«

»Das? Das ist in der Nähe von New York, und da wohnt einer, den ich aus dem Fernsehen kenne. Tony Soprano. Mit seinem ganzen Clan. Gute Leute, das.« Don Vito nimmt einen Schluck von seinem Nero d'Avola, einem 2005er, und schnalzt genießerisch mit der Zunge. »Und für den Tony hab ich sechs Flaschen Grappa im Auto. Selbst gemacht und mit dreiundsiebzig Prozent Alkohol, der geht über die Zunge wie Dynamit und Trüffel. Außerdem meinen Lieblings-Rotwein-Dekanter. Das ist dummerweise ein deutsches Modell. Merkt aber keiner. Ein Riedel-Mamba, so heißt der. Sieht aus wie eine Schlange. Oder wie irgendwas aus einem Frankenstein-Labor. Unfassbar teuer, das Teil. Aber wenn man da einen guten sizilianischen Roten reingibt und den ein bisschen vor sich hin schnappen lässt, *mamma mia*, das ist dann, wie wenn man aus dem Ätna trinkt. *Ecco*, morgen in aller Frühe sollte unser Geld da sein, dann geht's ab. Deswegen haben wir alles im Auto gelassen. Damit wir nicht mehr viel rumpacken müssen. Morgen früh sind wir weg, und morgen Nachmittag sitzen wir im Flugzeug. *Salute!*«

»Ich wollt nie hierher«, sagt die Babett und kippt ihr Bier weg. Das sechste oder siebte, seit sie so dasitzen. Und nach einem herzhaften Rülpser: »Wenn wir vor zwei Jahren in Straubing das ›Chicken-Paradies‹ übernommen hätten, dann wären wir jetzt fein raus. Aber er, der große Don Musona hier, der hat gesagt: ›Ich bin doch kein Hühnerbrater. Die sind doch alle schwul‹, hat er gesagt, ›besonders, wenn die Pommes dazu verkaufen‹, hat er gesagt. Und hier? Hier macht er Pizza Hawaii. Mit Ananas und Bohnen drauf. Die Dorfburschen von hier, die mögen das und furzen dann um die Wette wie die Dudelsackbläser. Da hätt ich auch in Straubing bleiben können.«

Dem Don Vito, dem das alles jetzt ein bisschen peinlich wird, der will das Thema wechseln und sagt: »Wie habt ihr euch eigentlich kennengelernt? Musona hat mir nie davon erzählt.«

»Überfallen hat er mich, in der Altstadt von Wasserburg, am Weihnachtsmarkt. Und hat dann mittendrin gemerkt, dass er seine Pistole vergessen hat.« Jetzt muss sie lächeln, die Babett, und in ihren Augen leuchtet so was wie Restliebe auf. »Aber er war so … hilflos. Irgendwie jedenfalls. Ich hab ja kein Geld mehr dabeigehabt, das hab ich ihm dann auch gesagt. Dann hat er sich entschuldigt und mich auf einen Glühwein eingeladen, und so ist halt das eine zum anderen gekommen, und jetzt sitz ich hier. Ja gut, ich glaub, ich geh mal in die Küche zur Maria und schau, ob ich ihr bei den Gnocchi oder bei der Sauce für morgen helfen kann …«

Dazu kommt es jetzt aber nicht mehr, denn genau in diesem Moment stürzt die Maria vollkommen aufgelöst aus der Küche, wedelt mit ihren mehlverklebten Händen und schreit: »Vito, Vito, *la macchina sta bruciando*, das Auto brennt, *pronto*, ganze Auto, mitte ganze Papiere, *passaporti*, alles. *Catastrofe grande*, Vito, *pronto*, *fare quello che*, mach was!«

Und alle rennen nach draußen, durch die Küche, und der Audi, der brennt und brennt und brennt.

»Da, schau dir die Fotos auf dem Handy an. Wenn das keine Laborteile sind, das dort hinten zum Beispiel, dann weiß ich es auch nicht
mehr. Siehst du die gewundenen Glasdinger? Und die Flaschen mit
der leicht gelben Flüssigkeit? Ja? Jede Menge von den Flaschen auf
dem Rücksitz. Sechs davon hab ich hier auf dem Foto. Da. Und der
Rest von dem Giftküchenzeug, das ist natürlich unter der Wolldecke
hier. Ist doch klar. Wenn wir da draußen im Wald gewartet hätten, bis
die Kollegen vom Schützenverein Grün-Beige endlich vor Ort sind,
dann hätten die Gangster doch alles verschwinden lassen können.
Kapiert? Das war präventive Notwehr, das!«

Erregt fuchtelt der Zeno mit seinem Nokia-Handy vor dem
wutroten Gesicht vom Stocker. Der zieht sich den Arm mit dem
Handy dran ganz nah vor die Augen und blinzelt ungläubig.

»Das da, zum Beispiel, das ist ein Wein-Dekanter, du dämlicher
Pisser. Bekannte Marke, fällt mir jetzt nicht ein. Aber das Ding
hab ich in Rosenheim irgendwo im Schaufenster gesehen. Letzte
Woche erst. Kostet so um die zweihundert Euro. Und die Flaschen
da: Ich wette, das ist irgendein Schnaps. Grappa, würd ich einfach
mal sagen, so ohne meinen Telefonjoker zu benutzen. Brennt gut
und explodiert dann gar nicht mal so ungern. Und jetzt? Alles easy
in Brindisi, oder was? Also, du bist so was von Gehirn-inkontinent,
dir kann man echt noch erzählen, dass der jüngere Bruder von
Elvis dann eben Zwölfis heißt, oder?«

Jetzt starrt der Zeno auf das Display und dann auf den Stocker.
»Das wär jetzt echt scheiße, was? Warte mal, ich hol zwei Bier,
und dann machen wir … ja, was?«

Der Zeno marschiert durch die verkratzte alte Schwingtür in
den dunklen Schankraum, und Stocker hört ihn an der Theke
hantieren. Gläser klirren, dann kommt das leicht heisere Fauchen
des Zapfhahns, und schon ist der Zeno mit zwei kleinen Bieren
in der Hand wieder in der Küche. »Dem Zuckerhahn dürfen wir
das jedenfalls nicht erzählen, so, in der Fassung, wie das vorhin
abgelaufen ist«, meint er.

»Doch, genau das tu ich jetzt«, sagt der Stocker und holt sein spezielles Prepaid-Handy aus dem Küchenschrank, genau genommen fischt er es aus einem antiken Topf mit der großen Aufschrift »UNKRAUT«. Unter dem dick aufgemalten Wort steht in kleineren Buchstaben: »Ein Unkraut ist nichts anderes als eine Pflanze, die am falschen Fleck wächst.«

»Wer zum Teufel … es ist halb eins in der Früh! Na logisch, du, Stocker. Was gibt's?« Missmutig grunzt der Zuckerhahn ins Telefon: »Wünsch dir bloß, dass es wichtig ist.«

»Glaub schon. Schau, dass du sofort jemanden zum ›Il Padrino‹ kriegst. Da brennt der Audi vom Vito Buonasante. Hinter der Pizzeria, beim Kücheneingang. Wir waren da, und mindestens eine Feuerwehr ist mittlerweile auch schon da. Wenn die gleich zum Löschen angefangen haben, könnte noch einiges für deine Leute von der KTU übrig sein.«

»Warum brennt jetzt auf einmal … Ist ja egal. Erzähl mir morgen, was ihr noch so alles gesehen habt, ich kümmere mich jetzt um den Audi. Servus und Ende.«

»Das war aber jetzt eine stark bereinigte Form der Wahrheit, oder?« Zeno trinkt sein Bier aus und schaut den Stocker mit großen Augen an.

»Kennst du den japanischen Film ›Rashomon‹?«, sagt der. »Von Kurosawa war der, glaube ich. Aus den fünfziger Jahren. Da geht's drum, dass sich ein paar Leute in einer Dschungelhütte gegenseitig die gleiche Geschichte erzählen. Nur hat sie jeder anders erlebt. Aber jeder von den dreien oder vieren glaubt, dass seine Version der Geschichte die wahre ist. Damit mein ich, dass es immer verschiedene Wahrheiten gibt. Deine, meine, die von den anderen und so weiter.«

»Versteh ich jetzt nicht. Außerdem sind das da draußen in der Filzen Italiener und keine Japaner. Ich hol mal noch zwei kleine.«

»Mach das«, sagt der Stocker. »Was ich meine, ist, dass die Italiener der Polizei gleich eine Geschichte erzählen, und die hören wir uns morgen früh vom Zuckerhahn an. Dann können wir immer noch zugeben, dass du ein behämmerter Pyromane bist. Aber vielleicht kommen wir anders aus der Nummer raus. Wart's erst mal ab.«

Die insgesamt vier Feuerwehr-Löschzüge und Einsatzfahrzeuge sind weg, ebenso der Abschleppwagen des Marquartsteiner Ford-Händlers. Zusammen mit den ziemlich ausgebrannten Resten des Audis hinten auf der Ladefläche. Der Ford-Händler ist immer noch sauer, weil er überhaupt nicht begreifen konnte, warum er mitten in der Nacht in die Kendlmühlfilzen fahren musste, um ein ausgebranntes, vollgeschaumtes und nasstriefendes Autowrack abzuholen. Wenn's wenigstens ein Ford gewesen wär. Aber nein, ein Audi. Wenigstens hab ich jetzt einen Spruch für den Stammtisch, denkt er sich. Was ist der Unterschied zwischen einem Ford und einem Audi? Der Audi brennt länger. Und warum muss der Audi jetzt, sofort und auf der Stelle nach München? Nach München, hallo? Aber der Kriminaler am Telefon, der war so was von unhöflich.

»Ich mach Ihren Laden schneller dicht als Müller-Brot«, hat der ins Telefon gefaucht, das ihm der Grassauer Polizist gereicht hat, »und wegen Behinderung der Justiz krieg ich Sie auch dran, wenn Sie Ihren ölverschmierten Hintern nicht gleich in Richtung Autobahn bewegen. Der Streifenwagen fährt vor Ihnen her, also keine Mätzchen. Gute Nacht und Ende.«

Tja, und recht viel besser ist die Stimmung in der Pizzeria auch nicht: Die Babett hat sich ein großes Helles gezapft, nimmt einen Schluck, rülpst und zeigt mit dem Glas in der Hand auf Musona.

»Jetzt glangt's mir. Aber so was von absolut. Ich hab hiermit offiziell die Schnauze voll von deinem Mafia-Mist. Schau dich bloß mal an, was aus dir geworden ist. Alt bist geworden. Schwerhörig. Und Gicht hast auch. Außerdem Leberflecken wie ein Streuselkuchen. Und einen Blutdruck wie ein alter Fahrradschlauch. Ganz zu schweigen von deinem Prostata-Zeugs. Wenn du aus Versehen mal im Stehen pinkelst, dann schaut die Toilette nachher aus, wie wenn der Nachbar mit der großen Gartengießkanne durchmarschiert wär. Und das alles von dem Stress hier. Wie lange geht das noch? Was? Wie? Ich sag's dir: gar nicht mehr. Weil wir morgen nach

Straubing ziehen. Da, dein Schwager hier, der kann den Laden übernehmen. Ich fahr nach Straubing. Und du auch, *amigo*.«

Musona sitzt da mit gekrümmten Schultern, einem blassen, teigigen Teint und sieht zwischen seinem nervösen Zucken auf seine Hände runter. Auf seine Leberflecken auf den Handrücken, dann schaut er in den großen braungetönten Spiegel hinter der Theke auf sein Ebenbild und denkt sich: So hab ich das alles nicht bestellt, das kannst du mir glauben. Neben ihm hält sich Don Vito an einem doppelten Sambuca fest. Maria weint, und die beiden Söhne sitzen an einem der Tische und reden in schnellem Sizilianisch aufeinander ein.

»Wer war das? Wer hat ein Interesse, mein Auto anzuzünden?« Vito blickt Musona von der Seite an, doch der hat andere Sorgen. »Da war alles drin, was wir dabeihatten, Musona. Die Pässe, okay, die waren falsch. Aber gut gemacht. Die Flugtickets, unsere Koffer, alles verbrannt. Wir wollten doch in aller Frühe fahren. Gleich nachdem mein Geld da ist. Was soll ich jetzt tun?«

»Wie viel Geld kriegst du gebracht, Schwager?«

»Zweihunderttausend. Wir wollten etwas länger in New Jersey bleiben, weil ich in Palermo ein bisschen Probleme hab. Geschäftlich. Mit den Jungs vom Gabelotti-Clan. Die wollen mein Business mit den Olivenbauern. Einer von denen, Sergio Gabelotti, war kurz vor unserer Abreise mit zwei von seinen Knochenbrechern bei mir, mit einem Abtretungsvertrag. Und Sergio hat zu mir gesagt: ›Entweder ist morgen früh deine Unterschrift auf dem Vertrag, oder dein Gehirn.‹ Ich hab nach dem Schürhaken gegriffen, aber einer von den Jungs hat mir seine Kanone gezeigt: ›Du schlägst nur zweimal, alter Mann. Einmal daneben und einmal tot auf den Boden.‹ Das wollte ich Maria und den Jungs aber erst in Amerika erzählen. Sollte alles so aussehen, wie wenn wir nur ein paar Wochen in Urlaub fahren. Stell dir vor, was die alles eingepackt hätten, wenn ich denen gesagt hätte, was Sache ist. Zurück nach Sizilien kann ich auf keinen Fall. Jedenfalls so schnell nicht. Was mach ich denn jetzt?«

»Immobilien!« Musona nickt und gießt sich auch einen Sambuca ein, trinkt und nickt voller Überzeugung seinem tiefbraunen Spiegelbild hinter der Theke zu.

»Immobilien?« Don Vito glotzt seinen Schwager verständnislos an.

»Klar«, sagt der, »jetzt schau dir doch bloß mal diesen englischen *pezzonovante*, diesen Prinz Charles an. Der versteht von Immobilien nicht die Bohne, da wett ich. Verdient aber ein Vermögen damit. Weißt du, was der macht? Nein? Der kauft alte Ruinen, lässt sie herrichten und verkauft sie mit einem Riesengewinn wieder weiter.«

»Und das funktioniert? Ich versteh so gut wie nichts von Immobilien.«

»Der doch auch nicht. Macht aber ein Supergeschäft mit diesen Ruinen, der alte Charles. Na ja, nur eine kriegt er nicht los, die läuft jetzt neben ihm her.« Über so was kann er sich kaputtlachen, der alte Musona. Wird aber schnell wieder ernst und sagt zu seinem Schwager: »Ich glaub, ich hab da eine Idee. Hier, trink noch einen, und dann gehen wir beide in die Küche und kochen was Schnelles aus der Pfanne. Ein bisschen Essen und eine Flasche Nero, das brauchen wir jetzt alle.«

»Ja, hallo? Stocker hier, wer spricht?«

»Geh in Oasch, Stocker, wie die Österreicher sagen!« Offensichtlich hat der KHK Zuckerhahn übelste Laune.

»Du machst unsere Zusammenarbeit von unerfüllbaren Bedingungen abhängig, Donat, mit so was brauch ich meiner Gewerkschaft gar nicht erst zu kommen. Trotzdem: Schönen guten Tag, was gibt's?«

»Was es gibt? Nichts. Im wahrsten Sinne des Wortes. In der Karre war nichts, aber so was von nichts, das glaubst du gar nicht. Und falls da wirklich was war, dann ist es verbrannt. Ach ja, einen ziemlich teuren Wein-Dekanter konnten wir identifizieren. Und ein paar Flaschen, in denen Grappa oder so was gewesen ist, sagen die vom Labor. Den Abschlussbericht krieg ich morgen früh. Das war's dann wohl. Also, wer hat die Scheißkarre angesteckt? Und warum? Ihr wart doch da und habt was gesehen, oder?«

»Ja, schon, aber das ist jetzt nicht so einfach zu erklären, weil —«

»Nein. Stopp. Ich glaub, ich weiß, was jetzt kommt, und ich will es gar nicht so genau wissen, wenn es das ist, was ich glaube. Der Schmittel aus Wien, mit dem hab ich auch telefoniert heute früh, und das ist jetzt interessant. Hör zu: Der meint, dass der Musona seine merkwürdigen Mafia-Kellner von irgendeinem Clan aus Süditalien aufs Auge gedrückt kriegt. Weil alle paar Monate neue sogenannte Kellner da sind, und die dann in alle Himmelsrichtungen wieder verschwinden. Nach Norddeutschland oder Skandinavien oder Spanien. Der Schmittel meint, das sind alles Jungs, denen der Boden in Italien zu heiß geworden ist. Und hier bei uns am Chiemsee, da bleiben die ein paar Monate als Kellner getarnt, dann werden die weitergeleitet. Das würde heißen, dass ich auf einer völlig falschen Fährte war. Na ja, nicht ganz. Die Jungs haben sich hier was dazuverdient als Geldeintreiber und Dealer. Für Mister X. Ging ja alles über fünf Umwege. Und wenn eine neue Truppe in der Grassauer Filzen eingetroffen ist, haben die eben die Jobs von den Vorgängern übernommen. Könnte passen. Der Schmittel meint, er hat jetzt eindeutige Belege, dass das so abgelaufen ist. Seine Leute haben sich da noch mal richtig reingekniet und ein paar Nachtschichten eingelegt. Der alte Musona war möglicherweise ziemlich ahnungslos, was die Nebenjobs seiner Burschen anbelangt. In der Pizzeria hat ja auch keiner von denen gewohnt. Übrigens: Musona und seine Frau, die sind am Packen, berichten meine Leute. Du glaubst es nicht. Und so wie's aussieht, übernimmt der alte Don Vito mit seiner Family das ›Il Padrino‹. Meine Jungs haben mit einem Richtmikrofon mal in den Laden reingehört und mitgekriegt, wie Musona dem Vito erklärt hat, wie das so alles läuft mit den Lieferanten und so. Auch noch interessant: Heute früh um kurz nach sieben, da ist ein Typ, so ein kleiner Kurzer, mit einem Alfa angekommen und hat dem Vito ein Päckchen gegeben, und schon war er wieder weg, der Kleine.«

»War das ein Italiener?«

»Glaub schon«, meint der Zuckerhahn, »das war einer von der kleinwüchsigen Sizilianer-Sorte. Weißt schon, einer von denen, zu dem die Mama schon früh gesagt hat: ›Wenn du groß bist, musst du arbeiten.‹ Und dann überlegen die kurz und hören einfach zu wachsen auf. Auf jeden Fall: Ich hab nichts gegen die in der Hand. Bleib mal dran, fahr noch mal rüber, diesmal vielleicht als Gast oder so. Meine Theorie von dem Labor im Keller, die war so gut, da muss doch was dran sein, oder? Andererseits, je länger ich drüber nachdenk, desto mehr stimmt nicht bei der ganzen Sache.«

»Was meinst du?«

»Schau«, sagt der Zuckerhahn, »die Italiener, die vom Mob, die lassen Belastungszeugen umlegen oder Geschäftsrivalen, bevorzugt ihresgleichen. Aber die sprengen doch nicht gleich gewöhnliche Bürger in die Luft, weil sie einen persönlichen Groll haben oder so was. Das würde die Organisation gar nicht zulassen. Das bringt zu viel Unruhe, stört das Geschäft. Auch das mit den zwei toten Wirten. Okay, da haben die sich mehr Mühe gegeben, dass es wie Unfälle aussieht, aber so richtig passt das nicht ins Bild. Das waren nie im Leben die Aushilfskellner vom Musona. Trotzdem, irgendwie hängt das zusammen. Es steckt aber noch was anderes dahinter. Ich glaub, die Dealer sind überwacht worden, wenigstens zeitweise, von ihren eigenen Hintermännern. Und so haben die mitgekriegt, dass sich einer der Burschen mit der Mona getroffen hat. In Kitzbühel. Aber wie geht's dann weiter? Da sitzt einer in seinem Auto oder wo auch immer, fotografiert seinen Geldeintreiber und Dealer. Geht zum Rapport zu seinem Boss, berichtet und zeigt die Fotos. Und dann?«

Der Stocker, in der Küche, legt das Handy auf die Ablage über dem Herd, schaltet auf Lautsprecher und klopft dem Zeno auf die Schulter. Der legt die Paprikaschote und das Messer auf das Schneidebrett und wischt sich die Hände an seiner Schürze ab. »Der Zeno hört jetzt mit. Weißt du, was ich glaube? Jemand hat die Mona erkannt. Auf den Fotos, wenn's denn so war. Und weißt du, was das heißt? Du hast es hier mit Leuten zu tun, mit denen du schon mal zu tun hattest. Hast mich?«

»Nein«, der Zuckerhahn hat jetzt einen genervten Ton in der Stimme, »geht doch gar nicht. Ich hab die Mona ja erst seit ungefähr einem Jahr in meiner SOKO. Und undercover hab ich sie ein einziges Mal im Einsatz gehabt, damals, bei der Sache in der Villa vom Traian. In München. Ihr beide, ihr wart doch auch dort. Danach hat sich die Mona zu uns hier versetzen lassen. Sicher, sie hat den einen oder anderen im Lauf des Jahres hopsgenommen, aber das waren Einzeltäter, die sitzen alle. Und zu diesem Einsatz in Kitzbühel, da haben wir uns vorher alle Beteiligten angesehen, auf Video und Foto. Da war keiner dabei, den wir gekannt haben. Also hat uns oder die Mona auch keiner gekannt. Hast du noch so eine Theorie?«

»Ich hab eine«, sagt der Zeno in Richtung des Handys und schaut den Stocker dabei an. »Stell dir mal Folgendes vor, Donat: Wir haben damals den Traian und den Stosic und noch zwei aus der Führungsriege biologisch abgebaut. Gut. Danach hast du in München die Reste der Traian-Truppe eingebuchtet. Auch gut. Von den Strukturen, wie die damals ihr Zeug unter die Leute gebracht haben, von der ganzen Transport- und Verteilerlogistik, da wussten aber noch einige Leute mehr Bescheid. Dann ist da ja auch noch der ganze Clan in Bukarest. Was, wenn einer von denen hier weitermacht, nur eben mit anderen Produkten? Die brauchen nichts neu aufzubauen, so was dauert ja auch ewig lange.

Die schicken einfach ein paar andere Köpfe an die Verteilerfront. Italiener. Da kommt keiner so schnell auf die Rumänen-Masche und dass da Zusammenhänge sind. Dazu würde auch das Drumherum mit den toten Briefkästen, diese ganze Geheimniskrämerei passen. Das riecht doch förmlich nach Ex-Geheimdienstlern aus dem Osten und solchen Leuten, oder?«

»Da hat er gar nicht unrecht«, sagt der Stocker, »denk bloß mal, was passiert, wenn einer von denen die Mona auf einem Foto wiedererkannt hat und sich vorstellt, wie radikal wir da im letzten Jahr mit denen aufgeräumt haben. Ist also reiner Selbstschutz. Was da mit den beiden Wirten war und wie das jetzt hier reinpasst, das weiß ich auch nicht. Aber wieso sollen die, die dahinterstecken, nicht das Geschäft erweitert haben: Rauschgift sowieso, und je nach Bedarf ein bisschen Schutzgelderpressung nebenbei. Was willst du jetzt machen?«

»Ich?«, sagt der Zuckerhahn. »Ich lass die Aushilfskellner beschatten. Die werden sich mit Sicherheit heute oder morgen absetzen. Der alte Vito hat heute mit einem von denen telefoniert, meine Leute haben es durch das Richtmikrofon mitgekriegt. Vito will keinen von denen weiterbeschäftigen, das Kellnern machen seine Söhne, sagt er, und in der Küche sind er und seine Frau. Also lasse ich die Ex-Kellner beschatten und hoffe, dass einer von denen noch an einen toten Briefkasten geht oder sonst was macht, das uns weiterbringt. Stocker, das bleibt aber jetzt alles unter uns. Ich hab was gut bei dir, und du hast was gut bei mir. Vergiss das nicht. Und Ende.«

Damit hat der Zuckerhahn die Verbindung unterbrochen, und Zeno sagt zum Stocker: »Wir fangen alle als Idealisten an, werden dann schnell zu Pragmatikern und enden als Pessimisten. Besonders bei der Kripo.«

»Grüaß euch, Mädel und Burschen, gleich geht's hier wieder ab mit Rock vom Feinsten. Für die paar, die zum ersten Mal hier san: Wie alle vierzehn Tag haben wir heut wieder unseren Livemusik-Mittwoch. Ich bin der Ringo, und das hier ist meine Gitarre, der da drüben am Bass, das ist der Ferdl, und trommeln tut der Stocker. Und für unser männliches Publikum, da haben wir ein Spezialangebot. Zum ersten Bier gibt's als Geschenk des Hauses nur hier und heute: die Pille für den Mann. Wird nach dem Verkehr eingenommen und verändert die Blutgruppe. Wir starten mit einem Lied, das wir unserem Ex-Bundespräsidenten widmen wollen: ›Money for nothing‹. Dazu muss ich noch sagen: Einer wie unser Franz Josef Strauß, der Herr hab ihn selig, der hätt sich nie und nimmer eine halbe Million von einem Unternehmer geliehen. Der hätt sie geschenkt bekommen. So, und jetzt viel Spaß!«

Und dann geht die Post ab in der »Endstation«, dem ehemaligen Bahnhof in der Nähe von Prien. So an die fünfzig, sechzig Leute drängen sich in der Gaststube, und der ausgestopfte Hirschkopf an der Wand über der verschrammten Holztheke, der wackelt mit den Hörnern. Die Nellie zapft, wie wenn's um ihr Leben ginge, und ein Bier nach dem anderen wandert über den Tresen.

In der Küche swingt und klappert der Zeno mit seinen Töpfen und Pfannen. Das »Gericht des Tages« ist heute:

Knusprig panierte Tafelspitz-Stücke mit Kartoffel-Feldsalat

Für vier Personen nimmt man ca. 600 g gekochten Tafelspitz. Die Scheiben, wenn's geht, unter einem Zentimeter dick, quer zur Faser vom kalten Tafelspitz abschneiden.
2 Eier aufschlagen, einen Schuss Sahne dazugeben, alles gut verquirlen.
Die Tafelspitz-Scheiben erst in Mehl wenden, dann durch die Ei-Sahne-Mischung ziehen und zum Schluss leicht in Semmel- oder, noch besser, in Brezen-Brösel drücken.

*In einer Eisenpfanne in viel Fett oder Öl fast schwimmend
bei mittlerer Hitze einige Minuten rausbacken, bis die Stücke
goldgelb sind. Jetzt aus der Pfanne nehmen, salzen und mit
Küchenpapier abtupfen. Einen Spritzer Zitronensaft drüber, auf
die Teller damit und ab.
Dazu gibt's in der »Endstation« heute einen lauwarmen
Kartoffelsalat, mit Brühe und ganz wenig Öl angemacht, der mit
etwas Feldsalat vermischt ist.
Fehlt noch das Meerrettichdressing: Einen Löffel Butter in einen
Topf, einen Löffel Mehl dazu einrühren, klumpig werden lassen
und anbräunen, dann mit einer halben Tasse Brühe unter Rühren
aufgießen. Jetzt einen oder zwei Löffel Meerrettich dazu, fertig.
Jeweils zwei oder drei Esslöffel von dem Dressing neben die
Tafelspitz-Stücke auf den Teller geben. Mahlzeit.*

Für die, denen das zu viel ist, die aber trotzdem an der Theke
zum Bier was Schmackhaftes kauen wollen, gibt's:

Weltmeister-Fleischpflanzl

*Jetzt wieder für vier Personen:
ca. 350 g gemischtes Hack
ca. 150 g weißes Kalbsbrät
1 Zwiebel, 1 Ei, 1 Löffel Mehl, 1 altbackene Semmel, ¼ l
Milch, 2 TL scharfer Senf, Salz, Pfeffer, ein kleiner Bund
Petersilie, zwei oder drei Zehen Knoblauch, Majoran, 20 g
Butter, Öl zum Braten, außerdem noch ein oder zwei Tassen
Fleischbrühe.
Die Petersilie, die Zwiebeln und den Knoblauch schneiden und
zusammen mit dem Majoran in der Butter glasig andünsten.
Die Semmel in Milch einweichen und dann ausdrücken, dann
mit dem Hackfleisch, dem Brät und mit den angedünsteten
Zutaten (oben) sowie dem Ei mischen.
Mit Pfeffer, Salz, Muskat und Senf abschmecken, dann mit
nassen Händen kleine, flache Pflanzl formen und im heißen Fett
mittelbraun rausbraten (auf jeder Seite circa drei Minuten).*

*Dann vor dem Servieren kurz in der heißen Fleischbrühe
wenden. Die zieht ein und gibt den »Weltmeister-Pflanzln«
einen besonderen Geschmacks-Kick. Dazu passt natürlich auch
der Super-Kartoffelsalat vom Zeno.
Mahlzeit.*

Sehr viel später, an der Theke

Zeno hat schon wieder diesen philosophischen Gesichtsausdruck drauf und sagt: »Diskriminiert man mit einer Buchstabensuppe eigentlich einen Analphabeten?« Gedankenverloren rührt er mit seinem Zeigefinger in seinem Bier.

»Das ist jetzt nicht dein Ernst, oder?« Der Stocker schaut von seinem Glas auf und denkt, warum müssen immer ab zwei Uhr morgens solche Gespräche hier an der Theke laufen? War doch wieder einmal so ein schöner Abend in der »Endstation«. Die Musik war super, die Gäste waren gut drauf, der Umsatz perfekt und die Weltmeister-Pflanzl und der Tafelspitz: ausverkauft. Weg, und der Kartoffelsalat auch.

Die Nellie, genervt von ein paar saublöden Sprüchen, die hat noch schnell einen letzten Gin Tonic mit dem Stocker und dem Zeno im Stehen genommen, überall die Lichter ausgeschaltet und ist dann mit ihrem roten Mini vom Parkplatz gefegt. Davor hat sie aber noch mal so richtig ihren Frust rausgelassen: »Sag ich doch zu dem Primelmeier«, sagt sie, »dem blöden Hund: ›Ich geh jetzt zweimal die Woche zur Fitness in Endorf.‹ – ›Was‹, sagt der, ›was machst du denn da?‹ – ›Bauch, Beine, Po‹, sag ich. Und dann sagt der doch glatt zu mir: ›Hast du doch alles, mach doch lieber Titten.‹«

Das waren ihre letzten Worte an der Theke, bevor sie ihr Glas mit einem aggressiven Schluck geleert und auf den Tresen geknallt und den Stocker und den Zeno dabei so richtig böse angefunkelt hat.

Der Zeno sieht den Mini in der Dunkelheit verschwinden und meint: »Wo der Teufel nicht hinkommt, da schickt er erst mal eine Frau vor. Auch wenn sie lesbisch ist. Aber jetzt mal ehrlich: Setz einem Analphabeten eine Buchstabensuppe vor, und der verklagt dich beim Internationalen Gerichtshof für Menschenrechte wegen Diskriminierung einer Minderheit oder so was.«

»Deine Sorgen hätt ich wirklich gerne. Ehrlich. Sag mir lieber, wie wir in der Sache mit der Mona weiterkommen.«

Wie sie da so an der Ecke der Theke sitzen, in der Gaststube ist nur noch die Notbeleuchtung an, da sehen die beiden aus, wie, ja, wie auf dem berühmten Bild von Edward Hopper. »Nighthawks« hat das wohl geheißen. Da war auch eine Frau mit drauf, auf dem Bild. Die ist in diesem Fall soeben davongebraust. Und anstelle des weißgekleideten Barkeepers, da gibt's in der »Endstation« den ausgestopften Hirschkopf. Aber die düstere Stimmung, die kommt ungefähr hin.

»Man ist die Gesamtsumme dessen, was man gemacht hat und wo man gewesen ist. Und irgendwann, da hält dir einer ein brennendes Streichholz an die Seele, und du zuckst nicht einmal. Dann ist es so weit. Ja.«

»Zeno, find ich echt super, dass du soeben die Dimension gewechselt hast, aber ich geh jetzt ins Bett. Und morgen früh, da ruf ich den John in Spanien an, vielleicht kann der mit seinen Computerfreaks was rauskriegen. Wer immer der Mona die Uhr auf null gestellt hat, der ist dran. So wahr ich hier sitze und du auch. Mach die Bude dicht und schmeiß dich in die Kiste. Bis morgen, mein Alter. Schlaf gut. Prost und ex.«

Natürlich hat der Stocker dem John in Denia (das war einmal ein verschlafenes Fischerdorf in Spanien, an der Costa Blanca, hat aber mittlerweile einen Sportboothafen mit tausendzweihundert Liegeplätzen und circa dreitausend leer stehende Ferienappartements) vor dem Schlafengehen noch eine SMS geschickt. Vom Prepaid auf Johns Spezialhandy für diskrete Gespräche: »s.o.s. call u @12. Ok?« Und so gegen drei Uhr früh kam die Antwort auf Stockers Prepaid-Handy: »s.o.s.? LOL! 12 Ok« (LOL=laugh out loud/auf gut Bayrisch: Ich lach mich schlapp).

Jetzt, wer den »Chiemseejazz« gelesen hat, der weiß, wer der John ist und wie das alles zusammenhängt. Für die Neu-Leser: John, der Boss der »Manchester-Boys«, der hat dem Stocker aus einer bösen Sache rausgeholfen, an der aber beide ziemlich gut verdient haben. Man kennt sich eben. Und Telefonate, die außer den Beteiligten keiner mitkriegen sollte, die sind immer über eine Telefonzelle am Bahnhof in Bad Endorf gelaufen. Zumindest im letzten Jahr.

»Super Trouper« von Abba auf Bayern 1, das dröhnt jetzt aus den zwölf Lautsprechern der neuen Bose-Anlage in Stockers Wanderdüne. Das war so ziemlich der einzige Luxus, den er sich gegönnt hat nach dem unerwarteten Geldsegen im letzten Jahr. Ach so, ja, und die Kneipe, die »Endstation«, die ihm die Gemeinde verpachtet hat, die hat er zusammen mit dem Zeno gekauft und ein bisschen »modernisiert«.

Passt, denkt der sich, sind wir wieder so weit, ziehen wir wieder in den Krieg. Dabei wollt ich hier am Chiemsee eigentlich nur in Ruhe vor mich hin kochen, aber das Leben treibt mich halt vor sich her. Das Schicksal ist eine dumme Sau, sag ich immer. Und der Verkehr ist auch wieder mal vom Feinsten. Wo wollen die bloß alle hin?

Dann kommt der nächste Schock: Die Telefonzelle am Bahnhofsplatz ist weg. Nicht mehr da. Gut, da ist noch ein Telefon an der Wand des Bahnhofgebäudes, aber da kann jeder mithören, der irgendwie in der Nähe steht. Und in der Nähe ist im Moment einer, so ein Grauer, Unscheinbarer mit einem Exemplar des »Wachturm« vor der Brust. Und die Überschrift springt einem förmlich ins Gesicht: »DER GLAUBE RETTET«. Allerdings ohne genaue Angaben, wer oder was gerettet werden soll. Und wann und warum überhaupt.

Zehn vor zwölf ist es mittlerweile, Bayern 1 bringt »Wonderful World«, von Michael Bolton gesungen, und dem Stocker kommt die Erleuchtung: In Eggstätt drüben, am Rathaus, da hat er neulich eine Telefonzelle gesehen. Also Stoff geben und weiter. An der Ampel rechts in die Traunsteiner Straße, die Steigung hoch und ab. In der Kurve am Schlosssee schön langsam, da ist siebzig, und da steht auch meistens am Straßenrand was mit vier Rädern und Blitzautomatik.

Ungefähr 86400 Sekunden hat ein durchschnittlicher Tag, aber manchmal rinnt einem die Zeit durch die Finger wie Sand an einem Urlaubsstrand. Trotzdem: Beim letzten Schlag der Eggstätter Kirchturmglocken steht der Stocker in der gelben Zelle beim Rathaus und wählt die ellenlange Nummer mit der 0034-Vorwahl.

»Albin, mein Freund, immer schön, mit dir zu sprechen. Bringt Geld ins Haus. Was gibt's? Was macht deine Kneipe?«

»Hi, John. So weit alles bestens. Pass auf, ich hab da ein Problem, ich weiß noch nicht genau, welches. Sieht aber ungefähr so aus: Wir müssten wissen, ob vom Traian-Clan noch wer aktiv ist. Und zwar in unserer Gegend hier. Ist ziemlich unwahrscheinlich, würde uns aber weiterhelfen, wenn man die schon mal ausschließen kann.«

»Uns? Wer ist uns? Dein Partner und … wer noch? Sag jetzt bloß nicht, der alte Sugarcock steckt da auch wieder mit drin. Was willst du?«

»Doch, der Zuckerhahn ist mit dabei. Der ist mit dem Ding zu mir gekommen, und wir sind ihm ja auch noch was schuldig, glaube ich. Egal. Lass bitte alle Handynummern, die ihr im letzten Jahr während der Traian-Sache überwacht habt, jetzt noch mal durchlaufen. Welche Handys sind noch aktiv? Wo? Wann? Wenn von denen noch was aktiv ist, interessiert mich eigentlich nur, was sich im Lauf der letzten Wochen hier rund um den Chiemsee getan hat. Mit Zeiten und Bewegungsprofilen. Kannst du da mal mit den CyberEye-Boys in Benidorm reden? Die haben von der ganzen Aktion sicher noch was auf Festplatte oder so.«

»Okay, kann ich machen. Was springt dabei raus?«

»Nichts, erst mal. Wir haben hier was am Laufen, von dem wir nicht viel wissen. Eine Bekannte von mir ist in die Luft gesprengt worden. Irgendwer verkauft Drogen und erpresst Schutzgeld. Zwei Wirte kochen jetzt für Jesus. Ein Kleingangster ist spurlos verschwunden. So in der Art. Wir wollen wissen, was da abläuft und wer dahintersteckt. Und wenn wir wissen, wie die Geldströme laufen, geb ich dir einen Tipp. Okay?«

»Gut. Ich mach das. Mit dieser Mürzberg-Sache in Bernau letztes Jahr, da haben wir übrigens schon ein bisschen Geld verloren, meine Partner und ich. Der Berg wird jetzt versteigert, hab ich gehört. Stimmt doch, oder?«

»Ja, schon. Warum seid ihr da so schnell ausgestiegen, John?«

»Ach, die wollten unsere Pläne nicht so genehmigen, wie wir das vorhatten und so weiter. Ist aber egal, denn mit der anderen Sache haben wir ja gut verdient.«

»Ich warte auf eine SMS von dir, dann ruf ich dich wieder an, okay?«

»Ist gut, Stockman. Schön, dass wir wieder was zusammen machen. Weißt du übrigens, was die Badewanne zur Toilette sagt? Nein? Sie sagt: ›Ich krieg genauso viele Ärsche ab wie du, aber ich muss nicht den ganzen Mist schlucken.‹ *Take care*, Stockman. *Bye*.«

Englischer Humor, so was. Kann hier keiner drüber lachen. Der Stocker schaut nach draußen: kein Mensch weit und breit. Also könnt ich noch kurz den Zuckerhahn anrufen, denkt er sich.

Der ist nach dem zweiten Läuten in der Leitung: »Grüß dich, Albin. Ich lese grade hier in der Zeitung, dass der Brüderle die Hoffnung der FDP ist. Wie mag dann erst der Schrecken aussehen, wenn der die Hoffnung ist. Was gibt's?«

»Ich hab mit dem John gesprochen, der hängt sich da rein. Wollen wir uns irgendwo treffen? Ich hab da so einen Plan, den möchte ich gerne mal mit dir durchgehen.«

»Wenn du Gott zum Lachen bringen willst, erzähl ihm von

deinen Plänen. Ist ein Sprichwort. Aber gut, ich wollt sowieso gleich mal nach Rosenheim rüber, da läuft eine Vernehmung von einem Drogenkurier, den haben die Schleierfahnder von der Inntal-Autobahn gefischt, kurz nach der Kufsteiner Grenze. Könnte sein, dass der was mit unserer Sache zu tun hat oder was weiß. So gegen sieben könnte ich bei euch in der ›Endstation‹ sein, bist du dann da?«

»Ja, wir haben heute Abend eine Gruppe von Kardiologen aus Fallingbostel im Lokal, in Prien ist doch diese Tagung. Die wollen was Spezielles essen, und Zeno will ein Chiemsee-Risotto machen, das wär doch auch was für dich, oder? So, und jetzt erzähl ich dir noch schnell, was der John für uns tun wird. Der geht den ganzen alten Kram noch mal durch, die gesamte Handy-Liste. Und wenn auch nur eins der Handys noch in Betrieb ist, und das Bewegungsprofil passt hier in die Landschaft, dann —«

»Chiemsee-Risotto, mmh? Hab ich noch nie gehört, das muss ich mir antun, um sieben bin ich da. Bis heute Abend.«

»Hast du alles gekriegt?« Mit vorgeschobener Unterlippe schaut sich der Zeno die Einkäufe an, die auf dem großen Holztisch in der Küche liegen. »Flusskrebse, Schrazenfilets, Rotauge, Renke. Gut. Die Suppe hab ich so weit fertig, und das Risotto mach ich frisch an, wenn die Gäste da sind. Die werden sich wundern. Der Ober-Doc, der hier angerufen hat, der hat mir erzählt, dass sie vor ein paar Jahren in Mailand bei so einem Kongress ein Risotto hatten, so was Tolles hat er nie wieder gekriegt. Und ich hab ihm erzählt, dass es hier bei uns ein Chiemsee-Risotto gibt, und zwar nur hier, das nach einem uralten Rezept zubereitet wird, das nur noch zwei Personen kennen. Und das auch nur mündlich an Auserwählte weitergegeben wird. Der alte Fischer, der uns von dem Risotto erzählt hat, der ist schon lange tot. Ich hab ihm sogar noch erzählt, dass an einem speziellen Fleck im Delta der Tiroler Ache hier am Chiemsee auf einer kleinen und geheimen Fläche der Arborio-Reis wächst, wie er sonst nur in Italien in der Po-Ebene angebaut wird. Nur eben besser. Und das bisschen Reis, das die alte Fischerswitwe da erntet, das kaufen wir auf, und zwar alles. Also gibt's das Risotto, wenn überhaupt, dann nur hier. Hat natürlich seinen Preis, so ein Essen. Das war dann der Punkt, wo er gesagt hat: ›Okay, ich bin der Präsident in diesem Jahr, so ein Essen, das soll mein Nachfolger dann erst mal toppen. Machen Sie ein Menü für acht Personen, der Preis spielt keine Rolle, aber wir wollen alle acht das geheimnisvolle Chiemsee-Risotto, mit einer speziellen Fischsuppe vorneweg, aber das überlass ich Ihnen. Den Nachtisch ebenso. Und das Rezept geben Sie auf keinen Fall raus, abgemacht?‹«

»Sag mal, du warst doch in deinem früheren Leben mal Polizist, und jetzt lügst du die Leute voll, dass es nur so kracht. Was für eine Suppe gibt es?«

»Die Suppe?« Der Zeno nickt zum Herd rüber: »Da! Klarer Fischfond mit Wermut abgeschmeckt, da rein gibt's kleine Dill-Grießnockerl und Filetstücke von Saibling und Forelle. Ist das erste

Mal, dass uns die RoMed-Chefsekretärin eine Gruppe Ärzte zum Essen rüberschickt, da muss es schon krachen im Karton, oder? Weil, wenn wir die beeindrucken, sagt sie, dann haben wir zwei- oder dreimal im Monat solche Gruppen hier bei uns im Laden.«

Der Stocker hebt den Topfdeckel mit einer Stoffserviette an und schnuppert: »Riecht supergut. Der Zuckerhahn kommt gleich, dann können wir die Sache —«

Weiter spricht er nicht, denn jetzt geht die Schwingtür zur Gaststube auf und die Nellie, mit dem Hinterteil voraus im Rückwärtsgang, weil sie zwei kleine Bier und einen Gin Tonic in den Händen hat, kommt in die Küche.

»Hier, Männer. Also meine Freundin, die Rena, die behauptet, wenn man etwas isst und es sieht keiner, dann hat es auch keine Kalorien. Heiße Theorie, oder?«

»Und, wie sieht sie aus, die Rena?«, fragt der Stocker. »Du hast die ja noch nie mitgebracht.«

»Die?« Nellie gibt die Biergläser weiter und hebt ihr Glas. »Prost erst mal. Also die Rena, die war als Kind so dünn, wenn die an den See gegangen ist, dann haben die Enten sie gefüttert. Aber jetzt ist sie ganz schön kompakt geworden. Im Moment haben wir Stress, weil gestern Abend, wie sie so aus dem Badezimmer kommt, da schau ich sie an und sag: ›Du, Schätzchen, ist das da an deinen Oberschenkeln beginnende Cellulitis oder ein Hagelschaden?‹ Das war's dann. Sie hat sich auf den Slip geklopft und gesagt: ›Heute geschlossen. Und du: Zähne putzen, Bett. Licht aus und schlafen.‹ Na ja, und heut früh, da war sie mit dem Besen in der Küche zugange, und da hab ich zu ihr gesagt: ›Putzt du, oder fliegst du schon weg?‹ Deswegen bin ich früh aus dem Haus und war den ganzen Tag in Rosenheim. Also, mit Männern hab ich nie so einen Stress gehabt.«

Stocker und Zeno grinsen sich über den Rand der Biergläser an, und die Nellie sagt: »Gemeinsam seid ihr unausstehlich. Ich weiß gar nicht, warum ich überhaupt mit euch rede.« Durch das Küchenfenster sieht sie auf dem Parkplatz den Zuckerhahn aus seinem Auto steigen und sagt: »Da, euer toter Schauspieler ist im Anmarsch. Das glaubt dem keiner, dass der bei der Kripo ist. Was will der denn hier?«

»Der will nur spielen«, sagt der Stocker. »Bring doch bitte noch ein kleines Bier für ihn.«

Jetzt muss man sagen, der Kommissar Zuckerhahn sieht dem Walter Sedlmayr wirklich ziemlich ähnlich. Das hat in der Vergangenheit oft dazu geführt, dass er von seinen »Klienten« böse unterschätzt wurde. Aber wenn's zur Sache geht, dann ist der Zuckerhahn kein Streichler, sondern ein Vollstrecker.

»Das ist ja ein Service«, sagt der Kommissar und kommt schwungvoll in die Küche gerauscht mit einem Bier in der Hand, »kommst bei der Tür rein und kriegst ein Bier in die Hand gedrückt. Grüß euch, Burschen. Was ist denn das für eine Gesellschaft am großen Tisch? Sind das Scientologen? Die reden so komisch und trinken Weißwein.« Durch das runde Bullauge der Küchentür späht er misstrauisch nach draußen.

»Nein«, grinst der Stocker, »das sind Kardiologen, und die kriegen heute unser geheimnisvolles Chiemsee-Risotto. Aber erst die Suppe hier. Möchtest was probieren?«

»Klar. Lass nur, ich nehm mir was.« Schon hat der Zuckerhahn einen Teller aus der Anrichte über dem Herd geschnappt und geht um den Küchenblock herum. »Kardiologen also. Kennt ihr den? Da ist eine Beerdigung in München. Sind ziemlich viele Leute da, alle sehr elegant gekleidet, und in der Trauergruppe, da steht eine Frau und fragt den Mann neben ihr: ›Ich gehör eigentlich gar nicht dazu, aber ich hab gesehen, dass der Sarg so eigenartig aussieht. Was ist denn das?‹ ›Tja‹, sagt der Mann, ›der Verstorbene, das war ein Kardiologe. Und weil er seinen Beruf so geliebt hat, ist sein Sarg in der Form eines Herzens gehalten. Das war sein letzter Wunsch, und so was muss man respektieren, oder?‹ ›Du lieber Gott‹, sagt die Frau, ›hoffentlich wünscht sich mein Mann so was nicht, der ist nämlich ein Gynäkologe.‹«

»Das hab ich gehört«, zischt die Nellie durch die halb offene Küchentür. »Wenn ihr denen da draußen den Witz erzählt, könnt ihr euch das Risotto sparen. Die Suppe soll jetzt raus. Wenn ich also bitten darf, meine Herren.«

Und so bilden sie eine Dreierkette am Herd: Der Zeno schöpft die Suppe aus dem Topf in die Teller, die der Zuckerhahn ihm zureicht, und der Stocker stellt jeweils vier Teller auf ein Tablett, das er der Nellie gibt, nachdem er noch frischen Dill drüber gestreut hat.

»Mein Internist in Traunstein, der ist so berühmt, der hat sogar einen eigenen Friedhof«, sagt sie noch und verschwindet mit dem ersten Tablett in die Gaststube.

»Und«, fragt der Stocker, »wie war's bei deiner Vernehmungssache in Rosenheim?«

»Mmh«, der Zuckerhahn kaut auf einem Stück Fisch aus der Suppe, »schmeckt perfekt. Ja, in Rosenheim, das ist auch so ein Ding. Die Österreicher haben den Kerl schon lange auf dem Radar, und weil's besser aussieht, wenn der hier in Deutschland von der Straße genommen wird, haben sie den Kollegen von der Schleierfahndung den Tipp gegeben. Weil, wenn die Österreicher den selber verhaften, dann wittern die anderen aus seiner Bande vielleicht irgendwas. Und so toll ist die Beweislage noch nicht. Auf jeden Fall, der Kerl ist ein Italiener, und den größten Teil seiner Truppe haben die Carabinieri schon im Käfig. Aber der, Casper Suaretti, so heißt er, sein Kampfname ist ›Il Rospo‹, die Kröte, er konnte mit vier seiner Leute abhauen und war einige Zeit in Wien und dann in Innsbruck. Nicht sehr erfolgreich. Ein paar Banküberfalle und eine versuchte Entführung, das kann ihm möglicherweise nachgewiesen werden. Wir vernehmen den jetzt noch ein oder zwei Tage, dann kriegen ihn die Österreicher wieder. Interessant ist nur, dass der im letzten Jahr mit einem aus dem Traian-Clan zu tun hatte. Und der Rumäne hat dem Suaretti gesagt, wenn es hier in Bayern zu einer Zusammenarbeit kommt, dann läuft alles über tote Briefkästen und Prepaid-Handys. Da schließt sich der Kreis wieder.«

»Mit den Österreichern musst du aufpassen«, sagt der Zeno und reicht dem Zuckerhahn einen Teller mit kleinen, pochierten Fischfilets: »Da, probier mal. Also, da gibt's die Geschichte von den zwei bayerischen Grenzern, die mit ihrem Hund da am Hechtsee bei Kiefersfelden an der grünen Grenze entlangpatrouillieren. Es ist nach Mitternacht, Vollmond, trocken, und an einer Tanne auf der deutschen Seite, da hängt einer. Wahrscheinlich ein Selbstmörder. ›Mist, elender‹, sagt der eine bayrische Grenzer zu seinem Kollegen, ›wenn wir den jetzt abschneiden und die Rettung holen und dann auf der Wache das Protokoll schreiben, dann wird's Mittag. Und in einer Stunde, da hätten wir doch Dienstschluss.‹ ›Weißt was‹, sagt sein Kollege, ›den hängen wir jetzt einen Baum weiter, auf die österreichische Seite rüber. Dann können die sich mit dem ganzen Kram rumplagen, und wir können in einer Stunde nach Hause.‹ Das machen sie auch, sie hängen den sowieso schon toten Selbstmörder fünf Meter über die grüne Grenze an einen österreichischen Baum und marschieren weiter. Nach etwa einer halben Stunde kommen dann die österreichischen Grenzer auf ihrer Seite vorbei. Einer der Schandis packt seinen Kollegen am Arm und sagt: ›Geh, jetzt leck mi do am Oasch, schau hi, Karli, da hängt er wieder.‹«

»Weiß schon, was du sagen willst«, meint der Zuckerhahn. »Dass die Österreicher lauter Schlitzohren sind, das weiß ich selber. Aber wenn sich das als wahr rausstellt, dass der Suaretti vor ein paar Monaten Kontakt mit einem aus dem Rumänen-Clan gehabt hat, dann heißt das, dass uns damals was durch die Lappen gegangen ist oder wir was übersehen haben. Mal schauen, was wir vom John erfahren. Wollen wir uns jetzt an das Risotto machen?«

»Vorher noch einen netten Grappa, oder?«, sagt der Zeno.

Und der Zuckerhahn, der sein letztes Stück Fisch in den Mund steckt, meint: »Schnaps erst nach Einbruch der Dunkelheit, so war das jedenfalls bei uns immer. Schon vergessen, Zeno?«

»Irgendwo auf der Welt ist es jetzt bereits zappenduster. Also, rein damit!« Schwungvoll holt er eine helle Glasflasche ohne Etikett aus einem der Küchenregale und gießt drei Gläser ein. Das spezielle Prepaid-Handy vom Stocker, das auf einem Schneidebrett neben dem Kühlschrank liegt, das dreht sich summend im Kreis. Der Zuckerhahn nimmt es auf, drückt auf den Nachrichten-Knopf und liest laut vor: »BINGO! CALL ME @ 11.«

So, und bevor wir das vergessen, hier noch schnell das Rezept für das

Chiemseer Fisch- & Flusskrebs-Risotto

Runtergerechnet auf vier Personen brauchen wir:
ca. 200 g Arborio oder sonst einen guten Risotto-Reis. Dann:
eine Schalotte, eine Möhre, eine Scheibe Sellerie, sechs oder

sieben kleine Cocktailtomaten, zwei Zehen Knoblauch, etwas
Lauch, Weißwein oder Rosé, einen drei viertel Liter guten
Fisch-Sud, Olivenöl, Krebse oder Krabbenfleisch, zwei oder drei
Edelfisch-Filets, etwas würzigen Bergkäse, Butter, geräuchertes
Salz, Pfeffer, einen Bund Petersilie, Dill und einen guten
Schluck Rotwein für den Koch.

In einer Pfanne den Reis mit zwei oder drei Esslöffeln Olivenöl
anbraten, bis er leicht Farbe angenommen hat. Dann mit einem
kräftigen Schuss Weiß- oder Roséwein ablöschen. Unter Rühren
jetzt Fischfond zugeben, immer nur ein bisschen, sodass das
Ganze schön cremig bleibt.

In der zweiten Pfanne die gewürfelte Schalotte mit dem
Knoblauch anbraten, das restliche Gemüse (kleingehackt) und die
kleingeschnittenen Tomaten dazugeben, die Krebse mit rein, nach
zwei oder drei Minuten vom Herd nehmen.

Die Edelfisch-Filets in mundgerechte Happen schneiden und in
Olivenöl anbraten, dann in Silberfolie und bei 50 Grad in den
Backofen geben.

Den Reis natürlich immer wieder umrühren und mit Fischfond
angießen. Nach ca. 15 Minuten den Inhalt von Pfanne zwei
zugeben. Salzen und Pfeffern. Käse reiben, druntermischen.
Gehackte Petersilie und Dill dazugeben. Wenn der Reis noch
so richtig Biss hat, ist er passend. Etwas Butter oder Sahne
unterrühren, das Risotto auf die Teller geben, mit den Edelfisch-
Filets garnieren und etwas von der Petersilie-Dill-Mischung als
Dekoration drüber. Und ab auf den Tisch.

Jetzt, wenn man vorher pro Person einen oder zwei von den
Flusskrebsen in der Schale angebraten hat und die nun zu den
Fischfilet-Stücken auf dem Teller dekoriert, dann sieht das aus
wie? Ja, wie ein echtes Super-Essen. Mahlzeit.

Noch keine elf Uhr, der Stocker ist auf dem Weg nach Endorf in seiner Wanderdüne. Die Sonne scheint, als hätt sie nichts anderes gelernt, und aus den zwölf Bose-Lautsprechern, da dröhnt »Needles and Pins« von den Searchers.

Im Kreisel von Rimsting raus, da, wo es rechts nach Breitbrunn geht und geradeaus direkt nach Bad Endorf, da war doch irgendwo diese Pizzeria, denkt sich der Stocker. Weiß nicht mehr genau, wie die geheißen hat. Auf jeden Fall, da hat er mal eine Pizza mitgenommen, an einem Sonntagmittag. Die Bedienung, eine eigentlich ziemlich hübsche Blonde um die fünfundzwanzig oder so, die war am Streiten mit dem Typen in der Küche, und zwar zweisprachig, und er war da, der Stocker, mit der Speisenkarte in der Hand. An der Theke. Und für die Bedienung, da war er irgendwie unsichtbar. Weil die Stress mit ihrem Meister hatte.

»Kann ich bitte die Pizza Margherita haben zum Mitnehmen«, hat der Stocker gesagt, so nach fünf Minuten.

Die Bedienung, voll genervt, sagt: »Jaha, soll ich sie in vier Stücke teilen lassen oder in acht?«

Und er hat gesagt: »Bitte in vier, acht schaff ich nämlich nicht.«

Was sagt sie? Sie sagt: »Wissen Sie was? Ein Klugscheißer in der Küche reicht mir vollkommen.«

Da konnte er sich doch nicht mehr zurückhalten und hat zu ihr gesagt: »Wissen Sie, eigentlich wollt ich ja eine Blondinenpizza, aber die steht hier nicht auf der Karte.«

»Boah, Alter, was ist das denn?«, sagt sie.

Und er: »Das ist eine Pizza, die nix draufhat.«

Da kann ich jetzt auch nicht mehr reingehen, denkt sich der Stocker und setzt den Blinker rechts, und in dem Moment läutet das Bordhandy. Das ist der Zeno, der wieder mal was vergessen hat, und ich kann jetzt für den einkaufen, wetten? Stocker drückt auf den Knopf am Lenkrad. Die Searchers verschwinden im Weltall und die Stimme von Perla, das ist Stockers Schwester in Bemmerling, einem netten kleinen Dorf bei Ostermünchen, die steht plötzlich voll im Raum: »Deine Nichte hat einen Freund, und das mit zwölf. Wir haben ein Problem.«

»Meine Nichte ist deine Tochter, also ist das Problem schon mal geografisch ganz woanders angesiedelt. Wo ist mein Schwager?«

»Dein Schwager ist nebenan in der Kirche.«

»Was macht er da? Beten? Gebete helfen da nämlich nur peripher, also in den Außenbezirken des Problems, meine ich.«

»Nein«, sagt die Perla, »beten tut der nicht, ich glaub, der organisiert einen Exorzisten.«

»Ich sprech mal mit der Kleinen«, sagt der Stocker, »aber darf ich dich freundlicherweise an unseren Jugoslawien-Urlaub vor ungefähr dreißig Jahren erinnern, da warst du grade mal keine fünfzehn oder so, und da war dieser zahnlose Hilfsmatrose, und du —«

»Scheißverbindung wieder, wo bist du denn, ich kann dich nicht hören, ich probier's später noch mal.«

Und weg ist sie, die Perla. Unterwegs zu ihrem Job in irgendeiner anthroposophischen Privatschule bei München. Da essen sie angebrannte Quarkbrötchen und Apfelstrudel, singen anschließend, bis das Gaumensegel glüht und diskutieren über Raumschiff-Sichtungen über dem Bodensee. Aber bitte, ein jeder soll so leben, wie er will.

Ich kannte da mal eine Krankenschwester, denkt sich der Stocker, warum fällt mir das ausgerechnet jetzt ein? Auf jeden Fall, die hat ihm bei der Zigarette danach erzählt, dass auf der Quarantäne-Station in Reutte, wo sie arbeitet, da kriegen die Patienten mit ansteckenden Krankheiten jeden Tag Pizza.

»Ach, mögen die das so gerne?«, hat der Stocker gefragt.

»Nein, das nicht«, sagt sie, »aber die Pizza kriegen wir ohne Probleme unter der Türe durch.«

Punkt elf wählt Stocker in der Telefonzelle die letzte Zahl der ziemlich langen spanischen Nummer, und eine Sekunde später ist der John in der Leitung: »Hi, Albin, jetzt halt dich fest: Zwei von den Handys, die wir im letzten Jahr während der Aktion abgehört haben, sind immer noch aktiv. Eins davon im Raum München, eigentlich immer im Stadtgebiet, und das andere, das ist kräftig unterwegs: München, dann im südlichen Chiemsee-Raum, und einmal hab ich den sogar in Innsbruck. Was sagst du jetzt?«

»Wann war das mit Innsbruck?«

»Lass mal sehen, das war, ja, das war einmal im letzten Jahr, und dann, warte mal, vor acht Tagen. Hilft dir das?«

»Auf wen ist das Handy angemeldet, John?«

»Auf eine Firma. Die heißt Rosu-Import-Export. Mit Sitz in München. Als Geschäftsführer hab ich hier einen Cerno Achs.«

»Was ist das denn für ein Scheißname? Cerno?«

»Das ist ein Banater Schwabe, ein Deutsch-Rumäne, Albin. Kommt noch besser: Pass auf, der Cerno, der war im Traian-Clan, und der war auch mit in Bernau, damals bei eurem Shoot-out. Allerdings war der nicht auf dem Dings-Berg da, sondern in einem BMW in der Aschauer Straße, genau in der Zeit von zweiundzwanzig Uhr zwölf bis dreiundzwanzig Uhr eins, da haben wir den dort geortet. War uns damals aber egal, weil sich das Finale ja oben auf dem Hügel abgespielt hat, oder?«

»Woher weißt du, dass das ein BMW war, John?«

»Weil meine Jungs hier in Benidorm damals bei der Abhöraktion über den BMW-Bordcomputer, genauer gesagt, über die elektronische Reifen-Luftdruckanzeige in die Freisprechanlage gegangen sind. Und die Idioten haben doch glatt Bluetooth-Handys benutzt, die Gesprächsaufzeichnungen hab ich alle noch hier. Aber was da oben auf dem Berg passiert ist, weißt du ja aus erster Hand.«

Der Stocker dreht sich in der engen Telefonzelle, schaut auf die Straße und fährt sich mit der Hand über die Augen: »Gut, okay, was hast du noch über den Typen?«

Papier raschelt und das schwere Atmen vom John ist zu hören: »Die haben mir hier fünf Kilo Papier ohne Knochen geschickt. Mann aber auch. Warte mal. Also, der Achs, der war auch so ein Typ fürs Grobe beim Traian. Der Feuerteufel. Seine Spezialität sind Brände. Hat in München und Umgebung sicherlich fünf oder sechs Gebäude angesteckt. Mit dem Zigarillo-Trick. Das ist sein Markenzeichen.«

»Was zum Teufel ist der Zigarillo-Trick?«

»Jetzt mal ganz easy, Stockman. Der Zigarillo-Trick funktioniert so: Du gehst an einen Platz an dem Haus, das du anzünden willst. Hinter einer Kneipe zum Beispiel, da liegt doch immer ein Haufen Zeug rum. Kisten, Kartons, Papiercontainer oder so. Oder in einem Haus: Schau da mal in den Keller, da sind auch jede Menge von diesen Kartons oder Kinderwägen oder was weiß ich. Also, der Cerno, der zündet sich ein Zigarillo an, pafft drei- oder viermal und wickelt das Dingens dann stramm in ein zehn oder fünfzehn Zentimeter langes Stück Papier, am besten einen Streifen von einer alten Zeitung. Das gibt er jetzt in einen Karton oder eine Kiste oder in den Container, wo sowieso brennbares Zeug rumliegt. Dicht daneben, also neben dem umwickelten Zigarillo, da legt er eine Brennspirituskapsel, wie sie für Fondue-Rechauds verkauft werden. Kann auch eine Brennpaste sein oder Ofenanzünder. Irgend so was. Das Zigarillo, das glüht vor sich hin, und nach etwa einer Stunde setzt es das Zeitungspapier in Brand. Dann brennt auch gleich der Brandbeschleuniger daneben, und dann geht's ab.«

»Wo ist der Gag?«

»Alter, du bist zu lange von Spanien weg. Denk doch mal mit: Wer immer das Feuer legt, der hat an die zwei Stunden Zeit, bis der Alarm abgeht. Kann sich also ein Super-Alibi verschaffen, etwa so: ›Um dreiundzwanzig Uhr? Nein, da war ich in der Dings-Kneipe, und da haben mich dreißig Leute gesehen, weil ich nämlich eine Lokalrunde geschmissen habe.‹ So läuft das, frag mal deinen Bullenkumpel, den alten Sugarcock. Noch was: Der Achs, der fährt jetzt einen Porsche Cayenne, schwarz, also muss der in der Hierarchie ganz schön aufgestiegen sein. Brauchst du noch was?«

»Nein, im Moment nicht. Ich meld mich aber bestimmt noch mal. Schau, was du über den Achs noch rauskriegen kannst. Wie geht's Churchill?«

Jetzt muss man wissen: Der Churchill, das ist der Hund, genauer gesagt der Mops vom John. Der ist eigentlich ganz niedlich, nur hat er eine Macke: Er ist abartig sexsüchtig. Das heißt, er rammelt mit Vorliebe größere elektrische Haushaltsgeräte wie zum Beispiel Staubsauger, Hochdruckreiniger oder Rasenmäher. Deswegen hat ihm der John eine afrikanische Riesenschildkröte besorgt, und Churchill liebt sie abgöttisch, weil er denkt, sie wär ein elektrischer Rasenmäher.

»Churchill und die verdammte Schildkröte heiraten demnächst. Hat mir meine Frau erzählt. ›Geht doch nicht‹, sag ich, und sie: ›Die Germans haben doch auch einen schwulen Außenminister, der mit einem Mann verheiratet ist.‹ Euer Außenminister, dieser Westerdings, der war doch bei dem Lukaschenko, diesem Weißrussland-Häuptling, hab ich neulich auf BBC gesehen. Sagt doch der Westerdings zu dem alten Luka: ›Irgendwie werd ich den Verdacht nicht los, dass du so was wie ein Diktator bist, mein Lieber.‹ Sagt der: ›Lieber ein Diktator als schwul.‹ Was willst du da drauf sagen? Haben die von der BBC auch nicht mehr gebracht an dem Abend, die Antwort, meine ich. Warum kann unser Mops also keine Schildkröte heiraten? Hey, Stockman, kennst du den: Da kauft einer eine Schildkröte in so einem Zoogeschäft, und direkt neben dem Tierladen ist ein Pornokino. Da darf man aber mit Tieren nicht rein. Der Mann steckt sich also die Schildkröte vorne in die Hose und geht so ins Kino. Die Vorstellung beginnt, und der Mann macht den Hosenschlitz auf, damit die Schildkröte auch was sieht. Neben den Mann setzt sich ein Pärchen. Und irgendwann, nach ein paar Minuten sagt die Frau zu ihrem Kerl: ›Du, der neben mir, der hat was aus der Hose hängen.‹ Sagt der Kerl: ›Baby, wir sind in einem Pornokino, das machen hier fast alle so.‹ Sagt sie: ›Ja schon, aber das hier frisst mein Popcorn!‹«

»John, über deine Witze konnt ich schon früher nicht lachen. Wo im Chiemsee-Raum genau war denn das Handy vom Achs? Und wann? Hast du da Daten?«

»Hab ich. Warte mal, sind jede Menge Ausdrucke, die hier rumliegen. Haben mich bis jetzt ungefähr fünftausend Muscheln gekostet, also schau, dass da was läuft für uns. Ja hier, da steht, dass der Achs, oder wer immer das Handy an den Tagen hatte, dass der eine Zeit lang jede Woche einmal in Rottau war. Hat immer irgendwo am Kirchplatz geparkt und war nach zehn Minuten wieder weg. Das ging so bis letzte Woche, dann war auf einmal Schluss mit den Ausflügen nach Rottau. Meine Jungs meinen, da könnte ein toter Briefkasten sein. Was sagst du dazu?«

»Schau ich mir an. Danke, John, grüß deine Trish von mir und natürlich den Churchill. Bye.«

Nächster Anruf: Zuckerhahn. Der ist auch sofort am Telefon:

»Grüß dich, Albin. Bitte nur gute Nachrichten heute. Schlechte hab ich selber genug. Also, was gibt's?«

»Auch dir einen schönen Tag, lieber Donat. Und danke, mir geht's gut. Du bist wieder mal wie ein Vater zu mir. Also, ich hab gerade mit dem John gesprochen. Der hat eine Handyortung mit Bewegungsprofil für mich gemacht. Und jetzt halt dich fest: Bei unserem Feuerwerk in Bernau damals, da waren von der anderen Fraktion noch mehr Leute vor Ort, als wir gedacht oder gewusst haben. Unten im Dorf, da haben der Zeno und ich einen schwarzen BMW gesehen, der neben dem Rathaus geparkt hat. Waren zwei oder drei Typen drin, deswegen ist dem Zeno das aufgefallen. Jetzt, wo ich so überlege, erinner ich mich, dass der Zeno noch gesagt hat: ›Wetten, dass am Ortsausgang in Richtung Aschau auch noch so einer steht?‹ Später, auf dem Heimweg, da hab ich da nicht mehr drauf geachtet. Hab ich andere Sorgen gehabt, damals. Du ja auch. Auf jeden Fall, wir haben das Handy, das in der Nacht in dem BMW in Betrieb war. Das gibt's noch. Und der Typ, der wahrscheinlich das Dingens damals am Ohr hatte, der heißt Cerno Achs, ein Deutsch-Rumäne. Klingelt bei dir da was?«

»Ja, und wie. Der Achs, der hat für den Traian und seinen Sekretär, den Stosic, gearbeitet, den haben wir lange auf dem Radar gehabt wegen Drogen, Falschgeld, Erpressung und so weiter. Ein harter Hund, der. War bei einer Pionier-Einheit in Rumänien, kennt sich bestens mit Sprengstoff aus. Warum bin ich da nicht selber draufgekommen, ich blöder Hund? Was ist mit dem? Der ist doch abgetaucht nach der Sache und von der Bildfläche verschwunden.«

»Wie's aussieht, ist der immer noch in der Gegend und auch sehr aktiv. War einige Male in Rottau, das ist da hinter Bernau, und in der Nähe des ›Il Padrino‹. Wenn man sich das Bewegungsprofil so ansieht, war da ein Übergabepunkt oder ein toter Briefkasten oder so was. Wie passt das in deine Theorie? Übrigens: Der war auch in Innsbruck, der Achs.«

»Teufel, dass wir den so außen vor gelassen haben. Wenn sich der Achs mit dem Suaretti getroffen hat, dann wär das ein Volltreffer. Würde auch gut passen, denn die ›Il Padrino‹-Handlanger sind weg, verschwunden. Also muss irgendwer die Jobs vor Ort übernehmen.

Und der Suaretti und seine Jungs sind auf Arbeitssuche. Nur, wie krieg ich die Verbindung bewiesen?«

»Hast du von dem Suaretti die Sachen wie Brieftasche, Uhr, Handy, das ganze Zeug?«

»Ja, schon. Der sitzt ja noch in Haft. Warum?«

»Lass die Handy-Fotodateien kopieren, Donat. Diese italienischen Schweißfüße sind doch alle misstrauisch wie der Teufel. Vielleicht hat der beim Treff irgendwas fotografiert. Der Achs fährt einen schwarzen Porsche Cayenne. Ist auf eine Import-Export-Firma zugelassen. Münchner Kennzeichen. Wie der selber aussieht, der Achs, das müsst ihr doch alles haben. Schau mal, ob da was auf dem Handy ist. Was sollen wir hier jetzt machen?«

»Du? Schnapp dir den Zeno und fahr in dieses Rottau rüber. Lass den Zeno schnuppern, wo der Achs geparkt hat. Wenn's einen Briefkasten oder so was gibt, findet der Zeno das. Der war mein bester Mann und in diversen Spezialkommandos, bevor der undercover gearbeitet hat. Ich grab hier weiter. Über den Achs hab ich so einiges. Den lass ich ab jetzt überwachen. Die vom LKA in Wiesbaden, die machen mir jede Menge Druck. Wegen der Mona. Wenn ich bis nächste Woche keine Ergebnisse vorlege, schicken die mir die Internen auf den Hals. Weil sie mir nachweisen wollen, dass ich diesmal meine Befugnisse überschritten habe. Davor hab ich aber keine Angst. Der Pullover, den ich jetzt gerade anhabe, der hat einen höheren IQ als die Brüder von den Internen alle zusammen. Der zuständige Sektionschef, der Müller Sepp, der ist außerdem ein Intimfeind von mir. Der würd mir zu gerne einen reinwürgen. Nach der Bernau-Sache waren die auch fast eine Woche lang in meinem Büro, und einmal, da hat dieser Warmduscher versucht, mich auf die Freundschaftsmasche zum Reden zu bekommen. Hat mich zum Essen eingeladen, und wir sind mit seinem Auto nach Schwabing rausgefahren. Auf dem Rücksitz seiner Karre lag eine Flasche Wein. Ein ziemlich guter Franzose, weiß ich noch genau. Hab ich ihm auch gesagt, dem Müller, weil ich irgendwie höflich bleiben wollte. ›Ach‹, sagt der zu mir, ›die Flasche Wein da hinten? Die hab ich für meine Frau bekommen.‹ ›Das war sicher ein guter Tausch‹, hab ich darauf gesagt, und der Tag war für mich gelaufen. War mir aber egal. Bei der Bernau-Sache konnte der mir nichts nachweisen, obwohl er natürlich wusste, dass da was nicht zusammenpasst. Und jetzt lauert der auf eine Gelegenheit, dass er mir so richtig einen reinmachen kann. Also schaut's zu, dass ihr da draußen in Rottau was findet. Waidmannsheil, Stocker.«

»Da. Fahr da links die Hauptstraße rein. Nicht dieses Links, das andere Links. Genau, geht doch. Und jetzt gerade. Ja. Langsamer. Fahr doch langsamer. Und nicht so weit rechts. Ich kann mich ehrlich nicht konzentrieren bei deiner Fahrerei.«

»Zeno, du nervst. Als Beifahrer bist du eine Katastrophe. Hier, schau mal nach rechts: das ›Fischerstüberl‹. Die bringen ein Essen auf den Teller, vom Feinsten, sag ich dir.«

Der Zeno grinst und sagt: »Da war ich mal. Ist schon eine Zeit her. Kaum hab ich am Tisch gesessen, kommt schon die Bedienung und gibt mir die Karte. Und ist nach zwei Minuten wieder da und fragt: ›Haben Sie schon was gefunden?‹ Ich sag: ›Nein, ich geh erst mal noch in mich.‹ Und sie sagt: ›Gut, dann bleiben ’S da halt noch ein bisserl, ich hab eh genug zu tun.‹ Aber das Essen, das war sehr gut, weiß ich noch. Da, jetzt rechts rein, da ist der Kirchplatz. Park irgendwo hier, ich zieh mal meine Kreise.«

»Warum Kreise? Nach was genau suchen wir?

»Alter«, seufzt der Zeno, »einen toten Briefkasten, wenn’s hier wirklich einen geben sollte, den finden wir sowieso nicht. Und du, du würdest keinen erkennen, selbst wenn du über einen stolperst und dir die Haxen dabei brichst. Aber vielleicht find ich Hinweise, Zeichen, irgendwas. Weißt du, wie so was abgeht, mit Nachrichten und so?«

»Nein, Herr Lehrer, erzähl mal.«

»Das läuft meistens so: Nehmen wir an, der Achs hat eine neue Ladung Drogen, oder es geht um Waffen oder was weiß ich. Die hinterlegt einer seiner Jungs in einem Versteck, das wir einen ›toten Briefkasten‹ nennen. Er selber macht das nicht, denn einer in seiner Position soll ja nicht durch einen blöden Zufall mit dem Zeug geschnappt werden. Er fährt nach Rottau und hinterlässt hier irgendwo ein Zeichen. Das kann ein Band an einem Baum sein, oder ein Kreidekreuz an einem Grabstein, oder ein Stein auf der Mauer da vorne. Der Empfänger, der kommt hier vorbei, sieht das Zeichen und weiß, dass was in dem

Versteck ist. Er nimmt das Zeichen weg, und fährt zum Versteck und holt die Ware. Unser Cerno, der fährt ebenfalls hier wieder vorbei, sieht, dass das Zeichen weg ist, und weiß, dass zu einem späteren Zeitpunkt, den die beiden ausgemacht haben, in dem Versteck das Geld für die Ware liegt. Das lässt er von einem seiner Jungs abholen. So hat keiner den anderen gesehen, die gesamte Absprache muss nur ein einziges Mal getroffen werden. Dazu haben sich Cerno und der Capo der hiesigen Truppe ein Mal getroffen. An einer Autobahnraststätte, in einem Café in der Fußgängerzone oder so. Ist eine ziemlich sichere Sache, dieses System. Absender und Empfänger sind nie zur selben Zeit am selben Ort und können sich theoretisch sogar persönlich unbekannt sein. Außerdem kann man den Briefkasten auch sehr gut zur Übergabe von Erpressergeld benutzen. So weit kapiert? Und wenn der Empfänger, also, der Kontakt hier vor Ort, wenn der was braucht oder eine Nachricht an den Achs hat, dann macht der sein Zeichen an der vereinbarten Stelle. Das muss gar nicht unbedingt hier sein, das macht das Ganze so kompliziert für uns mit der Überwachung und dem Auffinden.«

»Ist mir zu umständlich. Schau du dich mal um, ich weiß sowieso nicht, nach was ich sehen soll. Ich geh ins ›Fischerstüberl‹ und trink ein Bier. Bis gleich.«

Kopfschüttelnd marschiert der Zeno zur Kirche, und der Stocker marschiert auf der Hauptstraße die paar Meter zurück zur Gaststätte.

Zwei kleine Biere später kommt der Zeno grinsend in die holzverkleidete Stube und setzt sich an den Tisch, nimmt Stockers Glas und trinkt es auf einen Zug aus: »Ahh … geht runter wie Schampus. Was denkst du, was ich hier habe?«

Stocker beugt sich über den Tisch und sieht zwischen Zenos Daumen und Zeigefinger einen ziemlich ramponierten Zigarettenstummel. Der Filter ist von undefinierbarer Farbe und die Baumwolle dunkelbraun vom Nikotin.

»Wow! Eine Kippe, und das hier in Deutschland, wo fast überall Rauchverbot ist! Mittlerweile eine echte Rarität. Ist bei eBay sicher für ein Affengeld zu versteigern.«

»Hier drin werd fei net graucht. Is des klar, meine Herren?«

Das kommt von der Bedienung, die, von den beiden unbemerkt, an den Tisch getreten ist.

»Er will nicht rauchen. Bringen Sie ihm ein Glas heißes Wasser, bitte, er will sich mit dem Stummel nur einen Tee aufbrühen. Er war früher ein starker Raucher, wissen ’S. Und eine Brez’n braucht er, zum Reintunken. Dann wird er gleich wieder ruhiger, ehrlich.«

Die Bedienung schaut die beiden an und sagt: »Ihr seid’s ja echte Komiker, ihr zwei. Kennt’s ihr den: Da sitzen zwei Skelette auf einem Grabstein. Sagt das eine Skelett zum anderen: ›Du rauchst ja immer noch.‹ Sagt das andere: ›Ja, schon, aber nicht mehr auf Lunge.‹ Ich bring euch jetzt noch zwei Bier. Und einen Korb mit Brez’n, die könnt’s ja dann in euer Bier tunken.«

Und weg ist sie. Der Zeno schaut auf seinen Zigarettenstummel und sagt: »Das ist ein Carpați-Filter. Und Carpați, mein Freund, das ist eine rumänische Marke, die kriegst du hier gar nicht. Was sagt uns das?«

»Dass der Achs hier war, wenn er so was raucht. Aber dass er hier war, das wissen wir ja vom John. Hast du den Briefkasten oder wenigstens Zeichen gefunden?«

»Da ist so einiges, was man als Zeichen nehmen könnte«, sagt der Zeno, »aber das kann auch Kinderkram sein. Und der Briefkasten selber, der ist wahrscheinlich eh woanders: im Wald oder auf dem Adersberg oder in Grassau oder Bernau oder was weiß ich. Das ist ja das Clevere an der Sache: Dass hier die Zeichen sind, und der Briefkasten ist woanders und wird sehr wahrscheinlich auch von einem der Jungs vom Achs gefüllt und geleert. Aber der Achs war hier, und mit diesem Stummel können wir es beweisen. Nämlich dann, wenn seine DNA dran ist. Was wir jetzt brauchen, besser gesagt, der Zuckerhahn braucht, das ist eine Vergleichs-DNA. Die hat der bestimmt oder kann sie ruck, zuck kriegen. Dann sind wir einen großen Schritt weiter. Verstehst mich so weit?«

Die Bedienung kommt mit zwei kleinen Bieren und einem Korb mit warmen Laugenbrezen: »Zum Wohl, meine Herren, die Küche hat noch zu, aber die Brezen sind frisch und noch warm. Darf’s noch was sein für Sie?«

»Ja«, sagt der Stocker, »bringen Sie uns bitte ein Telefon?«

»Warum, wollen ’S eine Pizza kommen lassen?«

Aber eine Minute später ist sie mit einem Telefon wieder da und reicht es dem Stocker. Der wählt die Nummer von Zuckerhahns privatem Handy und der sagt: »Warte eine Sekunde, ich geh schnell auf den Gang raus.« Und gleich darauf: »So, jetzt. Was gibt's?«

Stocker reicht dem Zeno das Telefon über den Tisch, und der berichtet von seinem Fund und seinen Eindrücken.

»Ob wir von dem Achs die DNA haben, das weiß ich jetzt auch nicht«, sagt der Zuckerhahn, »aber der wird ja überwacht, meine Leute sind ständig an ihm dran. Da ist es kein Problem, dass wir ein Glas, aus dem er in einer Kneipe getrunken hat, oder irgendwas anderes organisieren. Den Zigarettenstummel brauch ich umgehend. Gute Arbeit, Männer. Morgen Nachmittag bin ich bei euch in der Gegend, ich komm dann in der ›Endstation‹ vorbei, so um sieben rum. Was gibt's denn dann zum Essen, so als Hauptempfehlung? Wisst ihr das schon?«

Der Stocker, der halb über den Tisch gebeugt mitgehört hat, übernimmt das Telefon und sagt: »Wissen wir. Wir schon. Du aber nicht. Komm vorbei und staune. Dann zeigen wir dir, wo der Frosch die Locken hat. Servus, und bis morgen.«

»Jetzt haben wir die Zigarettenkippe. Das heißt, wahrscheinlich war der Achs hier. Und hat mit den Spaghettis irgendwelche Geschäfte gemacht. Aber wir haben immer noch keine Ahnung, warum die zwei Inselwirte umgelegt worden sind. Und warum oder für was die Mona gestorben ist. Und ob das überhaupt irgendwie plausibel zusammenhängt«, sagt der Zeno, während er die CDs durchschaut, die im Handschuhfach der Wanderdüne liegen. Jetzt findet er eine CD mit deutschen Schlagern: »Na so was, da ist die Nummer drauf, ›Lena‹ heißt die, die ich für die Mona mal nachts am Telefon gesungen hab. Die spiel ich jetzt. Und wenn du dabei einen deiner blöden Sprüche rausfährst, dann kriegst du, exklusiv für dich, das Ding von Anne.«

»Welche Anne?«

»Anne Fresse!«

»Ganz ruhig, mein Brauner. Warum und wann hast du für Mona gesungen? Ist doch gar nicht deine Art, so was, oder?«

»Weißt du was? Wenn du mal über ein Jahr undercover gelebt hast, in Müllzimmern, und mit Leuten verkehrst, die in ihrem eigenen Kosmos sind, dann weißt du irgendwann nicht mehr, wer du eigentlich in Wirklichkeit bist. Dein Leben hat in einem Schuhkarton Platz. Du kannst niemandem vertrauen, du hast keine Familie, nichts, alles ist irgendwie hingetürkt. Ich würd dir wirklich mal ein paar Nächte in so einer Scheißpension wünschen. Alles, was du hast und bist, das ist in dem Koffer, der im Schrank liegt. Deine Papiere sind so echt wie griechische Staatsanleihen. Unter dem Kopfkissen, da hast du deine Kanone. Und dann, nachts, da kommt die Angst: Was, wenn einer hinter deine Kulisse schaut, wenn deine Legende auffliegt? Wegen irgendeinem blöden Mist, einer Kleinigkeit. In solchen Nächten hab ich manchmal in der Zentrale angerufen. Von einer Telefonzelle in der Nähe der Pension. War immer so um die Wolfsstunde rum. Das ist die schlimmste Zeit. Die Stunden zwischen vier Uhr früh und sechs, halb sieben. Und einmal, da war die Mona dran. Die hatte die

Alptraumschicht. Da rufen nur so Geisteskranke wie ich an. Hab ungefähr eine Stunde mit ihr telefoniert. Irgendwann brechen die Staudämme, und du sagst alles. Dass du nicht mehr kannst, dass du dein Leben zurückwillst. Dass du einfach keine Kraft mehr hast. Und du redest dir einfach den Müll von der Seele. Ich wollt mich entsorgen in einer dieser Nächte, und das hab ich ihr auch so gesagt. Dann hat sie gesprochen. Fast eine Stunde lang, bis ich kein Kleingeld mehr hatte. Und um sechs Uhr früh in dieser Scheißtelefonzelle, da hab ich dann für sie gesungen: ›Mona, ich hab es echt nicht leicht. Doch wenn ich am Boden liege, dann sagst du mir, dass ich gleich fliege‹, das hab ich für sie gesungen, auf diese Melodie hier auf der CD. Und dann bin ich zurück in meine Dreckspension, und dann hab ich mein Ding weiter durchgezogen, bis mich der Zuckerhahn wieder zurück ins echte Leben geholt hat. Hör mal!«

Und das haben sie gehört. Das Lied. So laut, dass die heile Welt da draußen so weit weg war wie für einen Astronauten auf der Mondumlaufbahn die Erde.

Mittendrin läutet Stockers Handy. Über die Bose-Anlage. So laut wie die Glocken vom Ulmer Dom. Dran ist die Nellie: »Chef, ich hab dem Zeno gesagt, er soll einen Klempner herholen wegen dem Wasserzulauf in der Küche. Aber muss es unbedingt der Primelmeier sein? Wegen dem Waschbretthirn mit Bohlen-Stimme bin ich lesbisch geworden. Soll das alles umsonst gewesen sein?«

»Jetzt mal ganz ruhig durchatmen und normal weiterreden. Was ist denn das für ein Schaden?«

»Mit dem Primelmeier?« Jetzt gerät die Nellie erst so richtig in Fahrt. »Der kommt hier reingetänzelt wie Marika Rökk, macht schon an der Tür den Gackerlgriff und hat ein T-Shirt an, auf dem steht: ›ICH FLIESE IHRE KÜCHE UND KACHEL IHRE ALTE‹. So, und dann hat er noch so einen Berufs-Autisten von Lehrling dabei, der hat auch ein T-Shirt an. Da drauf steht: ›HEUTE SCHON EIN ROHR VERLEGT?‹ Was? Ich hör dich nicht, Chef. Und es war genau dieser Primelmeier, der mir erst letzte Woche erzählt hat, dass er im Urlaub in Riga war, weil man dort die Mädels umsonst ablecken und probeweise anpoppen darf. Und wenn man da vor Ort seine Kontoauszüge herzeigt, dann hat man Promi-Status und darf umsonst weiterknattern. Der in mir, ich zitiere, ›ein leckeres Bumsbrötchen‹ sieht? Sag mal, hast du sie noch alle?«

»Nellie, ich hab den Primelmeier nicht ange–«

»Ist mir so was von kackegal, wer von euch zwei Haselnüssen das war, aber ich komm mir hier vor wie die Wanderhure in dem Film ›Ich gehe, bis du kommst‹. Und weil wir grade davon reden, ich geh jetzt wirklich und komm erst wieder, wenn der Primelmeier weg ist. Im Laufschritt bin ich weg. Reicht, wenn ich dem abends sein Bier zapfen muss. Du kannst dich ja selber mit dem humorfreien Mumpf amüsieren. Tschau, Bello. Und Ende.«

Zack, und weg ist sie, die Nellie. Stocker schaut zum Zeno rüber: »Die ist sauer, glaub ich. Um was geht's eigentlich?«

»Ach, eigentlich kein Drama. Unter der Spüle, da tropft halt dauernd irgendwas. Ich hab's selber nicht rausgefunden und deswegen dem Primelmeier Bescheid gesagt. Ich hab dem aber auch gesagt, der soll vormittags vorbeikommen, wenn die Nellie noch nicht da ist. Ist jetzt schon ein bisschen verfackt, das Ganze. Gib Gas, dann sind wir in zehn Minuten da und das Ding ist gegessen. Weiß auch nicht, aber seit ich mich kenne, hab ich Probleme mit mir.«

»Und dann sag ich zu der Alten: ›Meine Schwester und ich, wir sind eineiige Zwillinge. Bloß hab ich das Glück, dass ich in dem Fall die Eier bekommen hab.‹ Woah…ha…ha.« Dumpf kommt die Stimme unter dem stählernen Waschbecken hervor, und er kann sich wieder wegschmeißen vor Lachen, der Primelmeier, wie er da so unter der Spüle hängt. Sein Lehrling verdreht die Augen und sieht den Stocker und den Zeno hilflos an. Die beiden stehen in der Küchentür und betrachten den dicken Hintern vom Primelmeier. Die obere Hälfte der drallen Backen hängt aus der engen blauen Arbeitshose. »Maurer-Dekolleté« nennt man so was wohl.

»Sag mal, Primelmeier, trägst du neuerdings Push-up-Unterhosen?«, fragt der Zeno, und der Stocker dreht sich kopfschüttelnd auf dem Absatz um und geht zur Theke. Gleich darauf hört man das dumpfe Fauchen des Zapfhahns.

»Ich hab mir hier mit einer Spezialkamera die Rohre angesehen«, hört man die Stimme vom Primelmeier, »von innen. Bin ja so was wie ein Sanitär-Gynäkologe. Da muss man ja innen rein in die Problemzone, sonst sieht man nix. War total versifft. Jetzt wird's langsam wieder. Männer, meinen Thekendeckel könnt ihr voll vergessen. Ohne mich würde der Laden spätestens morgen absaufen. Man muss rein ins Problem, dann kommt auch was raus dabei, sag ich immer.«

Das ganze Gerede kriegt der Stocker an der Theke mit einem Ohr mit, und plötzlich, da hat er die Eingebung: rein ins Problem, dann kommt auch was raus dabei. Das muss ich dem Zuckerhahn sagen, denkt er sich und rennt an dem verdutzten Zeno vorbei in die Küche und holt sein Spezial-Handy. Draußen auf dem Parkplatz, im letzten Licht des Tages, wählt er die Nummer vom Zuckerhahn.

»Der Achs, wo wohnt denn der eigentlich? Und wie wohnt der?«

»Grüß dich, Albin. Hätte so ein netter Abend werden können. Egal. Also, der Achs, der hat ein Penthouse in Schwabing. Mit

Blick auf den Englischen Garten. Super-Luxus, sag ich dir. Mit Privat-Lift aus der Tiefgarage direkt in seine Bude hoch. Von so was träumt der Papst an regnerischen Tagen. Warum willst du das wissen?«

»Hab da so eine Idee. Sag mal, was war eigentlich auf dem Handy vom Suaretti? Habt ihr da Fotos gefunden, die mit der Sache zu tun haben?«

»Kann schon sein«, sagt der Zuckerhahn. »In Innsbruck, da hat der Suaretti fotografiert wie ein japanischer Tourist. Na ja, nicht ganz. In erster Linie Banken, dann einen Securitas-Geldtransporter, wie der seine Route macht. Tja, und den Innsbrucker Straßenstrich, am Südring draußen, beim Eisstadion. War aber ziemlich mieses Wetter an dem Tag. Man sieht fast nichts auf den Fotos, so hat's geregnet. Und dann noch der eisige Wind dazu, das hat man auf den Fotos deutlich gesehen, wie die Regenschirme von den Mädels schräg in der Luft hängen. Also, bei so einem Wetter, da möcht ich keine Hure sein.«

»Bei welchem Wetter willst du dann eine Hure sein, Zuckerhahn? Kannst mir ja morgen Abend sagen. Jetzt würd mich aber interessieren, ob ihr den Achs auf den Handy-Fotos habt.«

»Teilweise bingo«, sagt der Zuckerhahn, »wir haben den schwarzen Porsche zweimal drauf, aber man kann den Fahrer und den Beifahrer nicht so deutlich sehen. Der Beifahrer ist aber zu neunzig Prozent der Achs. Und gefahren ist wohl sein Bodyguard, würd ich mal sagen. Warum?«

»Warum? Weil, wenn wir einigermaßen sicher sind, dass der Achs hinter der Sache mit der Mona steckt, dann ist Schluss mit lustig. Dann gehen wir erst mal in seine Bude rein und verwanzen die und bauen ein paar Kameras ein. Das bringt in ein paar Tagen mehr wie eure ganze Überwachung, oder?«

»Schon klar, Stocker, aber davon darf ich nichts wissen. Wenn mir allerdings jemand dann eine Information oder eine CD oder so was zukommen lässt, dann … sehe ich das so wie die Dings da, die Steuer-CDs aus Liechtenstein. Aber so einfach ist das Ganze nicht zu machen. Der Achs, der hat seine Bude mit einem elektronischen Türschloss mit so einem Sechsfach-Code gesichert. Meine Jungs haben sich das schon angesehen. Drinnen in der Wohnung hat er wahrscheinlich eine Lichtschrankenanlage, die mit dem Türschloss gekoppelt ist, und möglicherweise einen lautlosen Alarm, der direkt auf sein Handy geht. Wenn da wer einbricht, ist in ein paar Minuten der Teufel los. Und die Burschen, die dann da auftauchen, also dagegen sind meine Polizisten die reinsten Sockenbügler, das sag ich dir. Überleg dir das. Aber du bist ja ein unverbesserlicher Gefahrenjunkie, oder?«

»Donat, es kommt nicht darauf an, dem Leben mehr Tage zu geben, sondern darauf, den Tagen mehr Leben. Verstehst?«

»Schon klar. Aber wenn ihr das machen wollt, sag mir Bescheid. Ich kann das Türschloss von einem Kerl öffnen lassen, der mir noch was schuldig ist. Bestimmt kann der auch die Alarmanlage und den ganzen Lichtschrankenkram für eine kurze Zeit ruhigstellen oder überbrücken. Euch würden dann maximal, sagen wir mal, zehn bis fünfzehn Minuten bleiben, um eure Technik in der Wohnung zu installieren. Lass dir Hardware bringen, die nicht zurückverfolgt werden kann. Was wir jetzt überhaupt nicht brauchen können, das wäre ein Polizeiskandal. Und ich, ich hab eh die Internen im Kreuz, das weißt du ja.«

»Ich ruf gleich mal den John an, Donat. Gib mir die genaue Anschrift von dem Achs jetzt gleich per SMS durch, auch welche Wohnung im Haus das ist. Mehr muss ich gar nicht wissen. Bleibt's dabei, kommst du morgen Abend zu uns rüber? Dann heb ich dir was von unserem Filetgeschnetzelten auf.«

»Wenn du das nicht machst, kommst du in Beugehaft und ich schmeiß die Zellenschlüssel weg. Bis morgen, Stocker. Servus und Ende.«

Nächster Anruf: bei John an der Costa Blanca. Der meint, er will sowieso gleich nach Benidorm rüber, dann spricht er das Dingens mit den CyberEye-Boys durch. Irgendwas geht immer, meint er. Erst mal genaue Anschrift und Lage der Wohnung, und dann schauen wir mal.

Der Laden ist ziemlich voll, die Stimmung gut und der Zapfhahn singt wieder sein heiseres Lied. In der Küche klappern die Töpfe und Pfannen, und der Zeno gibt die letzten Essen raus, gut gelaunt wie immer: »Da sagt eine Ziege zur anderen: ›Ich geh heut Abend tanzen, kommst du mit?‹ ›Sagt die andere Ziege: ›Nee, ich hab kein Bock.‹«

»Witzig, ehrlich. Haut voll rein. Heb eine Portion von dem Filetgeschnetzelten für den Zuckerhahn auf, der kommt doch morgen Abend. Wenn der nichts davon abkriegt, haben wir Stress in der Bude«, sagt der Stocker über den Herdblock zum Zeno, der jetzt in der Gusseisenpfanne die Bratwurststücke mit Sauerkraut und Bratkartoffeln wendet (das ist Zenos berühmte Bratwurstpfanne, dieses Rezept kommt später), während die Flammen links und rechts am schwarzen Metall hochzüngeln. Das gibt der Sache erst den richtigen Geschmack.

»Da geht grade eben das letzte Filet zur Tür raus. Das auf dem Teller, mein ich jetzt. Getragen von der Hand unserer zauberhaften Service-Managerin. Nellie, ich sag's dir, wenn ich eine Frau wär, dann würd ich dich küssen, bis du schielst.« Und zum Stocker ruft er rüber: »Ich mach ihm das morgen frisch, dem Zuckerhahn. Das muss der einfach gegessen haben.«

An der Küchentür dreht sich die Nellie um, sieht die beiden grinsenden Kerle und meint: »Ihr beide seid in etwa so herzerfrischend wie Herpes. Oder der Primelmeier, was eigentlich dasselbe ist.«

Jetzt aber hier das Rezept für ein göttliches

Filetgeschnetzeltes in einer Rote-Bete-Rotweinsauce

Wie immer für vier Personen.
Wir brauchen:
ca. 400 g Rinderfilet, 2 oder 3 Schalotten, 2 kleine
Gewürzgurken, 1 Bund Petersilie, Olivenöl, ca. 100 g Rote

*Bete, 1 bis 2 EL mittelscharfen Senf, ca. 120 ml Rotwein, ein
paar Knoblauchzehen, ca. 100 g saure Sahne, Salz und Pfeffer.
Jetzt schneiden wir das Rinderfilet in schmale Streifen, die
Essiggurken klein würfeln, Petersilie hacken, die Rote Bete
(schon fertig eingelegt kaufen) in schmale Stifte schneiden.
Nun etwas Olivenöl in die Pfanne, die Filetstreifen ca. 1 Minute
anbraten, rausnehmen, in Silberfolie geben und bei 75 Grad
in den Backofen. Schalotten, Knoblauch und Gurkenstücke in
die Pfanne geben, anbraten, mit dem Rotwein ablöschen und
jetzt den Senf und die Petersilie rein. Saure Sahne und die
Rote-Bete-Stifte dazu, das Fleisch und den ausgetretenen Saft
ebenfalls. Nicht mehr aufkochen, nur warm einrühren. Salzen
und pfeffern.
Dazu: Kartoffelbrei oder Rösti mit Mozzarella-Stücken.
Übrigens wird der Kartoffelbrei in der »Endstation« nur aus
Bio-Kartoffeln gemacht. Die werden in der Schale gekocht und
dann mit einer Kartoffelpresse ausgedrückt (die Schale bleibt
bei dem Vorgang in der Presse). Jetzt vorsichtig etwas Petersilie,
Butter, Salz und Pfeffer unterrühren und ab damit auf den Teller.
Mahlzeit.*

Eine halbe Stunde später, kurz vor Feierabend

Die Nellie streckt ihren Kopf in die Küche, die stoppeligen blonden Haare zittern vor Wut: »Wir haben einen Zechpreller. An Tisch drei. Macht's was, Burschen, aber flott.« Und weg ist sie wieder. Der Zeno schnappt sich den Schnitzelklopfer, humpelt geschmeidig um den Herd herum und sagt zum Stocker: »Geh du hinten raus. Wer ihn zuerst erwischt, darf ihn verdreschen.«

An der Schwingtür stößt er mit der Nellie zusammen, die aus der Gaststube kommt und ihn anstarrt: »Ja, spinnst jetzt? Der Verbrecher ist weg. Aber er hat was dagelassen. Da, schaut's selber!«

Und so marschieren die drei im Gänsemarsch in die mittlerweile fast menschenleere Gaststube. An der Theke sitzen noch vier von den üblichen Verdächtigen und trinken Bier und grinsen in die Richtung von Tisch drei. Das ist der direkt neben dem Ausgang. Auf dem Tisch selbst: zwei leere Teller, alles sauber aufgegessen. Ein Bierglas, ebenfalls leer, ebenso das Schnapsglas daneben. Ein Bund mit Schlüsseln dran liegt mitten auf dem Tisch, auf einer Zeitung von gestern. Das war's. Aber unter dem Tisch, da bewegt sich was. Vorsichtig schlurft der Zeno näher, den Schnitzelklopfer schlagbereit hoch über dem Kopf. Einer der Thekenschlucker sagt: »Bei euch kommt aber auch wirklich alles in die Pfanne, oder?«

Schallendes Gelächter von seinen Trinkkumpanen, und unter dem Tisch drei, da erscheint ein kleiner Dackelkopf. Flach über dem Boden. Ein Rauhaardackel, braun, saufarben, so sagt man wohl dazu. Offensichtlich noch ziemlich jung der Bursche, mit einem struppigen Fell und hellbraunen Absetzern um die Augen rum und auf der Brust. Das sieht aus, als ob er eine Brille aufhätte und einen Pullover an. Angeleint ist er auch, der kleine Kerl, am Stuhl. Und verängstigt. Er fiepst leise, versteckt sich hinter dem Tischbein, schaut mit einem Auge schief von unten auf den Zeno und schlägt dann zaghaft mit dem Schwanz auf den Boden. Klopf, klopf, klopf.

»Jetzt nimm doch den blöden Schnitzelklopfer weg, der fällt doch gleich ins Angstkoma, der arme kleine Bursche.« Die Nellie geht vor dem zitternden Hundebündel in die Knie und spricht mit einer unsäglichen Babystimme zu ihm: »Ja, wie heißt du denn?«

»Wenn das mit dem Namen geklärt ist«, sagt der Stocker hinter ihr, nachdem er dem fassungslosen Zeno den Schnitzelklopfer aus der Faust genommen hat, »dann frag ihn doch auch gleich, wer hier bezahlt, oder wie er sich das gedacht hat.«

Wieder brüllendes Gelächter von der Thekenmannschaft.

»So, jetzt ist Feierabend, ihr geht's jetzt heim. Wir haben hier was Ernsthaftes zu klären«, sagt der Zeno und nimmt den vier Schluckern die leeren Gläser weg. Die verlassen maulend und grinsend das Lokal. Die Nellie, die nimmt sich einen kräftigen Gin Tonic und sagt nach dem ersten Schluck: »Und jetzt?«

»Jetzt? Jetzt rufen wir den Ringo an. Der hat heute Dienst, und der übernimmt die Sache hier. Ein klarer Fall für die Polizei, wenn du mich fragst. Für so was sind die ausgebildet. Gib mir mal das Telefon rüber.« Der Stocker streckt die Hand aus, ohne den Dackel aus den Augen zu lassen. Die Nellie drückt die Nummer der Priener Polizeidienststelle auf der Kurzwahltaste und reicht dem Stocker das Telefon über die Theke. »Und zwei Bier«, sagt der Zeno, der jetzt mühsam neben dem Kleinen auf ein Knie geht.

»Polizeidienststelle Prien, Müller, guten Abend.«

»Grüß dich, Ringo, Albin hier, wir haben hier ein Problem, kannst du schnell vorbeikommen?«

»Servus, Albin, um was geht's? Einbruch? Schlägerei? Erzähl.«

»Nein«, sagt der Stocker, »eigentlich ist es ein Fall von Zechprellerei. Hier war einer, der vorher noch nie bei uns war. Der hat gegessen und getrunken und ist dann verschwunden. Die Nellie hat gedacht, der ist nur mal schnell raus oder so, weil er auf dem Tisch einen Schlüsselbund und eine Zeitung liegen gelassen hat, und außerdem —«

»Nein, wart«, lacht der Ringo ins Telefon, »ich schmeiß mich weg. Der Schnitzel-Heinzi. Der alte Schmierlappen. Ist der jetzt bei euch auf Tour? Vergiss es einfach und hak's ab.«

»Warum? Wer?«

»Der Schnitzel-Heinzi, der ist aus der Gegend von Oberaudorf. Das ist auch sein Jagdrevier. Das ganze Inntal bis nach Rosenheim rein. Aber so weit östlich war der noch nie. Isst immer Schnitzel, hat immer einen Schlüsselbund auf dem Tisch, den er dann liegenlässt. Die Schlüsselbunde kauft er kiloweise auf den Flohmärkten zusammen. Und die Zeitung, die ist immer vom Vortag. Zeitungen holt er sich aus diversen Papierkörben. Vergiss es, Albin, der Schnitzel-Heinzi, der hat an die hundert Zechpreller-Delikte. So genau weiß ich das gar nicht, weil unser Computer nicht mehr als die letzten fünfzig Delikte pro Täter erfasst.«

»Jetzt lass mich doch mal ausreden, Ringo. Erstens hat der bei uns kein Schnitzel gegessen, sondern Rinderfiletstreifen in Rote-Bete-Sauce, dazu reichlich Bier und Schnaps, und zweitens, und jetzt komm ich zum Punkt, zweitens hat er einen Hund hiergelassen. So!«

»Einen Hund, hmm? Dann geht der jetzt mit einem neuen Programm auf Tournee. Trotzdem, machen kann ich da nicht viel. Komm morgen vorbei, dann nehmen wir ein Protokoll auf, aber bringen tut das nichts. Früher, da hat der Heinzi nach dem Essen immer noch einen doppelten Obstler bei der Bedienung bestellt mit den Worten: ›Geh, bring ma no an Doppelten, bevor's losgeht.‹ Und nach dem dritten oder vierten Obstler, wenn die Bedienung gesagt hat: ›Möchtest dann so langsam zahlen?‹, dann hat der Heinzi immer geantwortet: ›Siehst, jetzt geht's schon los.‹ Eine Legende, der Mann. Ehrlich. Aber heute ist eh wieder so ein Tag gewesen. Ich komm gerade von einer Verkehrskontrolle zurück. Da halt ich doch einen an auf der Chiemseestraße, der nicht so ganz sauber fährt. Ich sag zu ihm: ›Würden Sie sich einem Alkoholtest unterziehen?‹ Und der sagt zu mir: ›Klar, super. In welcher Kneipe fangen wir denn an, Herr Oberförster?‹«

»Ja, Ringo, du hast es hart erwischt. Aber was machen wir mit dem Hund? Bringst du den ins Tierheim oder was? Halsband hat er nämlich keines um.«

»Vergiss es, Stocker. Jetzt, um die Zeit, da ist da keiner mehr. Bring ihn morgen selber hin. Wir haben hier keinen Hund abgängig gemeldet. Und der Heinzi ist auch nicht so blöd, dass er einen Hund klaut. Das wär ein klares Diebstahls-Delikt. Nein, der Amslinger Heinz, so heißt der, der war in jungen Jahren ein begnadeter Heiratsschwindler und Kleinbetrüger. Seit einiger Zeit hat er sich auf Zechprellerei spezialisiert. Isst aber nur da, wo's auch wirklich gut schmeckt. So gesehen ist das ein Kompliment für euch. Geh jetzt aus der Leitung, es haben noch andere Leute polizeiliche Hilfe nötig in so einer Nacht. Servus.«

Fassungslos starrt der Stocker den Telefonhörer in seiner Hand an und greift mit der anderen zu seinem Bier: »Der spinnt, der Ringo. Okay, ich bring den Hund morgen früh ins Tierheim. Lass uns mal eine Schachtel oder so was suchen, wo wir ihn heute Nacht schlafen lassen können.«

»Also, ins Tierheim kommt der nicht«, sagt die Nellie, »und alleine in einer Schachtel, da schläft der auch nicht. Da behalt ich ihn lieber. Schau dir den doch bloß mal an. So was Herziges. Und Angst hat der. Und Hunger wahrscheinlich auch. Gebt's ihm doch mal was zum essen und eine Schale mit Wasser. Ihr Kerle seid's so was von gefühlskalt, schämen sollt's euch was.«

Der Dackel streckt den Kopf vor und leckt der Nellie über die Hand.

»Wenn die sagt, sie behält den Hund, dann heißt das, dass der Pelzfurzer ab jetzt ständig hier drin ist. Nicht so gut. Ich geh mal in die Küche und such was Fressbares für den«, sagt der Zeno.

Die Nellie hat den kleinen Kerl von der Leine genommen und will ihn streicheln, der Dackel rennt aber um sie rum, dem Zeno in die Küche hinterher.

Der Stocker füllt sein Bierglas auf und macht der Nellie einen frischen Gin Tonic. »Ich will den Hund nicht, und du, du hast gar keine Zeit für so ein Tier, Nellie. Ich ruf morgen früh den Ringo noch mal an, der soll sich umhören, wo ein Dackel fehlt. Was würde denn deine Dings, also, deine Partnerin zu so was sagen?«

»Weiß ich jetzt auch nicht«, sagt die und legt den Kopf schräg, weil man aus der Küche ein merkwürdiges Geräusch hört. »Lass uns mal schauen, was da draußen mit dem Zeno und dem Hund abläuft.«

Die beiden kommen durch die Schwingtüre in die Küche und sehen den Zeno mit dem langen Fleischermesser in der Hand am Herdblock lehnen. Das Messer ist blutig, und von der Spitze tropft es auf den Boden. Vor ihm steht der kleine rundliche Dackel und balanciert auf seinen beiden Hinterbeinen.

»Da. Der versucht, ein Erdmännchen darzustellen«, sagt der

Zeno, »der Typ ist ein reiner Show-Hund. Und einen guten Geschmack hat er auch. Der hat grade fünf Stücke rohe Leber verschlungen. So schnell kannst du gar nicht schneiden, wie der schluckt.«

»Jessas, Maria und Josef, leg das Messer weg, du machst dem ja Angst«, ruft die Nellie, und der Zeno sagt: »Hast du das jetzt gesehen? Bei Josef, da hat er gezuckt. So heißt der: Josef. Oder so will der heißen. So einen brauchen wir hier. Der kann bleiben.«

»Bleiben? Als was?«, sagt der Stocker. »Als Hund? Für was brauchen wir hier drin einen Hund? Das bisschen bellen kann ich selber.«

»Kann ich dir sagen«, meint der Zeno, »der kann hier ganz regulär arbeiten. Mit Hundesteuer und so. Während der Öffnungszeiten ist er der offizielle Gemütlichkeits-Beauftragte. Und nachts ist er der Security-Chef. Wir stimmen jetzt einfach mal ab. Ich bin in dem Laden ja vollberechtigter Partner, die Nellie ist Vertretung der Geschäftsführung, wenn wir mal unterwegs sind, und du, du hast natürlich auch eine Stimme. Wer dafür ist, dass Josef bleibt, der hebe die Hand. Egal welche, aber nur eine. Jetzt.«

Zwei Hände gehen hoch. Die von Zeno und die von Nellie. Der Stocker starrt die beiden an, und Josef, der wackelt mit dem Schwanz und nickt dazu.

»Feierabend«, sagt der Stocker, »Freibier für alle. Und eine Wurst für Josef. Und dann will ich ins Bett. Der Hund, nein, entschuldige bitte, der Gemütlichkeits-Beauftragte, der schläft bei dir, Zeno.«

»Endstation«, morgens um ca. 03.15 Uhr

Eine Insel in der Karibik. Lauer Wind, schiefgewachsene Palmen, und man hört leise Steel-Drum-Musik von irgendwoher durch die würzige Salzluft. Die Sonne geht langsam am Horizont im Meer baden. Stocker döst in seinem Liegestuhl am Strand. In der Hand hat er eine aufgeschlagene Kokosnuss. Rum-Aroma steigt ihm in die Nase, und er nimmt wohlig einen Schluck von dem Drink, durch den blauen Strohhalm, und genießt den einzigartigen Geschmack nach Rum, Kokos und Orchideen, den die Drinks nur hier haben. Das Meer rauscht leise, und über den Strand, nahe am Wasser, da kommt eine Frau. Eine wunderschöne Frau mit einer Figur, also, so was hat er zum letzten Mal bei »Baywatch« gesehen. Durch die halb geöffneten Augenlider sieht er sie, wie sie, bis zu den Knöcheln im lauwarmen Meerwasser, auf ihn zukommt. Im Bikini, gelb oder orange, so wichtig ist das jetzt auch nicht. Aber ihr Lächeln sieht er genau, und ihre Stimme, die hört er auch.

»Albin«, sagt sie, »ich hab dich schon seit ein paar Tagen beobachtet. Und jetzt muss ich es dir einfach sagen: Auf einen wie dich, auf so einen hab ich gewartet. Schon lange. Komm, lass uns in meine Hütte gehen. Dann lieben wir uns, dass die Nüsse wackeln.«

Die spricht aber komisch, denkt sich der Stocker. Aber vielleicht sind die hier so. Keine Ahnung.

»Komm, ich will dir was ins Ohr flüstern«, sagt sie, »hör mir genau zu, denn das ist der Weg ins Paradies für heute Nacht.« Damit beugt sich die Strandschönheit über den Stocker in seinem Bambus-Liegestuhl. Sie streift sich eine Locke aus der Stirn und sagt: »Wau … Wauwauwau … Wau.«

Stocker fährt aus seinem Traum hoch und schüttelt sich den Schlaf aus dem Kopf. Was zum Teufel …? Die Frau ist weg, die Karibik auch. Aber das Bellen, das ist immer noch klar und deutlich zu hören. Das kommt von unten aus der Gaststube.

Der Stocker rollt sich aus dem Bett. Ein schneller Blick auf den Wecker: drei Uhr durch. Im Dunkeln tastet er nach seinem

Baseballschläger, der irgendwo unter dem verdammten Bett liegen muss. Da … da ist er. Kurz die Shorts hochgezogen (sind immer noch die alten, wo vorne draufsteht: »Inhalt vor Gebrauch schütteln«), die Hand um den Holzgriff des Schlägers gespannt und die Treppe runter. Barfuß, immer zwei Stufen auf einmal. Unten, auf der dritten Stufe, da ist schemenhaft eine Gestalt zu sehen. In der Kneipe ist die Notbeleuchtung an, wie immer, und im diffusen rötlichen Licht, da sieht er, dass ihm die Gestalt den Rücken zudreht und dasitzt, als wäre sie hier zu Hause. Jetzt hebt die Gestalt einen Arm wie zum Indianergruß und zischt: »Psst. Er übt!«

»Ja Kruzitürken, seid ihr jetzt beide voll behämmert?«, sagt der Stocker und sieht über den Kopf vom Zeno den Josef, der in der Gaststube auf und ab rennt und sich die Seele aus dem Leib bellt. Wie ein Slalomläufer rast der kleine Kerl zwischen den Tischbeinen und den Stühlen hin und her. Dabei sieht er den Zeno von der Seite an und rollt mit den Augen.

»Das ist bestimmt ein Ex-Polizeihund, der eine Auszeit nimmt. Burn-out, vielleicht. Jetzt schau dir doch bloß mal den Körpereinsatz an«, sagt der Zeno über die Schulter zum Stocker. »Wir haben beide supergut geschlafen, der Josef und ich. Dann ist draußen verdächtig langsam ein Auto vorbeigefahren oder so was, ist ja auch egal. Und dann ist der Josef los wie ein Zäpfchen. Gut, was? Mit dem haben wir einen Volltreffer gelandet. Jetzt sag doch auch mal was. Ist der gut, oder ist der gut?«

»Einen Hund, Stocker, ehrlich, ihr habt jetzt einen Hund?«, fragt die Metzgersfrau hinter der Fleischtheke und wischt sich die Hände an ihrer Schürze ab. »Heilige Maria und Josef!«

»Nein«, sagt der Stocker, »Josef. Er heißt einfach nur Josef. Obwohl, wir haben uns schon überlegt, ob wir ihm einen Doppelnamen geben, aber das ist nicht so gut zum laut Schreien, wenn er mal nicht folgt, verstehst? Aber sag mal, warum warst du denn zu der Kundin vor mir so unfreundlich?«

»Weil ich die überhaupt nicht leiden kann. Zugezogene, sie und ihr Mann. Beschweren sich dauernd, dass sie hier keinen Kontakt kriegen. Dabei hat mir persönlich der erste Kontakt mit der schon gereicht. Außerdem ist die evangelisch. Ich bin ja nicht rassistisch, aber manchmal denke ich schon, die meinen das ernst mit ihrem Glauben, diese Evangelen. Egal. Stell dir vor, Albin, wie die zum zweiten Mal hier reinkommt, sag ich zu ihr, weil ich ja nett sein will: ›Ihrem Akzent nach sind Sie und Ihr Mann Osnabrücker, oder?‹ Sagt die zu mir: ›Und Ihren Frikadellen nach zu urteilen, sind Sie und Ihr Mann Bäcker, oder?‹ Nein, so eine unverschämte Person. Ist aber noch nicht alles. Ihr Mann, der ist genauso ein Ekel. Ein Rechtsanwalt im Ruhestand, das ist der. Und einen Hund haben die auch. Einen grauen Mittelschnauzer, der heißt Christian mit Vornamen. Der ist neulich durch den Hintereingang in die Wurstküche und hat drei Pfund Filet gefressen. Mein Mann hat ihn gesehen, wie er davongelaufen ist. Und hat den Herrn Anwalt im Ruhestand angerufen und gesagt: ›Dein Hund hat grade drei Pfund Filet gefressen, was sagt ein Anwalt dazu?‹ Der ruheständliche Anwalt sagt: ›Laut Gesetz ist der Besitzer des Hundes verpflichtet, den Schaden zu ersetzen. Wie viel ist das in diesem Fall?‹ Und mein Mann sagt: ›Einhundert Euro.‹ Das hat er am nächsten Tag bar hier bezahlt, der feine Herr Ex-Anwalt.«

»Na ja, dann ist doch alles gut verlaufen, oder?«, sagt der Stocker.

»Von wegen«, sagt die Metzgerin, »ein paar Tage später haben wir von dem feinen Herrn Ex-Anwalt eine Rechnung über dreihundertundachtzig Euro bekommen. ›Für die Rechtsauskunft in Sachen Metzger gegen Hund‹, stand da. Super, gell? Und, was darf's heute sein für dich?«

Nachdem der Stocker sein Fleisch und die Wurst und noch ein bisschen Innereien für den Josef gekauft hat, bringt er die Sachen zu seinem Auto und geht die paar Meter rüber zum Telefon an der Bahnhofswand. Niemand steht in der Nähe. Der Zeuge Jehovas, der letztes Mal hier war und mit seinem »Wachturm« für Rettung geworben hat, der ist anscheinend mittlerweile selbst errettet worden. Also, Karte rein und die lange spanische Handynummer vom John gewählt. Der ist auf dem Golfplatz in Oliva, und man hört im Hintergrund das Meer rauschen.

»Stockman, hey, *what's up*? Warte, ich geh mal einen Meter zur Seite. Also, ich hab deine SMS bekommen. Wir haben uns den Grundriss der Penthouse-Wohnung von diesem Typen in München übers Internet besorgt. Und die Baupläne mit der Materialbeschreibung von der ganzen Ausstattung und so. Interessant für uns ist, dass er ganz normale weiße Steckdosen in der Wohnung hat, Massenware. Pass auf, da sind zwei Steckdosen im Wohnzimmer, die für unsere Idee in Frage kommen. Dann zwei auf dem Gang, eine im Bad, eine im Schlafzimmer, eine auf der Terrasse, und den Lift, den nehmen wir auch.«

»In Frage für was, John?«

»Ach so, ja: Du bekommst von uns sieben Steckdosen, die sehen exakt aus wie die, die in der Wohnung sind. Aber in unseren Steckdosen, da ist jeweils eine Kamera und ein Mikrofon. Die Kameralinse ist kleiner als ein Stecknadelkopf, macht aber gute Aufnahmen, auch im Halbdunkeln. Und die Mikros sind spitze, die nehmen sogar auf, wenn eine Fliege furzt. Ihr müsst in die Wohnung rein, und die Steckdosen, die ich dir auf dem Plan anzeichne, die müsst ihr austauschen. Dann hast du auf deinem Laptop alles, was in der Wohnung passiert. In Farbe und in Stereo. Gut, oder?«

»Was ist, wenn der seine Bude regelmäßig nach Wanzen absuchen lässt? Die sind doch alle misstrauisch auf Teufel komm raus, diese Burschen.«

»Gar nichts ist, Albin, weil die Mikros und Kameras über den

Hausstrom laufen, und senden werden die ebenfalls über das normale Stromnetz. Natürlich wird alles verschlüsselt, und du bekommst einen Decoder, den du vor deinen Computer schaltest. Alles ganz einfach. Meine Boys sagen, das ist neueste Technik, so was hat bei euch in Germany nur der BND. Okay?«

»Okay. Wie krieg ich das Zeug?«

»Übermorgen, um genau sechs Uhr dreißig am Nachmittag, da fährst du hinter die Shell-Tankstelle an der Autobahnausfahrt Bernau. Da hinten, am Ende des Parkplatzes, da steht dann ein Lastwagen mit der Aufschrift »Valencia – Naranjas y Vinos S. L.«. Der Fahrer gibt dir einen Karton. Da sind die Steckdosen drin, das passende Werkzeug, der Decoder, Kabel, ein paar Pläne und eine Kamera für den Lift. Die muss oben eingebaut werden, hinter das Luftgitter. Wir haben uns das im Internet und auf der Website des Herstellers genau angesehen. Einbauplan ist auch dabei. Du bist mir Zwanzigtausend schuldig, die nehm ich mir von dem Gibraltar-Konto, okay? Dafür ist für dich aber auch ein Fünf-Kilo-Serrano-Schinken mit im Karton. Und ein paar Gläser weißer Thunfisch und noch so einiges, das du hier immer gern gegessen hast.«

»Das freut mich dann doch sehr. Wie lange brauchen wir für den Einbau der Steckdosen? Können wir das selber?«

»*Sure, my friend.* Aufschrauben, alte Dose raus, neue rein, zwei Kabel anklemmen, Dose wieder an die Stromleitung, und festschrauben. Pro Dose drei bis vier Minuten. Alles zusammen mit dem Lift? Na ja, dreißig Minuten, wenn ihr flott seid. Rein in die Wohnung müsst ihr selber, da kann ich euch nicht helfen. Aber dein Partner, der hat so was ja richtig gelernt, oder?«

»So was kann der wohl. Danke, John. Vor allem für die gute Analyse. Obwohl deine Jungs wie üblich nicht gerade billig sind.«

»Weißt du, was noch teurer ist als eine gute Analyse? Eine schlechte Analyse. Ich muss weitergolfen, es geht um tausend Muscheln. *Bye*, Stockman, *stay cool*.«

Die Zwanzigtausend kann ich verschmerzen, denkt sich der Stocker und kauft sich zur Feier des Tages beim Italiener am Bahnhof eine große Portion Schokoladeneis und nimmt noch einen Styroporbecher Joghurt-Sorbet für den Zeno mit. Und ein paar Waffeln für Josef.

Die könnte der Josef jetzt mental gut brauchen, denn der Zeno sitzt mit ihm im kleinen Biergarten vor der »Endstation«. An dem verschrammten runden Holztisch, genau unter der alten Kastanie. Auf dem Tisch liegen ein paar geöffnete Briefkuverts, Papiere, die aufgeblätterte Tageszeitung, und darauf steht ein Haferl Kaffee. Zu Zenos Füßen, auf dem kurzen, flachgetretenen Rasen, da fläzt der Josef auf dem Rücken und hört dem Zeno zu, wie der sagt: »Ich hab noch so einen Brüller, Josef. Kennst du den? Da stehen zwei Flöhe an der Straße und unterhalten sich. Sagt der eine Floh zum anderen: ›Gehen wir dann zu Fuß ins Kino, oder nehmen wir uns einen Hund?‹«

Zeno lacht und haut sich auf den Schenkel, während Josef gähnt und sich langsam zur Seite rollt und träge dem Stocker entgegenblinzelt, der mit den Eisbechern und den Waffeln vom Parkplatz kommt.

»Hi, Albin, hast du Joghurt-Sorbet dabei?«

»Hab ich, und eine Waffel für den Josef!«

»Bist du irre oder was? Der Josef kriegt keine Süßigkeiten. Ist nicht gut für seine Augen. Und überhaupt: Wo lebst du eigentlich? So ein Hund ist auch nur ein Mensch. Ich geh rein und hol ihm eine Scheibe Wurst. Und Löffel für das Eis bring ich auch mit. Du kannst schon mal die Post durchschauen. Ist aber nichts Weltbewegendes dabei. Josef, gehst du mit oder wartest du hier?«

Der Josef überlegt kurz, klopft zweimal mit dem Schwanz auf das Gras und wälzt sich dann langsam auf die andere Seite.

Stocker sieht sich die Post an: zwei Rechnungen, eine Erinnerung an den Termin zum Werkstatt-Service für die Wanderdüne, Reklame und zwei Freikarten für ein Konzert in Rosenheim: »Musizieren mit Mineralien«.

»Schau mal«, sagt er zum Zeno, der mit den Löffeln und einer Scheibe Weißwurst zum Tisch kommt, »Musizieren mit Mineralien. Das Konzert im Einklang mit den singenden Steinen. Was hältst du davon?«

»Singende Steine? Da ist mir ein sprechender Hund lieber. Mit Steinen kennen wir uns sowieso gut aus, der Josef und ich. Josef, was ist das, es ist klein, blau und liegt im Wald auf einem Stein?«

Josef hebt den Kopf etwas, aber wirklich nur ein bisschen, und sieht den Zeno an.

»Schlumpfkacke«, sagt der, »was sonst? Hast du aber gewusst, Josef, oder? Hier, deine Wurst.«

Zeno macht sich über sein Joghurt-Sorbet her, und Stocker erzählt von dem Telefonat mit John und sagt abschließend: »Was ich überhaupt nicht kapiere, das ist, warum der Zuckerhahn den Achs nur so am Rande auf dem Radar gehabt hat. Dabei wird der immer mehr zur zentralen Figur. Was meinst du dazu? Du warst doch lange genug mit der organisierten Kriminalität beschäftigt, von deinem Undercover-Zeugs mal ganz zu schweigen. Was kapier ich da nicht? Sag's mir, bitte.«

»Na ja, so schwer ist das nicht. Die Russen und die Albaner, die Rumänen und die ganzen kriminellen Ost-Jungs, die haben innerhalb ihrer jeweiligen Organisation eine straffe Struktur. Da gibt es einen Oberboss. Der ist der Chef vom Ganzen, die Spitze der Pyramide. Den kriegst du nie. Weiß auch so gut wie keiner, wer das ist und wo der lebt. Wahrscheinlich irgendwo am Schwarzen Meer oder in Las Vegas. Umgeben von sagenhaftem Reichtum. Dann gibt es die Pachans. Der Traian in München, der war so ein Pachan. So einer führt ein halbes Dutzend Brigaden, die von den Brigadiers angeführt werden. Der Stosic, der ja jetzt seit einem Jahr dank unseres selbstlosen Körpereinsatzes hauptberuflicher Bio-Dünger ist, der war so ein Brigadier. So, und da kommt jetzt der Achs ins Spiel. Der ist auf der Rangleiter nachgerückt und hat seine eigene Brigade bekommen. Jede Brigade ist auf irgendwas spezialisiert: Betrug, Erpressung, Kreditwucher, Schutzgeld, was weiß ich. Eine Brigade, das sind meistens acht bis zehn oder zwölf Figuren, die wiederum überwacht werden von den ›Beratern‹, das ist so was wie eine interne Sicherheitstruppe, zu der die Härtesten der Harten gehören. Die überwachen, dass alles genau verteilt wird. Zehn Prozent von allen Einnahmen gehen an den Oberboss, dem zum Beispiel ganz West-Europa gehört oder die Westküste der USA oder was weiß ich. Irgendein Gebiet oder ein Land eben. Weitere zehn Prozent gehen in den Obotschek, das ist eine schwarze Kasse, aus der Politiker, Anwälte, Polizisten, Richter und solche Leute bezahlt werden. Ohne Obotschek ginge gar nichts, das kannst du mir glauben, von dieser Kohle hängt oft das Wohl oder Wehe der Organisation ab. Es wird geschmiert, was sich schmieren lässt. Und jeder hat seinen Preis, auch das kannst du mir glauben. Jeder. Ob das nun Geld ist, in bar, oder ein Spenderherz für den Schwiegervater oder ein Platz an einer Eliteschule für die Tochter oder ein dummer Verkehrsunfall mit Fahrerflucht unter Alkoholeinfluss, der vertuscht werden muss, weil sonst eine hoffnungsvolle Karriere im Arsch ist, egal. Hab ich alles schon erlebt. Mir soll auch keiner sagen, ich bin nicht bestechlich. Jeder ist das. Jeder, auch du. Kommt nur darauf an, wo die Achillesferse ist. Und die wunde Stelle, die jeder von uns hat, die finden diese Jungs, glaub mir das. Wo war ich? Ja, weiter: Dreißig Prozent kriegt der Pachan, und der Rest, der bleibt beim Brigadier und seinen Jungs.«

»Versteh ich nicht ganz«, meint der Stocker, »das ist doch kein gutes Geschäft für den Achs und seine Jungs, oder?«

»Doch, ist es schon«, sagt der Zeno und schiebt sich einen Riesenlöffel Joghurt-Sorbet in den Mund, »weil der Brigadier, in unserem Fall also der Achs, weil der meistens genau ausgearbeitete Pläne kriegt, wen er erpressen kann und wie. Und was unter dem Strich dabei rauskommt. Oder wo er eine Bank oder einen Geldtransport überfallen kann. Und wenn was schiefgeht, dann sorgt die Organisation sofort für einen Spitzen-Anwalt, stellt alle Kautionen, spricht mit Politikern, Staatsanwälten und so weiter. Wen die eben da in dem betreffenden Gebiet auf der Lohnliste haben. All-inclusive-Service, verstehst? Das ist wie ein FKK-Urlaub in Kroatien. Du zahlst einmal im Voraus, und dafür kannst du deinen Pimmel in die Sonne legen, und irgendwer, den du gar nicht kennst, der sagt dir, wann es genug ist mit der Sonne, weil du dir sonst gleich die Zündschnur verbrennst. Der Achs, weil wir gerade von Verbrennen reden, der hat sich seine Sporen so verdient: Der hat mit Geld von der Organisation zum Beispiel ein Lagerhaus gekauft. Hat das mit Restposten-Ware, die er günstig erworben und fünfmal überteuert versichert hat, vollgestopft. Und dann abgefackelt. So haben sie die Brandschutzversicherungs-Summe für die Halle kassiert und außerdem ein paar Millionen für die überversicherte Ramschware, die drin war. Ein super Geschäft.«

»Für die Ware schon, versteh ich. Aber nicht bei der Lagerhalle. Wo ist da der Gag? Ich meine, man sieht ja, was die für die Halle bezahlt haben, so was kann man doch nicht bis in den Himmel hinauf überversichern, oder?«

Der Stocker gibt dem Josef heimlich ein Stück von der Eiswaffel unter dem Tisch. Zeno, in seinem Gesprächseifer, der hat das nicht mitbekommen und redet weiter: »Doch, pass auf, das geht so: Ich bin der Brigadier, ich kaufe eine Lagerhalle, das heißt, eine meiner Firmen macht das. Kauft die Halle günstig, bezahlt auch alles, die Sache läuft richtig seriös über einen hiesigen Notar, der einen guten Namen hat. Jetzt kauft eine der Firmen von meinem Pachan die Halle zu einem Preis, der um die Hälfte oder noch mehr über meinem liegt. Wird alles sauber notariell in einer anderen Stadt beglaubigt und verbrieft. Jetzt kauft eine Firma vom Oberboss die Halle vom Pachan wieder um die Hälfte teurer. Und dann, zu guter Letzt, kauft eine Firma, die dem Brigadier gehört, die Halle wieder zurück. Mittlerweile ist sie mindestens zwei- oder dreimal so teuer wie am Anfang. Und wird entsprechend versichert und mit Ware vollgepumpt. Für alles gibt es saubere Papiere. Und dann brennt der Krempel ab. Total. Und die Versicherung muss zahlen. So was kann man hier in Bayern vielleicht drei- oder viermal durchziehen, bevor die Schadensregulierer hellhörig werden. Dann hat man sich aber in der Organisation längst einen Namen gemacht und hat Anrecht auf eine Beförderung. So ist das mit dem Achs gewesen. Und jetzt, jetzt macht der Schutzgeld-Erpressung und dealt mit Rauschgift und was weiß ich. Das Eis war gut, ehrlich. Aber weißt du, was ich jetzt essen könnte? Eine Currywurst mit Pommes. Was sagst du dazu?«

»Dazu sag ich, dass die ›Endstation‹ ein Feinschmecker-Laden ist und keine begehbare Fritteuse. Pfui, schäm dich. Außerdem kommt der Zuckerhahn heute Abend, schau also lieber, dass wir dem was Vernünftiges auf den Teller packen.«

Jetzt summt das Handy vom Stocker. Der Ringo ist dran. Dienstlich: »Der Amslinger Heinzi, der ist gerade in der Seestraße von einer Streife gesichtet worden. Der geht jetzt wahrscheinlich da irgendwo zum Essen, sagen die Kollegen. Wir könnten den jetzt von der Straße fischen und verhaften, wenn ihr eine offizielle

Anzeige machen wollt wegen der Zechprellerei und der Sache mit dem Hund. Wollt ihr das?«

Stocker sieht den Zeno an und dann den Josef, der sich die Pfoten leckt und unter dem Tisch nach Krümeln späht. »Nein«, sagt er zum Ringo, »wir machen keine Anzeige. Wir haben ja den Hund als Pfand. Vielleicht kommt der Amslinger zurück und zahlt seine Zeche. Diese faire Chance sollte man ihm lassen, meine ich.«

»Auf jeden Fall«, ruft der Zeno dazwischen, »wir sind ja keine Unmenschen, nicht wahr? Und der Hund bleibt solange hier eingesperrt, als Geisel.«

Bei dem Wort »Hund« legt der Josef, mittlerweile wieder in Rückenlage, den Kopf leicht schräg, sodass er mit einem Auge zum Zeno hochspähen kann. Der gibt ihm mit dem Finger ein bisschen Eis auf die Zunge.

»Wie viel hat der Amslinger bei euch verfressen?«

»Vielleicht vierzig oder fünfundvierzig Euro, weiß ich jetzt auch nicht so genau, warum?«, fragt der Stocker.

»Ich mein ja nur, da kannst du lange warten, der Amslinger hat noch nie irgendwas bezahlt. In seiner ganzen beruflichen Laufbahn noch nicht. Wird der auch jetzt nicht. Mit so was macht der sich doch nicht sein Image kaputt«, meint der Ringo.

»Egal, wir haben Zeit und außerdem eine Geisel. Der Josef, ich mein, der Hund, der bleibt solange hier. Als unser Gefangener. Ich muss jetzt in die Küche, da brennt was an. Vergiss nicht, am Mittwoch ist hier wieder Mucke angesagt. Prost Mahlzeit und Ende.«

»Der Ringo, der —« Recht viel weiter kommt der Zeno nicht, weil, und das muss man sich jetzt einmal vorstellen, ein Audi A4, älteres Baujahr, dunkelblau, mit einem doch sehr beachtlichen Rechts-Schwung auf dem kiesbestreuten Parkplatz vor dem Biergarten knirschend zum Stehen kommt. Aus dem Auto dröhnt ein Monster-Bass, und man hört irgendwelche Rapper, die sich gegenseitig vornölen, jeweils die Mutter des anderen flachgelegt zu haben. Jetzt geht die Beifahrertür auf, die Nellie steigt aus und knallt die Tür zu, so heftig, dass der Josef unter dem Tisch leise zu knurren anfängt.

»Rena, weißt du was?«, brüllt sie in das geöffnete Schiebedach.

»Du und dein Scheißjob bei den Grünen, der ja soooo wichtig ist, den steck dir bitte dahin, wo sogar bei dir die Sonne selten hinkommt. Ihr seid lauter ferngesteuerte Luftpumpen, aber das checkst du ja gar nicht. Ich halt das echt nicht mehr aus. Deine Partei heißt jetzt übrigens FDT. Schon gehört? Das heißt: Für Die Tonne, ihr könnt also in aller Ruhe auf die Sommerzeit umstellen. Ich bin auf jeden Fall nicht da, um euch zu stören. Obwohl deine Grünen ja mittlerweile ihre eigene Zeitrechnung haben. Die rechnen nicht mehr in Stunden, sondern in AMPM, Ausgetretene Mitglieder Pro Minute. So! Und das Sushi-Essen heute Abend, das kannst du dir in die Schamhaare massieren. Mahlzeit. Und tschüss!«

»Das klingt nach Beziehungs-Stress. Ich hol der lieber mal einen Gin Tonic«, sagt der Zeno und geht in die Gaststube.

Die Nellie zeigt dem mit durchdrehenden Reifen davonbrausenden Audi noch ihren gut entwickelten Mittelfinger und schreit hinterher: »Und mit deiner komischen Hawaii-Flower-Power-Bluse, da siehst du aus wie ein Blumenladen mit Haaren. Das wollte ich dir schon lange mal sagen.« Sie macht ein paar schnelle Schritte in Richtung Biergarten und kniet sich dann vor den Josef.

»Josef, mein kleines Sepperl, hat die dich erschreckt, die komische Frau in ihrem blauen Mähdrescher? Darf die doch gar nicht. Komm her, mein Josef, komm zur Nellie, du bist doch ein ganz gescheiter Hundemann, oder?«

»Ich will mich jetzt nicht unbedingt einmischen«, sagt der Stocker, »aber das mit den Sushis hab ich nicht so ganz verstanden. Obwohl, laut genug war es ja.«

»Was? Wie?« Die Nellie streichelt dem Josef den Bauch und schaut zum Stocker hoch. »Ja, ach so. Wir haben halt ein bisschen Stress, die Renate und ich. Aber die, die weiß genau, wie man mich zur Weißglut kriegt. Und Sushi mag ich sowieso nicht. Das weiß sie. Deshalb hat sie gesagt: ›Was hältst du heute Abend von einem tollen Sushi-Menü?‹ Und ich hab gesagt: ›Roher Fisch und kalten Reis? Bloß, weil die meisten asiatischen Hausfrauen zu blöd zum Kochen sind, muss man noch lange nicht jeden Trend mitmachen, oder?‹«

Jetzt kommt der Zeno mit einem schön eingeschenkten Gin Tonic über den Rasen marschiert und hat überhaupt nicht mitgekriegt, dass die Nellie immer geladener wird und so langsam bei ihr alle Sicherungen wackeln. Also sagt er: »Sushi, hab ich gerade gehört. Ist was Feines. Mag ich auch sehr gerne. Und gesund ist das. Ich sag nur: Omega-drei-Säuren.«

»Omega-drei, ja?«, faucht die Nellie. »Ist das nicht dieser Scheißplanet, wo die Hälfte aller deutschen Ernährungsberater herkommt? Fang du auch noch damit an, das fehlt mir nämlich gerade noch heute. Weißt du was? Du bist doch selber einer, der seinen frischen Salat erst mal zwei Tage auf die Heizung legt, weil der danach mehr nach Bio aussieht. Und komm mir jetzt nicht mit der Kacke, dass du der große Slow-Food-Versteher bist. Vor ein paar Monaten hast du doch noch nicht einmal das Kleingedruckte auf Tütensuppen-Verpackungen lesen können. Josef, mein Kleiner, komm mit mir, wir gehen jetzt da rein und lassen die beiden Steinzeit-Köche weiterträumen.«

Damit verschwindet sie in der Gaststube, und der Stocker nimmt den Gin Tonic und meint: »Den trinken wir erst mal selber. Lass sie, in einer halben Stunde ist die wieder wie neu. Der Bichler war vorhin da und hat mir drei Hechte gebracht, frisch aus dem Chiemsee. Was hältst du von überbackenen Chiemsee-Hecht-Filetstücken à la Zeno mit Pilzen in einer Kräuter-Weißwein-Sauce, als Empfehlung des Hauses heute? Dazu gibt's Petersilienkartoffeln und Gurkensalat. Damit kannst du dich bei der Nellie wieder einschleimen, Hecht ist ja ihr Lieblingsfisch. Haben wir alles hier?«

»Ich glaub schon, dass ich alles hab. Dann will ich mal reingehen und anfangen.

Überbackene Chiemsee-Hecht-Filetstücke à la Zeno

Und hier für Sie das Rezept für vier Personen.
Wir brauchen:
ca. 800 g Hechtfilet
4–5 Schalotten, 5 Knoblauchzehen, ca. 200 g Champignons oder Pfifferlinge, 50 g Butter, ¼ l trockenen Weißwein, etwas Wasser, 1 EL Speisestärke, 1 Eigelb, 100 g rohen geräucherten Schinken, Petersilie, Salz, Pfeffer, Olivenöl, Semmelbrösel.

*Die Schalotten und den Knoblauch fein hacken. Pilze sauber
machen, evtl. in kleinere Stücke schneiden.*

*Zwiebeln und Knoblauch in etwas Butter anbraten, die
Champignons dazugeben, fünf Minuten weiterbraten lassen.*

*Mit ein paar Schlucken Weißwein ablöschen. Etwa 1/8 Liter
Wasser dazugeben. Jetzt die Speisestärke mit ein paar Löffeln
Weißwein glatt rühren und die Sauce damit binden. Salzen und
pfeffern.*

*Vom Herd nehmen. Eigelb mit etwas Sauce verquirlen und alles
in die Sauce rühren. Achtung: Die Sauce darf jetzt nicht mehr
aufkochen, sonst stockt das Eigelb.*

*Den Schinken in lange, dünne Streifen schneiden, zusammen
mit der gehackten Petersilie in die Sauce geben.*

*Die gewaschenen und getrockneten Hechtfilets in ca.
8 Zentimeter breite Streifen schneiden und in der Pfanne mit
Olivenöl nur auf der Hautseite ca. 3–4 Minuten anbraten, dann
von der Kochplatte nehmen und die Filets etwas durchziehen
lassen.*

*Den Fisch jetzt vorsichtig in eine feuerfeste Form legen, die
Sauce um und auf den Filets verteilen. Mit ein bis maximal zwei
Teelöffeln Semmelbrösel bestreuen und dann die Butterflocken
draufsetzen.*

*Den Fisch auf die unterste Schiene des Backofens und bei
200 Grad ca. 10 Minuten im vorgeheizten Backofen lassen.*

*Dazu servieren die beiden Köche in der »Endstation« heute
Butter-Petersilienkartoffeln und Gurkensalat.*

Mahlzeit.

»Also, so einen Hecht hab ich schon lange nicht mehr gegessen«,
sagt der Zuckerhahn, der an seinem Lieblingsplatz sitzt, nämlich an
dem alten Holztisch in der Küche der »Endstation«. Normalerweise
wird auf diesem Tisch Gemüse geschnitten oder Grünzeug. Über
dem Tisch ist ein ebenfalls ziemlich altes Bretterregal, in dem Töpfe
mit frischen Kräutern und getrockneten Gewürzen stehen. Der
Zeno ist ein bisschen genervt, weil er an dem Tisch eigentlich zu
arbeiten hätte. Aber jetzt sitzt da der Kriminalhauptkommissar und
tunkt ein Stück Weißbrot in die Fischsauce. Trinkt dann in aller
Ruhe von seinem Bier und spricht weiter: »Wir beschatten den
Achs fast rund um die Uhr. Aber der macht nichts Verdächtiges.
Wie wenn der wüsste, dass er überwacht wird. Ich sag's dir. Stocker,
ich glaub, wir haben einen Maulwurf in München im Präsidium.
Je länger ich drüber nachdenke, desto sicherer bin ich mir. Da passt
jetzt einiges zusammen.«

»Warum?«, fragt der Stocker, bindet sich seine schwarze Kü-
chenschürze um und inspiziert dann seine Messer. Die sind an
einer Magnetleiste rechts oben neben dem Herd wie Soldaten
aufgereiht. Zehn oder zwölf verschiedene Messer in allen Größen
und Formen.

»Weil«, sagt der Zuckerhahn und schluckt ein Stück Weißbrot
runter, »weil wir bei dem Achs eine Razzia geplant hatten. Und ein
paar Stunden bevor wir bei ihm in der Wohnung einmarschieren
wollten, da haben seine Leute einen Schwung Kartons rausgetragen
und weggebracht. Außerdem, und jetzt haltet euch fest: Außerdem
sind aus der Asservatenkammer ein paar Sachen verschwunden, die
mit dem Traian-Fall im letzten Jahr zu tun hatten. Unter anderem
ist ein Pfund Semtex weg, also Plastiksprengstoff. Ich wollte den
mit dem vergleichen lassen, mit dem die Mona in Kitzbühel in
die Luft gesprengt worden ist. Das war nämlich einwandfrei Semtex. Und wahrscheinlich aus dem gleichen Bestand wie der, den
wir bei Traian im Haus gesichert haben. Die Analysen von den
österreichischen Kollegen weisen auf jeden Fall darauf hin. Der

Zigarettenstummel, den ihr in Rottau gefunden habt, auf dem haben wir die DNA vom Achs, und zwar einwandfrei. So, es geht ja noch weiter: Mit der Mona hab ich ein- oder zweimal vom Präsidium aus telefoniert, da war sie schon in Kitzbühel. Das kann der Maulwurf mitgehört haben. Das heißt, dass die Gegenseite möglichweise gewusst hat, dass die Mona eine von uns ist. Also ist sie beseitigt worden, nachdem sie mit dem Italiener gesprochen hat. Die Gelegenheit war ja günstig. Zählt das mal alles zusammen, auf was kommen wir da? Der Achs oder einer seiner Chefs, die haben jemanden bei uns auf ihrer Lohnliste. Ich hab über deine Abhörsache nachgedacht. Wir machen das. Aber inoffiziell.«

»Wie soll das ablaufen?«, fragt der Stocker und erzählt dem Kommissar, was er an Abhörware aus Spanien erwartet.

»Sehr gut. Genau das brauchen wir. Und laufen wird es so: Wir observieren den Achs ohnehin. Tagsüber macht er in der Innenstadt rum, mittags isst er immer in einem rumänischen Restaurant in der Nähe vom Hauptbahnhof, und genau in der Zeit, wenn der vor seinem Futter sitzt, so von zwölf bis eins oder halb zwei, da geht ihr in seine Wohnung rein. Die Straße wird von meinen Jungs überwacht. Die Haustür und die Wohnungstür öffnet euch einer von meinen Spezialisten. Ich hab da ein paar Jungs, die mir noch einen Gefallen schuldig sind. Im ganzen Haus wird für eine Stunde der Strom ausfallen, und vor dem Haus steht dann ein Auto von den Stadtwerken mit Leuten in Overalls. Die basteln an der Straße in einem Verteilerkasten rum. Ihr bekommt ebenfalls solche Overalls von mir, wenn ich am Wochenende noch mal vorbeikomme. Dem Hausmeister erklären wir, dass im General-Verteilersystem oder irgendwo in der Hauptstromleitung was defekt ist. Ihr habt also eine Stunde. Maximal. Muss reichen, oder?«

»Wird auch reichen«, sagt der Zeno und nimmt einen Schluck von seinem Bierglas. »Nur, was passiert, wenn der Achs wider Erwarten in seiner Wohnung auftaucht?«

»Mein Überwachungsteam ist ja an ihm dran. Die bleiben in der Nähe des Restaurants. Wenn wir merken, dass der Achs auftaucht und in Richtung Schwabing fährt, dann lassen wir ihn in der Leopoldstraße von einem Streifenwagen stoppen. Papiere, Warndreieck, den üblichen Kram eben, da können wir ihn bestimmt so lange aufhalten, bis ihr wieder aus der Wohnung raus seid. Wann bekommst du die Ware, Stocker?«

»Übermorgen. Wir könnten also Anfang nächster Woche, am Montag oder so, in die Wohnung rein.«

»Perfekt«, sagt der Zuckerhahn, und in genau diesem Moment kommt die Nellie in die Küche gerauscht.

»Ich brauch noch zweimal Hecht«, sagt sie zum Zeno, und zum Zuckerhahn: »Was ist hier drin perfekt, Herr Kommissar?«

»Ihre Haare, Nellie. Ihr Haar ist so wundervoll, hab ich grade zum Stocker gesagt. Im Haar von der Frau Nellie würd ich am liebsten mal Ferien machen. Hab ich doch grade gesagt, Albin, oder?«

»Hat er gesagt, stimmt. Du siehst wirklich zauberhaft aus, Nellie. Hast du heute Geburtstag oder was?«

»Ich feiere keine Geburtstage mehr, seit mein Vater einmal zu mir gesagt hat: ›Immer an dem Tag, an dem du Geburtstag hast, gehen deine Mutter und ich in den Zoo und bewerfen den Storch mit Steinen.‹ Na ja, ich war wohl ein etwas schwieriges Kind, damals.«

Damit stampft sie aus der Küche, und die drei Männer sehen sich an. »Da hat sich grundlegend nicht viel dran geändert, würd ich mal sagen. Die ist aber sowieso ein bisschen schräg drauf heute, weil sie Stress mit ihrer Freundin hat. Das legt sich aber bald wieder. Komm, wir trinken noch einen«, sagt der Stocker und holt zwei kleine Bier und ein Glas Weißwein.

»Ja«, meint der Zuckerhahn und nimmt dem Stocker das Glas mit dem Wein ab, »so machen wir das. Mit dem, was ich jetzt habe, da gibt mir kein Staatsanwalt eine Genehmigung für eine Abhöraktion. Kann ich vergessen. Ich hab schon Probleme genug, die zusätzlichen Leute für die Überwachung zu bekommen. Aber wenn wir mit eurer Sache was rauskriegen, dann kann ich das schon irgendwie so hindrehen, dass ein Strick für den Achs draus wird. Dann wären wir auch dem Maulwurf einen Schritt voraus. Wo ist denn übrigens euer neuer Wachhund?«

»Der Josef? Der war grade noch hier. Wahrscheinlich ist der mit der Nellie draußen in der Gaststube«, sagt der Zeno. »Kennt ihr übrigens den? Da steigt ein Einbrecher nachts in eine Wohnung ein und fängt an, Silberlöffel und so Zeugs in seinen Beutel zu stecken, auf einmal hört er im Dunkeln aus der Ecke eine Stimme, die sagt: ›Jesus sieht dich.‹ So ein Schmarren, denkt sich der Einbrecher und packt weiter ein. Die Stimme kommt aber gleich wieder aus der Ecke, diesmal schon ein bisschen lauter, und sagt wieder: ›Jesus sieht dich.‹ Der Einbrecher, der leuchtet jetzt mit seiner Taschenlampe in die Zimmerecke und sieht … einen Papagei, der auf einer Stange sitzt und den Einbrecher anstarrt. ›Du bist ein sprechender Papagei und heißt Jesus, was, mein süßes Kerlchen?‹, sagt er zu dem Vogel. Der antwortet: ›Nein, ich bin Moses.‹ Der Einbrecher muss jetzt aber schon grinsen und sagt: ›Soso, der Moses bist du also. Reizend, wirklich. Und wer, zum Teufel, ist Jesus?‹ Da sagt der Papagei: ›Das ist der Rottweiler da drüben hinter dem Sofa.‹«

Im allgemeinen Gelächter kommt der Josef mit der Nellie in die Küche rein und sieht sich irritiert um, weil die drei Männer den kleinen Hund anstarren und sich krummlachen.

Die Wanderdüne mit dem Stocker am Steuer fährt unter der A 8 durch. Auf dem Pendlerparkplatz, gleich nach ein paar Metern rechts nach der Unterführung, da steht schon wieder dieser blaue Blitzer-Wagen. Würd mir jetzt auch noch fehlen, dass ich fotografiert werde, denkt sich der Stocker und linst auf den Tacho: achtundfünfzig, das passt. Auf dem Tankstellen-Parkplatz, hinten bei den Staubsaugern, da sieht er einen alten MAN-Laster. Der Unterbau hat eine undefinierbare Farbe angenommen. Sieht aus wie ägyptische Pellkartoffeln, denkt sich der Stocker. Das sind Pellkartoffeln, die so lange rumstehen, bis sie diese merkwürdige graue Tönung haben, die man auch bei den Mumien im Museum sieht.

Über der Ladefläche des MAN spannt sich die dunkelbraune Plane, auf der eine überdimensionale, knallgelbe Orange zu sehen ist. Daneben steht: VALENCIA – NARANJAS Y VINOS S.L. Und davor steht ein kleiner dicklicher Mensch in gelben Shorts und einem pinkfarbenen Muskel-T-Shirt. Mit gewaltigen Oberarmen und einer Zigarre im Mund. Für einen Spanier hat der eindeutig zu rote Haare, denkt sich der Stocker beim Aussteigen, und Sommersprossen haben die Spanier in der Regel auch nicht. Jetzt funkt's beim Stocker. Wie heißt der doch gleich wieder? Sam, Sandy, Sammy? Irgendwie so. Ist einer von Johns Manchester-Truppe.

Der kleine Kerl kommt auf ihn zu und sagt: »Hey, Stockman, *nice to see you alive!*« Stocker kriegt einen Händedruck verpasst, dass er denkt, er wäre in einen Schraubstock geraten, und der kleine Kerl redet weiter: »Ich hab hier drei Serrano-Schinken für dich, außerdem eine Kiste mit Bonito del Norte, Meersalz und noch so Zeugs. Außerdem noch einen Karton mit Technik-Kram. Ach so, ja, und eine Tasche mit einem persönlichen Geschenk von John. Die hab ich hier unter dem Sitz.«

Damit wuchtet er eine rote Segeltuchtasche aus der Fahrerkabine und schwingt sie auf die Motorhaube von Stockers Wanderdüne. Während der Kerl um seinen Truck nach hinten zur Ladeklappe marschiert, öffnet der Stocker den Reißverschluss der Sporttasche und wirft einen Blick hinein: In Tücher eingewickelt findet er da zwei 38er-Trommelrevolver, ein paar Schachteln Munition und eine 12er-Schrotflinte, zweischüssig, mit kurzem Lauf und einem Pistolengriff. Was man eben so trägt in dieser Saison.

Mittlerweile ist auch der Kleine zurück, stellt einen Umzugskarton neben die Wanderdüne und kommt eine Minute später mit einem kleineren Karton wieder. »*Well*, da ist die Technik drin, die Papiere, alles. In dem hier. In dem anderen ist das Futter. Du weißt Bescheid, sagt John. Ich muss weiter, Stockman. Ich ruf John an und sag ihm, dass alles okay ist, *right*? Bei uns unten an der Costa, da bist du eine Legende. John erzählt immer wieder die Story, wie du nachts mit dem Taucheranzug in die Strandvilla von dem Dingsda reinmarschiert bist. Und eine Minute später ist der Mistkerl aus dem ersten Stock geflogen, und John hat vom Boot aus alles mit dem Fernglas gesehen. Wow. Ich hab die Story sicher schon zehn Mal gehört. *Take care*, Stockman, *bye*.«

Damit schwingt sich der Bursche hinter sein Lenkrad und winkt noch einmal zum Stocker rüber, dann nimmt der alte Laster ruckelnd und lautstark Fahrt auf und biegt auf die Hauptstraße in Richtung Autobahn ab.

Stocker verstaut grinsend und kopfschüttelnd seine Kartons und ist eine Minute später wieder unter der Unterführung in Richtung Prien unterwegs. Dann fällt es ihm ein, wie ein Blitz, so fährt es durch seinen Kopf: Sammy heißt er, der Kleine. Und so was wie eine Legende ist der selber auch. Jetzt muss man wissen, dass der John unten an der Costa Blanca, gleich hinter Oliva, eine Kneipe hat. Diese Kneipe ist sein Hobby, sein Geld macht er mit ganz anderen Dingen. Auf jeden Fall, in diesem Pub, das direkt an der Hauptstraße nach Valencia liegt, da verkehren überwiegend die Manchester-Boys. Es sind eigentlich so ziemlich ausschließlich die Jungs von John, die da verkehren. Gut, ab und zu verirrt sich da auch mal ein Spanier rein oder der eine oder andere englische Tourist, aber eigentlich ist es das Clubhaus der Manchester-Boys. Und es gilt im Pub die eiserne Regel: keine Schlägereien, keinen Radau und nichts, was die Polizei anlocken könnte.

An einem wunderschönen Dienstagnachmittag sitzt der Sammy also am Tresen und löffelt eine Schüssel original englische Bohnensuppe. Außer ihm und dem Barkeeper ist an diesem herrlichen Sommertag keiner da. Die Wurlitzer-Box spielt »Dear Mrs. Applebee« von David Garrick, und Sammys alter Lastwagen steht auf dem Schotter-Parkplatz direkt vor der Eingangstür. So, dass ihn Sammy im Spiegel hinter der Theke sehen kann. Jetzt kommen zwei Harleys auf den Platz gerollt, parken genau hinter dem Lkw, und die beiden Biker kommen breitbeinig in die Kneipe gestiefelt: Los Muertes, spanische Zigeuner-Rocker. In engen, langen schwarzen Lederhosen und mit speckigen Jeansjacken, an denen die Ärmel abgeschnitten sind. Mit Muertes-Aufnähern vorne auf der Brustseite drauf. Die fettigen schwarzen Haare zu Zöpfen gebunden und mit reichlich Gold an den Ohren und an den Händen. Und tätowiert auf Teufel komm raus. Der Größere nimmt seine Sonnenbrille ab und stellt sich neben Sammy: »Ey, Liliputmann, was hast du auf deinem Lastwagen? Was Interessantes? Handys? Fernseher? Was?« Der zweite Rocker starrt den Barkeeper an, der sich mit beiden Armen am Tresen abstützt und den Sammy fixiert. Sammy seinerseits, der schaut den Barkeeper an, der wiederum langsam, fast unmerklich den Kopf schüttelt. Sammy könnte die beiden Schmalzlocken mühelos zerlegen, wenn er wollte. Das weiß er, und der Barkeeper, der weiß es auch. So was darf aber hier drin nicht passieren. Die Regel Numero uno von John lautet: Kein Krach hier drin. Also schweigt Sammy und isst weiter seine Suppe.

»*Hombre*, der Zwerg ist stumm. Der kann nicht reden«, sagt der Größere zu seinem Kumpel. »Was macht man mit stummen Zwergen?«

Sein Kumpel nimmt Sammys Suppenschüssel weg und sagt zu seinem Biker-Freund: »Man muss diese stummen Zwerge gießen, wenn sie nicht reden können. Dann wachsen sie, und später, da können sie vielleicht reden.« Damit schüttet er dem Sammy langsam die restliche Bohnensuppe über den Kopf.

Sammy steht vorsichtig auf, schüttelt den Kopf und verlässt schweigend den Pub. Die beiden Rocker lachen ihm nach, sehen zu, wie er in seinen Lkw steigt und den Motor der alten Kiste anlässt. Dann verschwindet das Lachen aus den beiden Gesichtern und schlägt um in blankes Entsetzen, denn Sammy rollt rückwärts über die beiden Harleys, knallt dann den Vorwärtsgang rein und donnert vom Parkplatz. Die Rocker drehen sich zum Wirt um. Der hält ihnen eine Pistole vors Gesicht und sagt: »Tja, und fahren kann er auch nicht, wie ihr seht. Wäre besser, wenn ihr jetzt geht und nicht wiederkommt. Sagt eurem Boss, das hier ist Johns Kneipe. Er weiß dann schon Bescheid. *Buenos días*, Mädels. Zieht jetzt die Tangas hoch und verpisst euch. Heute Abend spielt Rektal-Madrid gegen Furzer-Valencia, und das wollt ihr doch sehen, oder?«

»Ja, und was ist dann passiert?«, fragt der Zeno später in der »Endstation« den Stocker, der ihm diese Geschichte unbedingt erzählen musste.

»Dann? Dann hat der örtliche Chef der Los Muertes den John angerufen und sich für den peinlichen Zwischenfall in dem Pub entschuldigt. Die beiden wären Nachwuchs-Rocker gewesen, hat er gemeint. Lehrlinge, sozusagen, und außerdem waren die wohl von auswärts. Die hätten das nicht so gecheckt mit der Kneipe und dem John und so.«

»Was hat der John dann gemacht?«, fragt Zeno.

»Der ist so was von saucool. Der hat den Muertes-Häuptling gefragt, ob seine Jungs denn alle einen Organspendeausweis hätten. Weil, wenn das seine, also Johns Männer wüssten, dann würden sie beim Schießen ein bisschen aufpassen. Man muss ja sozial denken, oder?«

»Also, ich hab auch mal eine Freundin gehabt, die hat zweimal die Woche Bohnensuppe gekocht«, sagt der Zeno, »aber mit Ananas-Stücken drin.«

»Wieso das denn?«, meint der Stocker, denn er ist ja immer auf der Suche nach dem ultimativen Kochrezept.

»Weil sie so gerne Hawaii-Musik gehört hat und ganz verrückt nach dieser Fernseh-Serie ›Hawaii Five-0‹ war«, sagt der Zeno. »Ich hol uns jetzt mal zwei kleine Bier, dann können wir drüber reden, wie's jetzt weitergeht. Von den Steckdosen mit den Kameras und den Mikros drin sollten wir übrigens eine selber behalten und die rechts unten vor der Eingangstür installieren. Ich bin mir ziemlich sicher, dass wir über kurz oder lang wieder mal Besuch kriegen. Und dann wär's schön, wenn wir ein bisschen Vorlaufzeit hätten und den Josef in Sicherheit bringen können. Der kleine Kerl ist so was von sensibel, das hab ich erst heute wieder gesehen. Ich hab ihn nämlich beim Spazierengehen am Nachmittag gefragt, wenn er wieder auf die Welt käme, ob er dann nicht lieber ein Mensch und dann natürlich ein Mann sein möchte. Und da hat er mich angesehen, wie wenn er sagen wollte: ›Ja schon, aber warum als Mann, wo ist da der Unterschied? Da bist du am Ende sowieso bloß wieder der Dackel.‹«

»Prost«, sagt der Stocker und kneift ein Auge zu. »Weißt du was? Wir wissen einfach zu wenig. Wir rutschen da wieder in eine Sache rein, wo uns früher oder später fürchterlich was um die Ohren fliegen kann. Der Zuckerhahn kommt mit seinen Infos auch nicht so locker rüber. Kann er ja auch gar nicht. Also, was können wir machen? So als Lebensversicherung, meine ich?«

»Wir machen Folgendes«, sagt der Zeno, »du bleibst hier und hältst die Stellung, und ich fahre nach München und hör mich mal in meinen alten Kreisen um. Da ist bestimmt der eine oder andere, der was weiß. Das Auto lass ich hier, ich nehm den Zug. Jetzt. Lass mich nur noch schnell eine Tasche packen und bring mich dann nach Prien. Fast jede Stunde geht ein Zug nach München. Und heute ist ein guter Tag. Gib mir zehn Minuten und eine von den 38ern, dann fahren wir. Und keine Widerrede. Ob ich bis Montag zurück bin, weiß ich nicht. Ich ruf dich jeden Abend an. Jetzt hol uns noch zwei kleine Bier und lass dir Zeit dabei, ich muss mich nämlich von Josef verabschieden. Der schläft übrigens in meinem Bett, solange ich weg bin. Prost, und jetzt keinen Kommentar, bitte.«

Also steht der Stocker seufzend auf und geht hinter die Theke, während sich Zeno zum Josef runterbeugt und sagt: »Ab jetzt ist das hier dein Job. Pass auf den alten Sack auf, bis ich wieder da bin, Josef. Du kannst das, weil du ein gescheiter kleiner Kerl bist, oder?«

Der Josef, der schaut dem Zeno tief in die Augen und gähnt dann so was von herzzerreißend, dass es das ganze Fellbündel schüttelt.

Man kann sein Schicksal nicht aufhalten, denkt sich der Stocker, während er die zwei Biere zapft, aber man kann ihm zumindest einen Stuhl anbieten.

Hat sich nicht besonders viel verändert, denkt sich der Zeno, wie
er so durch den Menschenstrom schwimmt. Es riecht immer noch
nach Diesel, und nach … ja, was? Nach Strom? Wie riecht Strom?
Säuerlich? Dann ist da noch der Geruch von Menschen in Eile, von
Bier und Leberkäs und von Pommes, die in altem Öl gequält werden. Und dann diese Lautsprecherdurchsagen, die man eigentlich
nie so richtig versteht. Mit dem ganzen Hall hinten dran. Dann
sind da noch die Menschen. Die, die von irgendwo nach irgendwo
reisen, immer in Hektik und mit diesem »Sprich mich bloß nicht
an«-Gesicht. Und dann die anderen, die abends so ab zehn auftauchen. Wie auf ein geheimes Kommando, ein Losungswort oder ein
Trommelsignal, das nur sie kennen und hören. Dann kommen sie
raus, die Kreaturen der Nacht. Die Armee der Zerlumpten und
Bösartigen, der verlassenen und verlorenen, entgleisten Seelen.
Die ganzen Gestalten, die alle irgendwann einmal zu tief in die
dunkle Schublade des Lebens geschaut haben, Menschen, die man
tagsüber einfach nicht wahrnimmt.

Wo ist denn damals, vor ungefähr drei Jahren, der Nachtzug
nach Paris abgefahren, denkt sich der Zeno, auf einem der 20er-
Gleise, oder? Gleis 23 war das, genau, und zwar um diese Uhrzeit
ungefähr. Ja, zweiundzwanzig Uhr fünfzig Abfahrt, so war das. An-
kunft in Paris um neun Uhr vierundzwanzig am nächsten Morgen.
Aber die beiden Drogenbosse, die diesen Zug damals genommen
haben, die sind nie in Paris angekommen. Der Zuckerhahn und
ich, wir sind in letzter Minute zugestiegen. Sind im Speisewagen
drei Tische hinter den beiden gesessen und haben zugesehen, wie
sie lauwarmen Champagner getrunken und sich über die Wiener
Würstchen amüsiert haben und davon gesprochen haben, was sie
erwartet, wenn sie erst mal in Paris sind. Über ein Jahr haben wir
die observiert. Beweise gesammelt, Berichte geschrieben. Und
dann? Der leitende Staatsanwalt hat den Haftbefehl abgelehnt.
Obwohl klar war, dass die beiden für viele, viele Jahre im Bau
gelandet wären. Für vier nachgewiesene Auftragsmorde in Mün-

chen, und natürlich die ganzen Drogendeals, die hatten wir auch fast alle auf Papier. Dazu: Schutzgelderpressung, Körperverletzung, Waffenschmuggel, was du willst, alles da.

Dann war da noch diese Sache mit der Ehefrau vom Zuckerhahn, die mit seinem Wagen, mit dem er ein paar Minuten später wegfahren wollte, in die Luft gesprengt worden ist. War nicht persönlich gemeint, schon klar. War aber einfach nur wie bei der alten Griechen-Geschichte, wo der Sohn vom Dädalus, Ikarus hat der wohl geheißen, wie der beim Fliegen mit seinem selbst gebastelten Dings der Sonne zu nahe gekommen ist. War zu nah an der Hitze, der blöde Hund. Das Wachs ist geschmolzen, die Federn von seinem merkwürdigen Fluggerät sind weggetrudelt, und er ist abgestürzt. Macht nichts, die gleiche Sonne scheint heute noch. Aber um in die Neuzeit zurückzukehren: Beweise sind verschwunden, Zeugen sind umgefallen oder verunglückt. Die Frau vom Staatsanwalt, die hatte plötzlich einen neuen Porsche. Und gestorben wurde weiterhin.

Die beiden Rumänen sind damals gegen Mitternacht in ihr Erste-Klasse-Schlafabteil gegangen. Und der Zeno und der Zuckerhahn fünf Minuten später. Klopf, klopf, klopf: »Sie haben was vergessen, meine Herren«, hat der Zuckerhahn durch die geschlossene Abteiltür gesagt.

Immer noch mit einem Lachen im Gesicht und einer Automatik in der Hand hat der eine die Tür geöffnet und ist mit dem Lachen auf den Lippen und drei Kugeln in der Brust in die Ewigkeit gefahren. Sein Partner, der kam aus dem Bad. Dem hat der Zeno drei verpasst, über die Schulter vom Zuckerhahn weg.

Dann: raus aus dem Zugfenster mit den beiden Revolvern. Und die Latex-Handschuhe hinterher. Der Zuckerhahn und der Zeno, die sind wieder in den Speisewagen gegangen und haben ihr Bier getrunken. Erst weit hinter Stuttgart gab's dann einen außerfahrplanmäßigen Halt mit massenweise Polizei auf dem Bahnsteig und Sanitätern und vier oder fünf Notärzten.

Der Zuckerhahn ist dann zu einem der zugestiegenen Kriminaler gegangen und hat gefragt, was eigentlich los ist, weil er und sein Kollege ja hier im Zug zwei Kriminelle überwachen.

»Da haben Sie wohl was verpennt, Herr Kollege«, hat der gesagt,

»die beiden sind sozusagen vor Ihren Augen exekutiert worden. War wohl so was wie eine interne Abrechnung«, hat der Kriminaler gesagt.

»So sehe ich das eigentlich auch«, hat der Zuckerhahn dann ein bisschen später zum Zeno gesagt.

Der geht jetzt durch den Südausgang Hauptbahnhof, über die Bayerstraße in die Goethestraße rein. Hier war doch irgendwo die »Deutsche Eiche«, eine Pension mit Bar, in der man Kontakt zu den richtigen Leuten aufnehmen konnte. Die »Deutsche Eiche«, die heißt aber jetzt »Athena-Bar«. Über der schadhaften Leuchtschrift, in der das »h« unruhig flackert, ist ein Schild mit der Aufschrift »Zimmer«.

In dem muffigen Foyer hat sich nichts geändert. Sechziger-Jahre-Charme, alte durchgewetzte Sessel, ein Nierentisch und viel roter Plüsch. Nur der Typ hinter der Rezeption, der ist wohl neu. Ein Libanese, so um die dreißig. Übergewichtig und schlecht gelaunt.

»Wo ist der, der hier sonst immer rund um die Uhr gesessen hat?«, fragt der Zeno, während er seine Sporttasche vor sich auf den Boden stellt.

»Der liegt jetzt rund um die Uhr. Und auf seinem Grabstein steht: ›Eigentlich wollte er lieber sitzen.‹ Sonst noch was, Alter?« Der Libanese legt seine dicken Unterarme auf die Theke und schaut den Zeno herausfordernd an: »Hab dich hier noch nie gesehen, was willst du?«

»Gib mir ein Zimmer. Wenn's geht, das im zweiten Stock ganz hinten rechts. Das mit der Nummer 228. In dem war ich vor ein paar Jahren schon mal.«

»Und wo warst du inzwischen?«

»Mal hier, mal dort. Einmal um die Sonne, könnte man sagen. Was kostet das Zimmer?«

»Hundertfünfzig im Voraus für drei Tage. Frühstück gibt's keins. Weiber sind nur erlaubt, wenn du sie bei mir bestellst. Oder magst du lieber Jungs?«

»Nur wenn sie wie du aussehen«, sagt der Zeno und legt drei Scheine auf die Glasplatte.

Der Libanese grinst und sagt: »Ein Komiker, was? Mal schauen, ob wir die nächsten Tage hier was zu lachen kriegen. Hier, die 228, das wolltest du doch, oder? Hast du da drin in dem Zimmer deine Unschuld verloren, oder was?«

»Nein, ein Plappermäulchen wie du sein rechtes Auge. Da hat mein Finger drin gesteckt. Wenn wer nach mir fragt, rufst du mich oben an. Wenn einer einfach so hochgeht, kannst du den nachher runtertragen, okay? Meinen Meldezettel kannst du selbst ausfüllen, wir kennen uns ja jetzt schon recht gut. Gibt's noch ein Bier nebenan?«

Der Libanese nickt mit dem Kopf zur Tür rechts neben der Empfangstheke und sagt: »Geh da durch, dann brauchst du nicht außenrum zu laufen. Ein paar von diesen Freibier-Fressen hocken bestimmt noch an der Bar, da wird für dich sicher auch noch was im Fass sein.«

Zeno schubst die Schwingtür, die ihn irgendwie an die Küchentür in der »Endstation« erinnert, mit seiner Tasche auf und geht in die schummrige Bar. An der Theke sitzen vier oder fünf Kerle, von den vier runden Tischen ist nur einer besetzt. Drei ziemlich schräge Typen pokern, über den Tisch gebeugt, der Raum ist in schummriges, unwirkliches Licht getaucht. Der Pott, ein ansehnlicher Stapel von Fünfzigern, liegt in der Tischmitte.

Die Beleuchtung hat sich überhaupt nicht verändert, denkt sich der Zeno. Immer noch dieses Puffrot, immer noch die kleine Disco-Kugel, die sich müde über der alten, fleckigen Rock-Ola-Musikbox dreht. Die kleine Tanzfläche davor, vielleicht vier Quadratmeter groß, ist mit Brandflecken von Zigarettenstummeln übersät. Und hinter dem Bartresen immer noch Diesel-Charly, mit einer glimmenden Zigarette im Mund und einem Bierglas in der einen und einem nicht mehr ganz sauberen Lappen in der anderen Hand. Diesel-Charly heißt so, weil er vor vielen Jahren seine Frau erschlagen hat. Die kam nämlich eines Tages nach Hause und sagt zu ihm: »Schatz, ich hab unser Auto heute mal voll mit Diesel getankt, weil das so viel günstiger war wie das Super Benzin. Das Auto ist aber nur ganz kurz angesprungen und nach einem Meter wieder stehen geblieben.« Und ihre letzten Worte waren: »Kannst du mal zur Tankstelle vorgehen und schauen, warum der Wagen nicht anspringen will?«

Jetzt muss man wissen, dass Diesel-Charly damals ein begnadeter Fluchtwagen-Fahrer war und bei so manchem Bankraub in München und im Umland für freie Heimfahrt gesorgt hat. Just an dem Tag hätte er wieder so einen Job gehabt. Falsche Nummernschilder und ein astreines Alibi hatte er sich schon beschafft, und dann das.

Fünfzehn Jahre gab's für ihn, nach neun war er wegen guter Führung wieder raus, und seitdem steht er hinter der Bar der »Deutschen Eiche«, jetzt »Athena-Bar«.

Zeno schwingt sich auf einen der zwei freien Hocker und klopft mit dem Daumen auf die Resopal-Theke: »Ein Bier, aber geschmeidig eingeschenkt, wenn's geht.«

Die Schlucker rechts vom Zeno drehen ruckartig die Köpfe und starren ihn an. Charly, der Barkeeper, hat ein Auge zugekniffen, weil ihm der Zigarettenrauch an der Nase vorbei hochsteigt. Das andere, offene Auge starrt den Zeno bösartig an und er sagt: »Pass auf, Haberer, dass i dir net gleich eine ganz geschmeidig einschenk.« Dann, nach ein paar Sekunden: »Zeno, du alte Wildsau, des is dei Geist, net wahr? Du bist doch tot. Letztes Jahr ham's dich doch am Chiemsee erschossen. Kriegt's ihr jetzt Urlaub zum Biersaufen?«

»Mach eine Lokalrunde, Charly. Ich bin wieder da, wie du siehst. Was ist denn so erzählt worden?«

»Dass du Stress gehabt hast mit dem Rumänen-Kartell und dass es dich und ein paar andere erwischt hat bei einer Schießerei. Irgendwo am Chiemsee da unten. Und dass ein Haufen Geld verschwunden ist und du auch. Was Genaues weiß man net, aber von den Rumänen sind auch nicht mehr viele da. Ein paar noch, aber das Geschäft teilen sich jetzt die Italiener und Russen, sagt man so. Auf dich war ein Kopfgeld ausgesetzt. Aber der, der das zahlen wollt, der ist ein paar Wochen später selbst erschossen worden. Von einem Kriminaler, heißt es. Da, trink erst mal einen.«

Damit reicht er dem Zeno ein schön hoch gezapftes Bier rüber und winkt den Kartenspielern zu. Einer steht auf und kommt an die Theke, nickt dem Zeno zu und geht mit drei Bieren in den Händen wieder an seinen Tisch zurück. Die Kerle an der Bar heben jetzt auch ihre Biere und prosten dem Zeno stumm zu.

»Burschen, horcht's her: Des hier ist ein Freund von mir, der Zeno. Der is okay, prost.«

»Warum heißt der Laden jetzt ›Athena-Bar‹? War euch ›Deutsche Eiche‹ nicht mehr gut genug, oder was?«, fragt der Zeno und nimmt einen Schluck von seinem Bier.

»Schon«, meint der Charly, trinkt ebenfalls und rülpst herzhaft, »ein Grieche hat den Laden vor zwei Jahren gekauft, der ist aber nach ein paar Wochen direkt vor der Tür abgestochen worden, der Grieche. Ich war an dem Tag schon eine Stunde oder so weg, dann hat der wohl Streit mit ein paar Typen bekommen. Ist nie geklärt worden, wie das jetzt genau war. Auf jeden Fall: Keine zwei Tage später haben die beiden Libanesen das Ganze übernommen. Einen hast du ja schon kennengelernt, der andere ist sein Bruder. Vielleicht sind die auch schwul. Keine Ahnung. Frauen haben die keine, interessiert die auch nicht, glaube ich. Pass auf den älteren Bruder auf, der ist leicht irre und schnell mit dem Messer zur Hand. Was willst du eigentlich hier?«

»Ich weiß auch nicht so genau«, meint der Zeno und fährt sich mit den Fingern durch die Haare, »ist eine blöde Sache. Eine Freundin von mir, die ist in Kitzbühel vor gut einer Woche umgelegt worden. Dann taucht plötzlich ein Typ auf, der mit der Rumänen-Gang von damals zusammen war. Der ist hier irgendwo in München. Den will ich mir ansehen. Wenn der was mit der Sache zu tun hat, dann stell ich dem die Uhr auf null. Und dann bin ich wieder weg. Einfacher Plan, oder?«

»Was ich für dich machen könnte, das wäre —« Weiter kommt Diesel-Charly nicht, denn einer der Pokerspieler, ein Riesenkerl, ist an die Bar getreten und steht hinter dem Zeno. So um die fünfundvierzig rum kann er wohl sein, mit einem Gesicht, das aussieht, wie wenn einer mit einem Pflug durchgefahren wäre. Keith Richards von den Stones stell ich mir so vor, wenn er zwanzig Kilo zunehmen würde, denkt sich Zeno, wie er so über die linke Schulter nach hinten peilt.

Der Kerl sieht durch Zeno durch und sagt: »Diesel, kommst du mal nach hinten. Ich hab dir was zu sagen.«

Damit stapft er aus der Bar nach nebenan in die Rezeption. Charly hinter ihm her. Nach etwa einer Minute sind die beiden wieder zurück. Der Riese klopft Zeno auf die Schulter und sagt: »Ich bin Aldo. Kannst du Pokern?«

»Kann der Papst beten?«, sagt Charly, der wieder hinter seiner Bar ist. »Das ist Zeno, der Zehner. Zieht euch mal warm an, Mädels, wenn ihr den am Tisch habt.«

»Was spielt ihr?«, fragt Zeno.

»Five Card Stud«, sagt Aldo.

Zeno nickt, nimmt sein Bier und seine Tasche und geht mit zum Tisch.

»Der da, das ist Perle«, sagt Aldo und deutet mit der Hand auf einen dicklichen älteren Knaben. »Der andere hier, der mit dem Schiebedach auf dem Kopf, das ist Graham. Hauptberuflicher Engländer. Unser *nowhere-man*. Macht *nowhere-plans for nobody*. Und ich bin Aldo. Setz dich da drüben hin. Männer, das hier ist Zeno. Charly bürgt für ihn. Wer gibt?«

»Ich«, sagt Perle, und zu Zeno: »Du humpelst so ein bisschen. Ziehst ein Bein nach. Unfall?«

»Kann man so sehen«, sagt Zeno, »war ein glatter Durchschuss. Ich war da vor Jahren mit einem Mädel aus dem Osten zusammen. Die hatte eine Selbstschussanlage im Schlüpfer. Hab ich zu spät gemerkt.«

»*Shit happens*«, nickt Graham und hebt sein Bierglas, »man sagt, die Schotten ficken ihre Schafe. Deshalb haben so viele von den *boys* da auf der Insel blaue Flecken an den Schienbeinen.«

Die Karten fliegen über den Tisch. Zeno nimmt ein Bündel Geldscheine aus seiner Jacke und legt hundert in die Mitte.

»Was geht?«, fragt er.

»Fünfzig ist Einsatz«, sagt Aldo und nimmt sich eine neue Zigarette. »Nach oben offen. Perle ist Geber. Dann Graham.«

Mit Daumen und Mittelfinger nimmt Zeno seine Karten schräg von der Tischplatte hoch. Drei Achten. Der Rest ist Schrott.

»Gib mir zwei«, sagt er und bekommt wieder nur Schrott.

Graham nimmt drei, Perle eine und Aldo vier. Geldscheine fliegen wie müde Motten in die Tischmitte.

»Sehen«, sagt Graham und wirft noch einmal hundert in die Mitte. Aldo nickt und geht mit. Zeno schiebt dreihundert vor und sagt: »Spielt ihr hier um Flaschenpfand, oder was?«

Jetzt liegen ungefähr eintausendfünfhundert in gemischten Scheinen in der Tischmitte. Perle hat zwei Pärchen. Graham und

Aldo passen. Zeno streicht den Pott ein und winkt mit der freien Hand zu Charly an die Bar. »Mach uns eine Runde«, sagt er, und zu seinen Mitspielern: »Auf ein Neues, Männer.«

Nach fünf Runden hat er an die dreitausend gewonnen, nach weiteren fünf Runden sind die dreitausend wieder weg, und Zeno muss frisches Geld aus seiner Hemdtasche ziehen.

»Noch so ein paar Spiele, und ich bin blank«, sagt er. Dann nickt er zu Perle rüber: »Außergewöhnlicher Name. Heißt du tatsächlich Perle?«

»Eigentlich nicht. Aber ich war mal Juwelier und auf Perlenschmuck spezialisiert. Gleich hier in der Nähe. Im letzten Jahr hab ich meinen Laden verkauft, weil ich alle paar Wochen überfallen worden bin.« Perle grinst und nimmt einen Schluck von seinem Bier. »Einmal war einer da, der war so was von nervös, sag ich dir. Kommt reingestürmt in meinen Laden mit einer Sturmmaske, bis zum Hals runtergezogen. Hält mir eine Pistole vors Gesicht und schreit: ›Gib die Kohle raus und die Klunkern. Aber flott, sonst schieß ich dir den Schädel weg.‹« Perle schüttelt den Kopf und lächelt: »Ich hab ihn nur angestarrt, den Idioten. Dann hält der sich plötzlich seine Pistole selber an den Kopf und schreit: ›Los, mach schon, ich hab eine Geisel!‹«

»Und dann?«, fragt Zeno.

»Ich hab gesagt: ›Dann erschieß sie doch, deine Geisel.‹ Dann hat er vor Wut und Frust in die Decke geschossen und ist rausgerannt aus meinem Laden. Das war dann der Zeitpunkt, wo ich mir gedacht habe, jetzt ist es gut, jetzt wird verkauft. Und dann hab ich verkauft. Und du? Was machst du so?«

»Dies und jenes«, sagt der Zeno, »mal da und mal dort. Hauptsächlich Eigentumsübertragungen, außerhalb der Ladenschlusszeiten. Bisschen Pension auf Staatskosten war auch dabei.«

»Und jetzt suchst du hier jemanden?« Aldo beugt sich zu Zeno rüber: »Charly hat mir erzählt, dass jemand dein Mädel weggeräumt hat. Wie denn? Und wo?«

»In Österreich drüben«, sagt der Zeno, »ist mit dem Auto in die Luft gesprengt worden. Benutzt haben die Mistkerle Semtex, so viel hab ich rausgekriegt. Und in der Nähe ist wohl ein schwarzer Porsche Cayenne gesehen worden, mit M-Kennzeichen. Der könnte einem Kerl gehören, der damals von unserem Privatkrieg was mitgekriegt haben müsste. Vielleicht denkt der, der kann mich jetzt um das Geld angehen, das damals verschwunden ist.«

»Und, hast du es?« Das ist Graham, der jetzt fragt.

»Nein, hab ich nicht. Das ist es ja. Die ganze Aktion von diesen Idioten in Kitzbühel war für nichts und wieder nichts. Die Kleine war auch nicht mein Mädchen. Nicht mehr jedenfalls. Wir waren schon eine ganze Zeit getrennt. Ich musste ins Ausland, da hab ich Schluss mit ihr gemacht. Wenn ich nicht mehr da bin, kann ich auch nicht für dich da sein, hab ich zu ihr gesagt. Aber sie hat gemeint, die Sterne sind ja auch immer da. Auch wenn man sie nicht sieht, weil Wolken davor sind. Da sind sie trotzdem, die Sterne, hat sie gemeint.«

»Die Weiber versteht keiner so richtig«, sagt Aldo und hebt sein Glas: »Prost, Zeno. Hoffentlich findest du die Brüder.«

»Prost.« Zeno trinkt und sagt zu Graham: »Und du? Warum bist du der *nowhere-man*?«

»Weiß auch nicht. Vielleicht, weil ich nicht weiß, was ich will. Jetzt bin ich hier. Morgen vielleicht woanders. Keine Ahnung.«

»Der Graham, das ist einer von den ganz Harten, auch wenn er nicht so aussieht«, sagt Aldo, »der war bei irgend so einem Ninja-Scheiß beim Militär. Der sucht auch jemanden. Einen Kumpel aus der Vergangenheit, von dem er gehört hat, dass er hier ein Ding durchgezogen hat. Hat ihn aber bis jetzt nicht gefunden.«

»Wen suchst du denn?«, fragt Zeno und schaut sich den Graham ein bisschen näher an.

»Ach, ich war im Ausbildungslager in England mit einem Typen zusammen, mit dem war ich später auch noch ein paarmal im Einsatz. Irak, Afghanistan, so in der Ecke. Wir waren damals bei der SAS. Das sind die, die immer nachts kommen, und immer schwarz angezogen sind.«

»Wo bist du her?«, fragt Zeno, der weiß, was jetzt folgt.

»Ich? Aus Parrs Wood. Das ist so das Hell's Kitchen von Manchester. Und die Spezialkurse gab's in Devon, auf dem SAS-Camp. Da hab ich meinen Kumpel kennengelernt. Der war auch aus Manchester, aus Little Hulton. Wir konnten uns aufeinander verlassen wie Brüder. Hab dem ein paarmal den Arsch gerettet und

der mir auch. Jetzt such ich ihn. Weil ich was in Planung habe, und
da kann ich nur einen brauchen, der mit mir einen Schneeball aus
der Hölle holt. Dabei weiß ich gar nicht, ob der überhaupt noch
lebt.«

»Wie heißt der denn?«, fragt Zeno.

»Warum willst du das wissen, hm? Ist ja auch egal: Tony James,
wir haben ihn aber immer nur Tony J. genannt. So einen wie
den, so einen kennst du nicht, mein Freund. Das ist ein anderer
Planet, wo solche Burschen herkommen. Also erzähl mir jetzt
bitte keine Scheiße. Ich bin schon seit acht oder neun Monaten
hier in München, weil ich gehört hab, dass hier in der Nähe ein
paar Jungs was gedreht haben, das verdammt nach unserer alten
Handschrift aussieht. In diesem Kaff hier kenn ich mittlerweile
fast jeden, der was draufhat. Aber keiner weiß was über die Sache.
Du auch nicht. Du kannst gar nichts wissen über so einen.«

Zeno steht auf und sagt: »Ich bin in zehn Minuten wieder
hier.« An der Bar fragt er Charly nach einer Telefonzelle. »Über
die Straße, hundert Meter auf der rechten Seite«, sagt der.

»Gut, pass auf meine Tasche auf, ich komm gleich wieder.«

Zeno geht mit schnellen Schritten aus der Kneipe. Draußen auf der Straße ist noch reger Verkehr, und auf den Bürgersteigen tummeln sich überwiegend Männer. Junge, Alte, Kapuzenpullis und Schmalzlocken. Aus den vorbeifahrenden Autos hört man hämmernde Bässe oder orientalisches Gedudel. Zeno rennt oder besser gesagt hüpft geißbockartig über die Straße und humpelt zur Telefonzelle. Nach dem zweiten Läuten meldet sich der Stocker: »Hast du in so kurzer Zeit schon Scheiß gebaut?«

»Wie geht's Josef?«

»Wie geht's Josef? Das fragt mich eigenartigerweise so ziemlich jeder hier. Wie geht's dir, Albin? So muss das heißen. Mir geht's nicht gut, weil ich nicht schlafen kann. Dieser dämliche Köter sitzt vor deiner Zimmertür und heult. Und wenn ich ihn mit zu mir ins Bett nehme, dann knurrt er. Könntest du bitte das, was immer du in München machst, schnell machen und wieder hierherkommen? Geht das?«

»Mal schauen. Ruf aber jetzt gleich mal deinen Kumpel John an und frag ihn, ob sein Tony J. einen Typen aus Parrs Wood kennt, der Graham heißt. Und ob er mit dem beim Militär war. Irgend so eine Spezialeinheit muss das gewesen sein. Der Typ, der nach ihm fragt, der heißt Graham. Ja, Graham, wie dieser englische Schlager-Fuzzi aus den Sechzigern. Und der sieht auch ein bisschen so aus wie der. Der sucht den Tony. Ich hab ihm aber nichts erzählt, weil der könnte ja ein Undercover-Cop sein oder so was. Ich hab die Scheiße ja selber lange genug gemacht. Da hört man die Flöhe husten. Pass auf, wenn du was weißt, dann lass dir die Nummer von der ›Athena-Bar‹ in der Goethestraße geben. Athena, ja, genau, wie das Euro-Grab. Ruf da an und frag nach Charly. Der holt dann mich an die Leitung. Nimm aber das Spezialhandy. Wäre *shit*, wenn einer die Nummer zurückverfolgt. Da könnten wir beide im Topf landen. Machst du das? Jetzt gleich?«

»Gut, mach ich«, sagt der Stocker. »Du hast doch sicher nichts dagegen, wenn ich den Josef in den Backofen stecke, oder?«

Aber Zeno hat schon aufgelegt und tänzelt wieder zwischen den hupenden Autos auf die andere Straßenseite. Kurz vor dem Eingang zur Bar treten ihm drei Kids, so um die zwanzig, in den Weg. In tiefsitzenden dunkelblauen Baggy-Pants und weiten Kapuzen-Sweatern. Gut genährt, alle drei, und offensichtlich Araber, Libanesen, Iraker, auf jeden Fall so was in der Richtung. Mit kurz geschorenen, glänzenden schwarzen Haaren, goldenen Ringen in den Ohren und viel falschem Gold an den Fingern und Armgelenken.

»Yo, Mann, cool, Mann, ey, bleib stehen, alter Arsch. Du! Ja, du!« Einer, der Größte der drei, stupst den Zeno vor die Brust und sagt grinsend: »Um die Uhrzeit, Papa, da solltest du doch voll in der Kiste bei Mama sein und so richtig voll krass einen abschlafen, oder was?«

»Um was geht's? Ich hab jetzt echt keine Zeit für euch, Kinder«, sagt der Zeno und macht einen Schritt zurück. Weil er Platz braucht für das, was gleich kommt. Die drei sehen das natürlich ganz anders.

Der Ober-Gangsta-Rapper meint: »Yo, Mann, lass die Uhr rüberwachsen. Handy hast du ja keins, so was war voll fett vor deiner Zeit, Dicker, was? Aber was du in der Tasche hast, das lass mal hierherkrabbeln, dann tut's auch nicht weh. Yo?«

»Hier in der Tasche hab ich meinen Freund, den hol ich jetzt mal raus. Und wenn der euch mag, dann ist alles okay. Okay?«

Der Dicke könnte sich beömmeln vor Lachen, und er sagt zu seinen beiden Mitgangstern: »Opa hier will uns seinen Freund zeigen. Yo, cool. Aber wir wollen dir hier keinen runterholen, sondern du gibst uns jetzt, was du da hast. Dafür darfst du in einem Stück weitergehen. *Street business*, yo, Alter?«

Zeno holt mit einer schnellen Bewegung seinen 38er aus dem Halfter, das er am Rücken, direkt über der Bandscheibe am Gürtel hat und zeigt den Revolver in der flachen rechten Hand dicht am Körper. Mit der Linken hält er seine Jacke so, dass man von der Straße aus nicht viel sehen kann: »Das ist mein Freund. Seht mal, Jungs. Der will nicht zu euch. Und er regt sich auch ganz schnell ganz fürchterlich auf. Wollt ihr das? Oder lieber nach Hause und frische Windeln holen? Ich geb euch drei Sekunden. Passt auf: eins … zwei …«

Ist aber keiner mehr da. Die drei haben sich nur kurz angesehen und sind im Rückwärtsgang zwei oder drei Meter marschiert, haben sich dann umgedreht und Fahrt aufgenommen. An der Ecke dreht sich der Dicke um und zeigt dem Zeno seinen goldberingten Mittelfinger und schreit: »Yo, du alter Wichser, du bist tot, Mann. Tot. Nächstes Mal —«

Zeno hebt seinen Revolver, und die drei sind weg. In der Bar hat sich nichts verändert. Doch, ja, die drei Thekentrinker sind nicht mehr da. Aber die Musik läuft noch, und die drei am Tisch pokern nach wie vor, und Charly, der poliert seine Gläser.

»Einer von den drei kleinen Scheißern da draußen, das war der Neffe von den Besitzern hier. Du machst dir am ersten Abend schon richtig Freunde, muss ich schon sagen«, sagt Charly grinsend und zapft ein frisches Bier für den Zeno.

Der setzt sich an seinen Platz bei den Pokerspielern und legt Geld auf den Tisch: »Auf ein Neues.«

Graham schaut ziemlich missmutig auf und sagt: »Ich weiß nicht, was du hier abziehst, aber wenn du mich hier irgendwie verarschen willst, mein Freund, das wäre gar nicht gut für dich.«

Nach einer Runde mit ziemlich schlechten Karten für Zeno läutet das Telefon, das in dem Spiegelschrankregal hinter der Bar steht. Charly geht ran, sagt was und blickt dann schon ein bisschen ungläubig in die Runde: »Ist für dich, Zeno. Warte, ich bring dir das an den Tisch.«

Mit dem Telefon in der einen Hand und dem Bier in der anderen kommt er an den Kartentisch und gibt dem Zeno das Mobilteil. Der hört zu, nickt ein paarmal und sieht den Graham an: »Ich soll dich fragen, welche Farbe das Bootshaus in Devonshire gehabt hat. Euer SAS-Camp hieß nämlich nicht Devon, sondern Devonshire, oder?«

»Fuck, mach keinen Scheiß mit mir. In Devonshire, da war gar kein Bootshaus. Da war ja nicht einmal ein verdammter See oder ein Fluss oder so was. Das war mitten im Wald. Und wir haben da die Nahkampf-Ausbildung gehabt. Gib mir das Telefon!«

Mit einer Hand schiebt Zeno den Arm von Graham weg und sagt ins Telefon: »Er ist es. Bis morgen. Ende. Josef kann in den Backofen. Aber leg dich dann am besten gleich daneben.«

Zeno gibt dem Charly das Mobilteil und sagt zu Graham: »Pass auf, ich kenn da jemanden, der kennt jemanden. Und der weiß, wo Tony J. im Moment ist. Das Leben ist schon komisch, was?«

»Was zum Teufel willst du eigentlich?«, fragt Graham und rückt seinen Stuhl ein bisschen zurück.

»Ich?«, sagt Zeno und schaut Graham direkt in die Augen. »Ich kann dir vielleicht helfen, deinen Tony zu finden. Wenn der das will, immer mal vorausgesetzt. Hat auch gar keinen Zweck, wenn du jetzt mit mir hier Stress anfängst. Ich selber hab nämlich keine Ahnung, wo der Knabe steckt. Aber der, mit dem ich grade gesprochen hab, der kennt möglicherweise einen, für den dein Tony jetzt arbeitet. Wie findest du das? Und mit deinen SAS-Tricks kannst du mir nicht groß imponieren. Ich hab eine ähnliche Ausbildung hinter mir. Glaub mir das oder probier's aus. Jetzt gleich, wenn du willst. Und?«

Aldo hat sich zurückgelehnt und seine rechte Hand wandert langsam von seinem Oberschenkel in die Innentasche seiner Jacke. Perle legt beide Hände auf den Tisch und sagt: »Freunde, Kollegen, ganz ruhig, ja? Jetzt trinken wir einen Schluck, und dann … weiß ich auch nicht. Reden, vielleicht? Oder will jemand tanzen?«

»Wenn du mir einen Draht zu Tony, meinem Tony, machen kannst, organisier ich dir hier in München jeden Kontakt, den du willst. Deal?«, sagt Graham mit zusammengekniffenen Augen.

»Deal«, erwidert Zeno und hebt sein Bier. Aldo zieht die Hand langsam aus der Innentasche seines Sakkos. Zwischen den Fingern hat er ein Röhrchen mit Tabletten. Mit leicht zitternden Händen schüttelt er zwei Pillen auf die rechte Handfläche, wirft sie sich in den Mund und spült mit seinem Bier nach. »Ich werd langsam zu alt für diese Scheiße«, sagt er. Und Charly hinter seiner Bar sieht den Baseballschläger an, den er in den Händen hält, und sagt: »Wisst ihr was? Den hab ich noch nie gebraucht. Das wollt ich nur mal gesagt haben, damit ihr mich nicht missversteht. Ist mehr symbolisch, das Dingens. Ich geb jetzt einen aus, wenn ihr alle einverstanden seid.«

Er legt seinen Baseballschläger wieder unter die Theke und zapft mit einer Hand, mit der anderen wischt er sich kopfschüttelnd den Schweiß von der Stirn.

»Für mich nichts mehr«, sagt Graham, und zu Zeno: »Ich kenn da einen Laden, den solltest du auch mal sehen. Mein Auto steht draußen, nur ein paar Meter die Straße runter. Sollen wir jetzt gleich los? So um diese Zeit, zwischen zwei und drei, da ist da richtig der Bär am Steppen. Kannst sogar mittanzen, wenn du willst. Was meinst du?«

»Ich tanze nicht, weil die Musik in meinem Kopf nicht mehr ankommt. Schon lange nicht mehr«, sagt Zeno, »aber lass uns fahren. Gib mir vorher deine Handynummer. Morgen oder übermorgen ruft dich dein Tony an, wenn er das will. Und ich bin aus der Sache raus. Okay?«

Graham nickt und schiebt dem Zeno einen Zettel über den Tisch. Perle packt seine Scheine zusammen und meint: »Also, lieber werd ich noch einmal überfallen. Das ist mir hier alles zu skurril. Das erinnert mich an den Typen, der mal zu mir in den Laden kam und gesagt hat: ›Sie sind doch Uhrmacher, nicht wahr, machen Sie auch Reparaturen?‹ ›Ja klar‹, hab ich gesagt, ›was soll ich denn reparieren?‹ ›Meinen Hund‹, hat der Typ gesagt, ›den sollen Sie reparieren, der bleibt nämlich alle paar Minuten stehen.‹ So ähnlich kommt mir das heute hier drinnen vor. Ich geh heim, Männer. Servus.«

Aldo schaut ihm nach und meint: »Na so was, der Kerl überrascht mich immer wieder. Neulich hat er mir die Geschichte von dem Kerl erzählt, der eine Taucheruhr bei ihm im Laden kaufen wollte. Aber eine mit Datumsanzeige. ›Mein Gott‹, hat Perle zu dem Taucher gesagt, ›wie lange wollen Sie denn unter Wasser bleiben?‹ Wisst ihr was? Ich geh jetzt auch. Charly, schreib meinen Scheiß auf meinen Bierdeckel, okay?«

»Ja, ist klar«, sagt Charly und trinkt die ersten beiden Biere seiner Lokalrunde selber, schnell und auf ex. Nach dem obligatorischen Rülpser spricht er weiter: »Ich hatte vor ein paar Wochen einen Russen hier, der kam grade mit dem Nachtzug aus Riga an. Dem bring ich ein Bier und den Bierdeckel dazu, nach einer Minute bestellt der wieder ein Bier. Ich bring ihm das mit einem frischen Bierdeckel, weil ich geglaubt hab, ich hätt den Deckel beim ersten Bier vergessen. Der Russe trinkt das Bier wieder ruck, zuck aus und schreit nach einem neuen. Ich bring ihm das neue Bier, aber ohne Deckel, weil den hat er ja noch, von dem letzten Bier, oder? Da schaut der mich an und sagt: ›Und wo bleibt der Keks?‹«

Alle lachen, leicht hysterisch und überzogen, so wie man lacht, wenn sich im Raum eine Spannung aufgebaut hat, die man mit den Händen greifen kann. Und die dann plötzlich weg ist, und keiner ist verletzt.

Graham wischt seine Geldscheine vom Tisch, lässt zwei Hunderter liegen und sagt zu Charly: »Das sollte für alles reichen. Auch für das, was du gehört hast, *right*?«

Charly nickt und schaut Zeno an: »Was ist mit deiner Tasche hier?«

»Lass sie aufs Zimmer bringen. Auf die 228. Ich bin in ein oder zwei Stunden wieder da.« Damit geht er hinter dem Graham aus der Bar.

Draußen auf der Straße wendet sich Graham nach links und sucht in seiner rechten Jackentasche nach seinen Autoschlüsseln. Zeno, zwei Schritte hinter ihm, nimmt seinen 38er samt dem Halfter-Clip aus dem Gürtel am Rücken und schiebt sich den Revolver in den rechten Converse-Turnschuh und stülpt die Jeans wieder drüber. Gut, dass die Converse-Dinger bis hoch über die Fußknöchel gehen, denkt er sich.

Graham hat davon nichts bemerkt und spricht jetzt über die Schulter nach hinten: »Hier in der Straße musst du ein bisschen aufpassen. Schau dir die drei Kids an, die da vorne an meinem Jaguar lehnen. Das gibt gleich Ärger, sag ich dir.«

Die drei, die haben aber jetzt den Zeno hinter dem Graham lokalisiert, und der Anführer stemmt sich von der lindgrünen Jaguar-Limousine ab, winkt seine beiden Chorknaben auch von dem Auto weg und ruft, während er schon rückwärts den Abmarsch macht: »Yo, Chef, schöne Schüssel hast du da. Wenn du willst, waschen wir sie morgen für dich, Chef. Nichts für ungut, yo? Tschau, Chef, schönen Abend noch, yo?«

»Kennst du den Arsch?«, fragt Graham. »Du bist doch erst seit ein paar Stunden hier, oder?«

»Der muss mich mit irgendjemandem verwechseln, keine Ahnung, was der hat. Diese Kids sind doch alle weich in der Birne.«

Auf der Fahrt nach Schwabing fängt es zu nieseln an. Die Scheinwerfer der entgegenkommenden Autos sehen plötzlich aus wie Engel in einer wunderschönen Weihnachtsdekoration. Graham stellt die Wischer und das Gebläse an und sagt: »Der Spruch mit dem Bootshaus, der hat mich überzeugt, dass der Tony, von dem du sprichst, dass das mein Tony ist. Wir waren nämlich mal in einer Bar in Marseille. Nach einem dieser ›Spring nachts aus dem schwarzen Hubschrauber und schieß alle über den Haufen, die dir vor die Knarre kommen‹-Einsätze, da tauchte so ein merkwürdiger Kerl an unserem Tisch auf. Setzt sich einfach zu uns und sagt, er wär bei der SAS Kampfschwimmer, und er hätte unsere Gespräche ein bisschen mitgehört. Und weil er, also der Kerl, doch auch bei der SAS ist, könnten wir vielleicht was zusammen trinken. Und ein bisschen quatschen. Da hat Tony J. zu ihm gesagt: ›Welche Farbe hat das Bootshaus im Ausbildungslager in Devonshire gehabt, da bist du doch auch gewesen, oder?‹ Und er Typ schaut ein bisschen kariert und sagt: ›Blau, das war in so einem verwaschenen Blau. Oder Braun oder Grün. Weiß ich jetzt auch nicht mehr so genau. Ist das wichtig für euch?‹«

Graham grinst und sucht in der Mittelablage nach Zigaretten, ist dann aber mit einem Kaugummi zufrieden, den er sich mit einer Hand auspackt und in den Mund steckt: »Nein, eigentlich nicht‹, hat der Tony gesagt und dem Kerl genau zwischen die Nasenlöcher über der Oberlippe geschlagen, mit dem Knöchel vom Mittelfinger. Der Typ macht auf seinem Stuhl einen halben Salto rückwärts, war im Koma und lag am Boden, dann hat Tony sich über ihn gebeugt und ihm ins Ohr gesagt: ›Da war kein Scheiß-Bootshaus, nicht mal ein Scheiß-Fluss war da oder so was.‹ Tja, seitdem war das so ein Running Gag zwischen uns beiden.«

Graham macht eine Pause und schaut zu Zeno rüber. »Pass auf, der Laden in der Türkenstraße, in den wir jetzt gehen, der heißt ›Matosch‹. Ist eigentlich mehr ein Club, da kommst du als Fremder gar nicht so einfach rein. Der Türsteher kennt dich nicht, also wird er dich fragen, was du willst. Sag dann nur: Odessa. Sonst nichts. Das ist das Eintrittswort für diese Woche. Ich geh zuerst. Du wartest fünf Minuten und kommst dann nach. Wir sehen uns an der Bar. Proste mir zu, und wir kommen dann ein bisschen ins Gespräch.«

Zeno schaut zu Graham rüber: »Was ist an dem Laden so geheimnisvoll? Den hat es vor ein paar Jahren noch gar nicht gegeben, sonst würd ich den kennen.«

»Das ›Matosch‹ haben die Russen und Jugos übernommen. Da drin wird im großen Stil auf geschobene Fußballspiele gewettet. Bundesliga, zweite Liga, italienische Liga, was du willst. Das Wettbüro ist hinter der Bar. Die kleine, unscheinbare schwarze Stahltüre. Sieht aus wie ein Notausgang oder die Tür zum Getränkelager. Die Jungs da drin sind weltweit vernetzt und können innerhalb von wenigen Minuten bis zu fünf Millionen Euro oder mehr auf ein einziges Fußballspiel setzen und auch während des Spiels noch gewaltige Summen hin und her schieben. Das hier ist aber nur eine Filiale. Der Oberboss ist ein Slowake, hab ich gehört, der das Ganze von der Schweiz aus steuert und Kneipen wie das ›Matosch‹ in fast jeder großen deutschen Stadt unter seiner Kontrolle hat. Das erzähl ich dir, damit du kapierst, dass wir da drin gar nicht vorsichtig genug sein können. Wenn die Jungs da irgendeinen Verdacht schöpfen, sind wir beide schneller tot, als der Papst furzen kann. Da drin verkehrt deshalb auch die Creme der Münchner Ost-Gangster-Szene. Weil sie da vor der Polizei sicher sind. Keine Razzien, nichts. Kapiert? Wenn du drinnen jemanden siehst, der dich interessiert, dann zeig mir den. Wenn ich was weiß, sage ich dir alles. Dann sind wir quitt. Okay?«

Zeno nickt, und Graham fährt von der Brienner Straße rechts in die Türkenstraße ein. Hat sich nicht viel verändert, denkt sich der Zeno. Mehr Imbissketten vielleicht und ein paar mehr Spielhallen. Trotz des leichten Nieselregens und der Uhrzeit sind noch viele Leute unterwegs. An der Ecke zur Schellingstraße wird ein Parkplatz frei. Das heißt, eigentlich wäre der BMW, der dort stand, beinahe in Grahams Jaguar gekracht: Ein weißer X5, mit fünf oder sechs jungen Typen besetzt, fährt mit durchdrehenden Reifen vom Straßenrand los, ohne auf den Verkehr zu achten.

Seufzend parkt Graham ein und sagt zu Zeno: »Schau dir die Kids an, was soll aus denen werden? Aber was red ich nur für einen Scheiß? Was ist denn aus uns geworden? Ich geh jetzt los. Der

Laden ist da vorn auf der anderen Straßenseite. Siehst du das ›M‹, das blaue Neonzeichen, da vorn, vielleicht hundert Meter links? Ja? Steig jetzt mit aus und stell dich da drüben in den Hauseingang. Warte fünf Minuten. *Good luck.*«

In den fünf Minuten, die Zeno leicht fröstelnd im Hauseingang steht, wird ihm einmal Meth und ein anderes Mal Gras zum Kauf angeboten. Moderne Zeiten, denkt er sich. Dann geht er mit schnellen Schritten über die Straße und steuert auf das M zu. Der Türsteher, ein slawischer Typ mit kurz geschorenen Haaren in schwarzen Klamotten und einem Tattoo am Hals, legt Zeno die flache Hand auf die Brust: »Was willst du?«

»Odessa.«

»Gut, aber lass dich kurz anschauen, ich kenn dich nicht.« Damit klopft er dem Zeno auf die Brust, die Seiten und hebt die Aufschläge der Jacke zur Seite. Der Kerl kommt an Zenos Kniegegend und Zeno sagt zu ihm: »Hey, weißt du eigentlich, was Türsteher auf Schwedisch heißt? Lasse Reinström. Gut, was?«

»Mann, du bist ja eine echte Lachwurst. Geh rein und schäm dich.« Er klopft Zeno auf die Schulter und öffnet die Tür. Dumpfwarme Luft, Musikfetzen, Gelächter und ein Laser-Licht-Gewitter springen den Zeno an wie ein wildes Tier. Der Laden ist rappelvoll. Um die Tanzfläche rum sind kleine Stehtische, an der Wand links sieht man vier oder fünf Nischen mit roten Plüsch-Couchen. Die Wände sind schwarz gestrichen, über der Bar ist auf drei Riesen-Plasmafernsehern Fußball ohne Ton zu sehen. Englische Premier-Liga. Rechts vom Eingang sind ein paar Separees, aber mit Vorhängen davor. Und die sind zugezogen. An der Bar und auf der Tanzfläche drängeln sich überwiegend gut angezogene Männer und teuer aussehende junge Frauen. Zeno schiebt sich zur Bar vor und stellt sich hinter Graham. Erst nach dem dritten oder vierten Winken kommt der Barkeeper und sieht Zeno an: *»Schto?«*

»Bier, so eines wie das hier«, sagt Zeno und deutet auf Grahams Glas, das auf der Theke steht. Das Bier wird hingeknallt, der Barkeeper ist schon wieder am anderen Ende der Bar angekommen, denn da läuft Champagner bis zum Abwinken. Zeno prostet Graham zu und sieht sich um. Keine bekannten Gesichter. In den

Nischen nicht und auf der Tanzfläche auch nicht. Graham dreht ihm den Rücken zu und starrt auf die Fernseher. Die Musik, eine Mischung aus Techno und Balkan-Pop, ist irre laut. Aber sprechen will hier sowieso keiner.

Nach etwa zehn Minuten sieht Zeno, wie an einem der Separees der Vorhang zurückgezogen wird und ein Mann zum Vorschein kommt. Ein dunkler Andy-Garcia-Typ, gegelte schwarze Haare, teurer schwarzer Anzug. Den kenn ich, denkt sich Zeno, woher kenn ich den? Der Dunkle lacht zurück in die Sitzecke und sagt irgendwas zu einer schönen schwarzhaarigen Frau, von der man nur kurz den Kopf sieht. Aus der Nische kommt lautes Gelächter zurück. Von Männer- und Frauenstimmen. Der Dunkle geht lachend und kopfschüttelnd in Richtung Toiletten. Wer ihn kommen sieht, der macht ihm respektvoll Platz. Einer der Männer auf der Tanzfläche sieht ihn nicht und rempelt ihn an, dreht sich unwirsch um und will was sagen. Nimmt aber umgehend eine unterwürfige Haltung ein und versucht ein entschuldigendes Lachen. Der Dunkle starrt den Mann kurz an, klopft ihm dann aber auf die Schulter und geht weiter. Der Tänzer dreht sich wieder zu seiner Partnerin um und wedelt mit der abgeknickten rechten Hand in Gesichtshöhe. Das ist wohl die internationale Geste für: Puh, grade noch mal gut gegangen.

Jetzt blitzt es dem Zeno durch den Kopf: Das ist der, der den Porsche Cayenne in Innsbruck gefahren hat. Das Treffen von Achs mit Suaretti in Innsbruck. Die Fotos, die der Zuckerhahn auf dem Handy hatte und uns in der Küche gezeigt hat. Genau dieses Lachen mit den vielen weißen Zähnen ist auf einem der Fotos zu sehen: Andy Garcia am Steuer des schwarzen Wagens, wie er über die Schulter nach hinten links schaut. Der Chef der Bodyguards vom Achs, Bingo. Hier und heute Abend. Live und in Farbe.

»Lass das Bier stehen und fahr dein Auto um die nächste Ecke rechts. Jetzt gleich«, sagt Zeno dem Graham direkt ins rechte Ohr und lacht dabei und klopft ihm auf den Arm. Dann dreht er sich um und geht am Rand der Tanzfläche vorbei. Die Herrentoilette ist ziemlich groß, in weißem Marmor gehalten und mit viel dunklem Glas. Die Spiegel über den Waschbecken sind bronziert, sodass sich jeder, der da reinschaut, ungläubig dunkel gebräunt ansieht. In einer der Toilettenkabinen ist jemand, ein schniefendes Geräusch ist zu hören. Da zieht sich einer eine Line, denkt Zeno und schaut sich schnell um. Der Dunkle ist über eins der Waschbecken gebeugt und spritzt sich kaltes Wasser ins Gesicht. Er sieht gar nicht auf, warum auch? Mit zwei schnellen Schritten ist Zeno hinter ihm, tritt ihm mit seinem gesunden Bein hart und schnell in die linke Kniekehle und schlägt fast zeitgleich mit dem rechten Ellenbogen genau auf den ersten Halswirbel. Der Dunkle kracht mit dem Gesicht in das Waschbecken. Mit einem ekelhaften Geräusch bricht seine Nase und er spuckt gurgelnd Zähne und Blut aus. Zeno drückt seinen Kopf in das Waschbecken und zischt ihm ins Ohr: »Suaretti will alles. Sag das Cerno. Suaretti will ALLES.« Und schlägt dem Dunklen die Handkante ins Genick.

Im Rausgehen hört Zeno, wie der Kerl auf dem Boden aufschlägt. Draußen im Lokal tobt das Leben, und Zeno schiebt sich zwischen den Stehtischen durch zum Ausgang, den Kopf an die Brust gezogen. An den Separees geht er mit abgewendetem Gesicht vorbei und ist ein paar Sekunden später wieder auf der Straße. Der Türsteher spricht lachend mit einer Gruppe von Männern und jungen Frauen, die wohl auf ein Taxi warten. Keiner beachtet den Mann, der aus dem Lokal kommt.

Zeno geht nach links, in normalem Tempo, und nach fünfzig Metern über die Straße. Jetzt wird er schon schneller. Die Tür des »Matosch« fliegt krachend auf und sechs oder acht Männer rennen auf die Straße. Sie schreien wirr durcheinander, stehen sich gegenseitig im Weg, zeigen und starren in alle Richtungen. Zeno biegt um die Ecke in die Seitenstraße und sieht vor sich den grünen Jaguar in zweiter Reihe mit laufendem Motor stehen. Die Beifahrertür öffnet sich und Zeno lässt sich in den Ledersitz plumpsen. Der Wagen fährt so schnell an, dass die Tür von selbst zufällt.

»Was zum Teufel war das? Wer war der Kerl?« Graham blitzt ihn zornig von der Seite an. »Bist du total verfackt, oder was? Weißt du, was die mit uns gemacht hätten? Oder jetzt, wenn die uns erwischen? Und ich kann da auch nicht mehr hin, in diesen Laden. Aber was soll's. *Shit happens.*«

»Hey, wo sind deine Nerven? Du kennst mich nicht, hast mich

nie zuvor gesehen. In die Pension geh ich nicht zurück. Sag den Jungs dort, wir hätten uns gestritten und ich wär irgendwo ausgestiegen.«

»Und deine Tasche?«

»Ach, da sind doch bloß ein paar alte Klamotten drin. Alles, was ich brauch, das hab ich einstecken. Fahr mich auf die Autobahn Richtung Salzburg und lass mich an der ersten Raststätte raus, die heißt Hofoldinger Forst. Kennst du die?«

»Ja«, sagt Graham, jetzt mit einem leichten Grinsen im Gesicht, »das ist die ohne eine Tankstelle dabei, die kenn ich. Wow, Mann, was hast du da gedreht? Ist schon lange her, dass wir solche Dinger gemacht haben. Rein – Nummer durchziehen – und raus, bevor die überhaupt merken, dass der große böse Wolf da war. Wir haben da mal in der Nähe von London –«

»Halt da schnell an, da, bei der Telefonzelle. Da rechts, ja. Und schau in den Rückspiegel. Wenn was Verdächtiges aufkreuzt, zieh Leine. Ich komm schon durch.«

»Glaubst du, ich bin zur Pussy geworden, bloß weil ich weniger Haare auf dem Kopf hab, oder was? Mach deinen *call* und schwing deinen Arsch wieder hier rein.«

»Bist du sicher, dass du hier raus willst?« Graham hält das Lenkrad mit beiden Händen, beugt sich vor und schaut den Zeno an und dann zweifelnd in die Runde. Im Restaurant sitzen ein paar müde Kaffeetrinker und Fernfahrer. Der Parkplatz ist gut besetzt, kleine Trucks stehen da, ein paar Wohnmobile und die üblichen Familienkutschen.

»Ja, alles bestens. Danke und mach's gut, Graham. Freut mich, dass du deinen Tony wiedergefunden hast. Tu mir einen Gefallen: Vergiss einfach, dass du mich gesehen hast, okay? *Bye.*«

Zeno schüttelt Grahams Hand, der grinst und sagt: *»Life is a bitch, right?«*

Zeno nickt und steigt aus dem Jaguar, der leise schnurrend davonzieht. Graham hebt den Arm zu einem letzten Gruß und grinst in den Rückspiegel, dann ist er wieder auf der A 8.

Zeno steht auf dem Parkplatz und schaut sich den Himmel an. Bald wird es hell, und die ersten Vögel sagen sich schon ihre Meinung zum neuen Tag.

Aus der Raststätte, vom Toilettenaufgang hoch, kommt ein Kerl. Typ Grüner und Hippie. Einer, der vergessen oder einfach nicht mitgekriegt hat, dass die Sechziger vorbei sind und die Beatles mittlerweile zur Hälfte tot. Und dass die Stones zu singenden Untoten mutiert sind. Er steuert auf ein gammeliges stumpfbraunes Hochdach-Wohnmobil mit Herforder Kennzeichen zu. Verschlafen kratzt er sich am Hinterteil seiner fleckigen alten Cordhose und rückt mit der anderen Hand seine Brille zurecht. Die hat dermaßen dicke Gläser, dass man meinen könnte, sie wäre aus Böden von Cola-Flaschen geschnitten. Das ist genau mein Mann, denkt sich der Zeno und stellt sich vor den Typen: »Hey, guten Morgen, Mann. Schau mal, ich hab hier einen Hunderter, den geb ich dir, wenn du mich bis zur nächsten Autobahntankstelle mitnimmst. Die ist keine zwanzig Kilometer von hier. In deiner Richtung. Was sagst du?«

»Gelobt sei mein Gott und geistiger Führer. Ich sag, lass den

Lappen rüberwachsen, Bruder. Im Fahrpreis ist dann auch noch ein schöner Joint drin, was meinst du?«

»Würd ich gerne, jetzt eine schöne Rolle rauchen, Mann. Geht aber nicht, denn an der Tanke in Holzkirchen, da wartet meine Alte«, sagt der Zeno, »und mit der hab ich Stress, weil wir eigentlich hier verabredet waren, aber dann ist das blöde Weib einfach weitergefahren bis Holzkirchen. Da ist sie jetzt. Und schmollt.«

»Und was machst du dann hier, Bruder?«, fragt der Spät-Hippie, schüttelt seine Rastalocken und steckt den Hunderter ein, nachdem er ihn vorher dicht vor seine Cola-Glas-Brille gehalten und dann auf Briefmarkengröße zusammengefaltet hat. Seine Brillengläser sind auf jeden Fall beschlagen oder schmutzig oder beides, so genau sieht man das in dem diffusen Licht nicht.

»Ich bin Koch in der City«, sagt Zeno, »hab Schichtende und mein Kollege hat mich bis hierher mitgenommen. Dann ist der natürlich weitergefahren, weil ich gesagt hab, meine Frau ist hier irgendwo mit dem Auto. Aber ich hab da was durcheinanderbekommen, wir sind ja bei der Raststätte Holzkirchen verabredet. Ich hab's wieder mal versägt. Scheiße, was? Und jetzt ist die Alte bestimmt sauer auf mich. Und Frauen können so was von sauer sein, aber kannst du dir ja vorstellen, oder?«

»Gefährlich ist's, den Leu zu wecken, verderblich ist des Tigers Zahn. Doch der größte aller Schrecken, das ist das Weib in seinem Wahn. Stimmt doch, was?« Dabei nickt der Kerl, als hätte er soeben die Quantentheorie zerpflückt. »Ich vertraue seit Jahren nur noch auf meinen geistigen Führer.«

»Und das funktioniert?«

»Klar, Mann, schau mal, ich hab noch fünf Liter Sprit im Tank, fast nichts mehr zu essen und hab mir überlegt, ob ich da unten bei den Toiletten ein bisschen Geld finde. Da sind doch immer so Teller auf so Tischen. Aber wie ich da so unten steh und mir die paar Münzen anschau, da sagt mein Führer, also, mein Gott, der sagt, Siggi, das kannst du nicht machen. Das Geld, das gehört jemandem, aber nicht dir. Geh wieder nach oben. Und, wow, Mann, da oben, da stehst du und gibst mir einen Hunni. Er da oben hat dich geschickt, Mann.«

»Du hast so was von recht, Mann«, sagt Zeno und denkt

sich: So zugedröhnt, wie der ist, hoffentlich schafft der es bis Holzkirchen.

»Ich wollt mir grade was zu essen machen«, sagt der Kerl, »aber wenn du sowieso Koch bist, dann könntest du vielleicht …? Oder?«

Mittlerweile sind sie bei seinem Wohnmobil angekommen. Ein uralter Ford, wahrscheinlich tatsächlich aus den Sechzigern und selbst umgebaut. Eine schreckliche Kiste. Die hintere Doppeltür öffnet sich unter lautem Protest, aber drinnen sieht die Karre gar nicht mal so übel aus: an der linken Wand ein Dreißig-Zoll-Plasmafernseher, flach und ziemlich neu. Rechts eine schmale Couch, ein kleiner Kleiderschrank, eine Kommode und auf einem Kühlschrank: ein zweiflammiger Gasofen.

»Geh rein, Mann, und schau, was im Kühlschrank ist. Und mach was draus. Jetzt hab ich so richtig Kohldampf. Ich geh noch mal in die Bude da und hol uns zwei Dosen eiskaltes Bier. Bis gleich, fühl dich wie zu Hause.«

So kommt es, dass der Zeno um fast fünf Uhr früh in einem Wohnmobil über einem offenen Kühlschrank gebeugt steht und sich bei dem Anblick am Kopf kratzt: drei Nürnberger Bratwürste, die allerdings aussehen, als würden sie aus Kabul kommen. Mit dreimal umsteigen. Dann: vier gekochte Kartoffeln, die auch schon ein paar Kilometer auf der Schale haben, ferner ein kleines Glas, halb voll mit Sauerkraut. Etwas selbstmordgefährdeter Schnittlauch ist noch zu sehen und eine Zwiebel und zwei Knoblauchzehen. Das war's. Macht nichts, das wird jetzt:

Bratwurstpfanne mit Kraut und Schnittlauch-Bratkartoffeln

Geht so, für vier Personen hochgerechnet:
Ca. 400 g Nürnberger Rostbratwürste in Stücke schneiden und in der Pfanne anbraten. Nach ein paar Minuten rausnehmen und auf einen Teller legen. Eine Zwiebel klein hacken, in die Pfanne mit etwas heißem Öl geben, nach einer Minute den klein gehackten Knoblauch dazu. Glasieren und raus aus der Pfanne zu den Würstchen legen. Die gekochten und geschälten Kartoffeln (600 g) würfeln und in die Pfanne werfen. Sobald die Kartoffeln angebräunt sind, das Sauerkraut (ca. 300 g)

Die Beifahrertür geht knarrend und quietschend auf und Siggi steigt ein. Über den Schalthebel zwischen den zwei Vordersitzen balanciert er nach hinten und lässt sich auf das Sofa plumpsen. Die zwei Bierdosen hält er hoch über dem Kopf: »Da, Mann. Wow, das riecht ja hier wie schon lange nicht mehr. Bist du sicher, dass du in Holzkirchen raus musst? Du kannst mitfahren, so weit du willst, Mann. Hier, dein Bier. Ist im Fahrtpreis mit drin. *All inclusive*, Mann, verstehste?«

»Lass mal. Wo willst du eigentlich hin, Siggi?«

»Tja, wohin will ich? Ich weiß es nicht. Hab es eigentlich noch nie gewusst. Muss es auch nicht wissen, ich werd nämlich getragen, Mann.« Dabei nickt er ernsthaft mit dem Kopf und prostet durch das verkratzte Plastikfenster im Dach dem Mond zu. Oder der Stelle, an der er den Mond normalerweise vermutet.

Zeno, der immer noch am Gasherd steht, hält einen Teller über die Pfanne und schaufelt dem Siggi eine kräftige Portion drauf. Er selbst schnappt sich die Pfanne und eine Gabel und setzt sich neben Siggi auf die schmale Schlafcouch. Siggi stellt ihm vorsichtig eine Bierdose aufs Knie und sagt: »Weiß ich auch nicht, warum ich dir das jetzt erzähl, Mann. Das war so, die Geschichte: Ich hab auch mal einen Job gehabt, und eine Wohnung, und eine Familie. Aber dann ist was passiert, was Furchtbares, und das hat mich so was von aus der Bahn gekegelt, wie ich auf einmal ohne Frau und Kinder dastand, das kannst du dir gar nicht vorstellen, Mann. Tja, und die Wohnung, die war dann auch ganz schnell weg, auch alles andere, das sowieso. Weg, irgendwie, einfach weg. Ich hab dann bei einem Typen in Bocholt auf dem Schrottplatz gearbeitet und durfte mir dafür die Kiste hier herrichten und auch drinnen schlafen. War schon okay, der Typ. Aber ich war das scheinbar nicht, nicht okay, meine ich, denn eines Tages kam der Kerl an und sagte: ›Siggi‹, sagt er, ›du musst hier verschwinden.‹ ›Warum‹, sag ich, ›is was mit meiner Arbeit?‹ ›Nee‹, sagt der, ›aber meine Frau, die fürchtet sich vor dir, weil du oft mit dir selber redest und auch manchmal nachts hier rumschreist. Verstehst du doch, oder? Nimm das Wohnmobil mit, das schenk ich dir. Hier haste die Fahrzeugpapiere und ein paar hundert Euro extra. Mach's gut, Siggi.‹ Ein Schulterklopfen und weg war er. Und ich kurze Zeit später auch. Und in der ersten Nacht im Wald, irgendwo bei Nürnberg war das, glaube ich, da hab ich diesen Traum gehabt. Da ist ER zum ersten Mal zu mir gekommen. Willste das hören? Schmeckt übrigens supercool, dein *soul food*, Mann.«

»Klar, erzähl. So viel Zeit muss sein«, sagt Zeno und biegt die beiden Lampen über dem Sofa so, dass er einigermaßen sehen kann, was er aus der Pfanne holt.

»Also, ich träume, dass ich über einen Sandstrand fliege, am Meer entlang, so in zehn Metern Höhe oder so. Um mich rum, da sieht alles richtig cool südseemäßig aus. Neben mir, da fliegt auch was, das sehe ich aber nicht. Ich kann's nur hören. Eine Stimme hören, meine ich. Das war ER, und ER sagt zu mir: ›Siggi‹, sagt er, ›das war alles eine Riesenscheiße, schon klar, aber ich war immer bei dir. Ich kann's dir sogar zeigen‹, sagt ER. ›Da, schau runter in den Sand‹, sagt ER. ›Was siehst du da?‹ Und wie ich so runterschau, da sehe ich Fußspuren da im Sand. Drei große Paare, also Fußspuren, und zwei kleine. ›Die kleinen Spuren, das sind deine Kinder, die großen Fußspuren, das bist du, deine Frau und ich‹, sagt ER, ›und das da unten, das ist dein Lebensweg.‹ Auf einmal, da sieht man einen, weiß jetzt auch nicht, einen Wirbel im Sand, und alle Fußspuren bis auf eine, die sind weg. In dem Wirbel verschwunden, verstehst du, Mann? Und nur eine einzige Spur geht weiter. Eine. ›Warum nur eine‹, sag ich zu IHM, ›warum bist du da auf einmal auch weg? Da ist ja nur noch eine Fußspur?‹ ›Aber ich bin ja gar nicht weg‹, sagt ER, ›ab da, ab da hab ich dich getragen, Siggi. Und ich werd dich auch immer weiter tragen‹, sagt ER. Wow, Mann, da bin ich wach geworden und hab gewusst, ich muss irgendwohin, weil da, irgendwo, wer für mich da ist. Der wartet schon auf mich. Verstehst du das, Mann? Hab den ganzen Scheiß noch nie jemandem erzählt. Prost!«

»Schon okay, Siggi, schon okay. Lass uns jetzt mal langsam los, sonst krieg ich noch mehr Stress.«

Siggi nickt zweimal ernsthaft, isst den letzten Bissen von seinem Teller und spült mit Bier nach. Dann klettern sie beide nach vorne ins Führerhaus der alten Kiste. Beim Anfahren fliegen die Gänge krachend ins Getriebe, und Siggi schiebt eine Musikkassette ein. Von Cream, »White Room«.

»Bist du einer von der Katholiken-Bande, oder was?«, fragt der Siggi und äugt den Zeno von der Seite an.

»Nein, ich war's mal. Aber dann ist so viel passiert in meinem Leben, da hab ich den Glauben vorübergehend für was anderes in Zahlung gegeben.« Das sind die richtigen Gespräche, denkt er sich, gleich landen wir in der vierten Dimension.

»Weißt du«, sagt Siggi und wischt mit dem Ellenbogen über die Scheibe, die ziemlich beschlagen ist, weil das alte Gebläse wohl schon lange seinen Geist aufgegeben hat, »weißt du, du musst einen Katholiken nur fragen, ob er wirklich glaubt, dass sein Gott allmächtig ist. ›Jau, Mann‹, wird der sagen, ›mein Chef, der hat's voll drauf, der kann alles. Der hat sogar seine eigene PR-Abteilung in Rom. Und sein Geschäftsführer latscht in roten Schuhen über den Planeten. So was kannst du dir wirklich nur erlauben, wenn deine Firma richtig gut ist.‹ Okay, jetzt fragst du, ob denn sein Gott so allmächtig ist, dass er einen Berg oder einen Planeten oder ein Universum erschaffen kann, das so schwer ist, dass er es selber nicht mehr schleppen kann. ›Klar‹, wird der Mann sagen, ›klar kann er das, er ist ja Gott, er kann alles. Schon vergessen? Ist doch sein Job.‹ ›Ja‹, fragst du dann, ›wenn er aber was erschaffen kann, das so schwer ist, dass er es selbst nicht mehr tragen kann, ist er dann allmächtig?‹ Und patsch, damit hast du ihn an seinen katholischen Eiern. Cool, was?«

»Schon, ja. Aber was macht *dein* Gott denn so den ganzen lieben Tag?«

»Nicht viel, Mann. Musst du ja auch nicht, wenn du Gott bist, oder? Dann siehst du das alles nicht so eng. Ich stell mir vor, der macht nur, worauf er Bock hat. Vielleicht sitzt er zweimal die Woche auf dem Mond und macht sich Vanillepudding, was meinst du?«

»Ich meine, dass das da vorne die Raststätte Holzkirchen ist. Nimm die Ausfahrt, die jetzt kommt und lass mich einfach da an der Tanke raus. Ich geh und such mir meine Frau.«

Siggi grinst: »Jau, Mann. War cool, dich kennengelernt zu haben. Weißt du, was ich glaube? Ich glaube, dass jeder seinen eigenen Gott hat. Du wirst den deinen auch noch finden. Wird wohl viele Götter geben, da oben, oder wo die alle sind. Und irgendwann kriegen die sich in die Wolle, einfach, weil's zu viele sind. Und dann geht's ab. Dann hauen die sich die Planeten um die Ohren, verstehst du, Mann? Ich sag dir was, wenn mein Gott gewinnt, bist du zwar blöd dran. Aber dafür gibt's dann gratis Vanillepudding für alle. Mach's gut, Alter. *Adios.*«

»Wer war das denn? Der Rastaman mit der rollenden Thunfisch-Dose da draußen? Hab dich aus der Schüssel aussteigen sehen. So was Ähnliches hat ein Nachbar von uns. Einen roten VW-Bus hat der. Und putzt den viermal die Woche. So was war das eben aber nicht, oder? Von Typen wie dem eben, da lebt die halbe Müsli-Industrie. Und gar nicht mal schlecht. Gibt's in München jetzt solche Taxis?« Stocker, sichtlich angesäuert, taucht in der gut besuchten Gaststätte seine Rosinensemmel in den wässrigen Kaffee und sieht den Zeno mit übermüdeten und blutunterlaufenen Augen zornig an: »Außerdem wolltest du drei oder vier Tage in München bleiben. Also, was wird das jetzt?«

»Wie geht's Josef?« Zeno schaut unter den Tisch. Dort hat sich im Lauf einer langen Autobahn-Nacht so einiges angesammelt. Aber da unten ist nichts, das auch nur annähernd wie ein Rauhaardackel aussieht. Seufzend lässt sich Zeno auf den Stuhl fallen.

»Danke der Nachfrage. Du meinst damit sicher mich, oder?«, sagt Stocker. »Mir geht's gut. Ehrlich. Ich mag das, wenn man sich um diese Uhrzeit nach meinem Befinden erkundigt. Und solche spontanen Ausflüge erst. Ich liebe das. Wirklich. Da steh ich drauf. Liegt bei uns in der Familie. Meine Tante, zum Beispiel, die hat mal eine Wallfahrt nach Altötting gemacht, auch ganz spontan. Kaum hat sich ein Bruder von ihr in seiner Metzgerei den Arm abgesägt, schon ist sie losgelaufen. Zu Fuß und rückwärts. Von Eggstätt aus. Super. Hast du übrigens gewusst, dass das Oktagon, der achteckige Turm von dieser Wallfahrts-Dingsda, dass der im siebten Jahrhundert gebaut worden ist? Und somit der älteste Zentralbau Deutschlands sein dürfte? Nein, natürlich nicht. Kultur ist ja auch nicht so interessant, wenn man in München zu tun hat. Jetzt aber zu Josef, falls du das stinkige Furzwunder von einem Dackel meinst. Der liegt in deinem Bett und schläft. Kann man doch keinem Hund zumuten, um diese Zeit auf der Autobahn zu sein, oder?«

»Jetzt beruhige dich mal wieder und lass mich erzählen. Klar wollte ich ein paar Tage in München bleiben. Hat sich aber so ergeben, dass mir der Kerl, der den Achs nach Innsbruck gefahren hat, dass der mir, wie soll ich sagen, über den Weg gelaufen ist.«

»Was?« Stocker lässt seine halbe Rosinensemmel in das Kaffee-Haferl fallen und schaut den Zeno mit großen Augen an.

»Ja, ich hab doch da den Macker getroffen, den Graham. Hab dir von dem erzählt, oder? Am Telefon, meine Anfrage? Wegen dem Tony J.? Hallo? Jemand zu Hause bei dir? Gut, also der Graham, der hat mich in eine Kneipe mitgenommen, in der vielleicht was zu hören sein könnte. Und wer war da? In voller Lebensgröße? Der Chef-Bodyguard vom Achs. Dem hab ich auf der Toilette inkognito ein paar verbraten und ihm ins Ohr gezischt: ›Der Suaretti will alles. *Capisce?*‹«

»Sag mal, hast du sie noch alle?«

»Klar doch, mein Alter, alle Neune, die hab ich voll beisammen. Aber ich wollt mal so richtig schön auf den Busch klopfen.« Zeno winkt der ebenfalls müde wirkenden Bedienung und deutet auf den Kaffee und die Rosinensemmel vom Stocker. »Denk doch mal für fünf Minuten mit: Der Achs ist Brigadier in seinem Mafia-Dingens oder steht kurz davor. So, und was braucht der jetzt überhaupt nicht? Genau! Ärger, mein Freund, Ärger mit seinen Bossen. Das muss der jetzt so was von gar nicht haben. Deswegen war der ja auch in Innsbruck und hat versucht, den Suaretti und seine Truppe anzuheuern. Damit von seinen Chefs keiner merkt, dass ihm seine Italiener-Hilfsarbeiter von der Fahne gegangen sind. Die Umsätze müssen ja weiterlaufen, oder? Außerdem brauchen wir einen Nebenkriegs-Schauplatz. Wir wollen ja seine Bude verwanzen. Wenn das hochkocht, der Gag mit den Steckdosen, wer ist dann im Fadenkreuz? Wir nicht. Clever, was? Die Bosse gehen auf Abstand, und wir können ihn, also den Achs, erledigen, wenn's denn sein muss. *Yes.*«

Zufrieden schaut sich Zeno um und zwinkert einer tätowierten Rockerbraut am Nebentisch zu, die ihm dafür postwendend den Effenberg-Finger zeigt.

»Wow, Baby, da kann man Hormone bei der Arbeit sehen«, meint der Zeno und nickt der Bedienung zu, die ihm einen Kaffee und eine Rosinensemmel hinstellt, und sagt zu Stocker gewandt:

»Kaufst du mir auch so ein T-Shirt, wie die lose Harley-Mutter
da drüben anhat?«

»SEKT KNALLT BESSER ALS SO MANCHER MANN«, steht
auf dem T-Shirt, auf das jetzt beide starren. Die Rockerbraut
glotzt zurück und keift: »Habt ihr Schwuchteln noch nie Möpse
in Freiheit gesehen, oder was?«

Zu allem Überfluss taucht jetzt der Freund der herben Mutter
auf. Eins neunzig groß oder so, und hundertdreißig Kilo schwer,
mindestens. Bizepse, so dick wie andere Leute Oberschenkel haben. Der Kerl baut sich vor dem Tisch auf und starrt die beiden
an: »Wer will zuerst aufs Maul haben?«

Zeno schaut ihm treuherzig in die Augen und sagt: »Eine Minute, werter Herr. Eine kleine Geschichte sei uns vergönnt, wenn's
genehm ist. Kennt Ihr den, mein Herr: Ein Motorradfahrer, das
Wort ›Rocker‹, das will ich jetzt gar nicht in den Mund nehmen,
also, so einer fährt vor sich hin auf seiner Harley, eine sonnige
Landstraße entlang, hier irgendwo im Süden, nicht wahr?«

Der Rocker schaut über die Schulter zurück zu seiner Braut,
die ebenfalls nicht weiß, was das jetzt soll und mehr oder weniger
hilflos mit den Armen zuckt.

»Also, der Motorradfahrer, ein edler Tätowierter, einer so wie
Ihr, mein Schöner, dem plumpst ein kleiner junger Vogel auf den
Helm. Ist wohl aus seinem Nest da oben aus dem Baum gefallen,
der arme Federkerl. Der edle Recke bremst, steigt ab und nimmt
den Vogel mit. Das Vögeleinchen ist bewusstlos und wird erst
wieder wach in der Wohnung des Motorradfahrers, wo dieser
ihn vorsichtig in einen Käfig gelegt und ihm natürlich gleich
Wasser und ein paar Brotkrümel hingestellt hat. Also, der kleine
Vogel erwacht in dem Käfig von seiner Ohnmacht, streckt sich,
sieht die Gitterstäbe, das Wasser und das Brot und denkt sich:
Verkackt aber auch, was haben wir denn hier? Gitterstäbe? Brot?
Wasser? Oh, *shit*, ich muss den Scheißrocker umgebracht haben.
Verstehst du, was ich meine, mein Kleiner? Wenn du nicht gleich
deine Auspuff-Transe da drüben unter den Arm nimmst und dich
verpisst, dann bist du Frischfleisch für die Organbank. Guck mal
auf meinen rechten Knöchel. Da! Jetzt! Die Zeit läuft!«

Zeno lüpft schnell und ganz kurz sein rechtes Hosenbein ein

bisschen, denn es sind ja noch mehr Leute in dem Laden, und der Rocker sieht den Griff der 38er. Er hebt die Hände auf Brusthöhe und geht rückwärts zu seinem Tisch: »Schon okay, Leute. Ganz ruhig. Ich muss jetzt sowieso weg. Tolle Geschichte, das mit dem Huhn oder was das war. Tschau. Komm, Birgit, wir müssen.«

Birgit sieht ihren Macker mit gerunzelten Brauen an und schaut zu Stocker und Zeno rüber. Der grinst und sagt zu der Rockerbraut: »Tja, Birgit, meine Seele ist dunkler als mein Kaffee. Scheißtag, was?« Und zu Stocker: »Komm du jetzt auch langsam aus der Hüfte, wir gehen.«

»Lass uns noch schnell beim Obermaier in Bernau ein paar Butter-brezen holen, der hat die besten weit und breit. Und dann hauen wir uns bis mittags aufs Ohr, was meinst du?« Zeno blinzelt zum Stocker rüber, der immer noch nicht fassen kann, was da in den letzten Stunden so alles abgelaufen ist.

Zurück in der »Endstation« und nachdem sich der Josef so einigermaßen beruhigt hat, gehen die beiden in ihre Zimmer. Stocker nach oben, und Zeno, gefolgt von Josef, in sein Apartment hinter der Küche.

Es muss so kurz nach elf sein, da kommt die Nellie, die heute sowieso etwas früher dran ist, weil sie immer noch Stress mit ihrer Partnerin hat, in Stockers Wohnung gerannt: »Steh auf, Chef, der Kriminaler aus München ist unten in der Küche und haut den Zeno aus dem Bett. Und der ist stinkesauer, der Zuckerdings, das kann ich dir sagen.«

Und sauer ist er, der Zuckerhahn, wie er da so in der Küche steht. Neben dem Zeno, der an der Kaffeemaschine hantiert und mit dem Josef spricht: »Der meint das nicht so, der Onkel Zucker-hahn. Der ist immer so, wenn er nicht weiterweiß. Dann sabbert und spuckt er. Aber eigentlich will er nur spielen. Das macht ihn nur noch liebenswerter, findest du nicht auch, Josef?«

Falsche Ansage. Zuckerhahn wird rot und röter im Gesicht, und mühsam beherrscht sagt er: »Du warst das, Zeno, in München, also erzähl mir jetzt keinen Scheiß. Einer meiner V-Leute, der zufällig da war, der hat dich beschrieben. Leichtes Humpeln, hat er gesagt. Kurze braune Haare. Schlank, eins achtzig etwa. Unauffälliger Typ. Einer von den eher Hässlichen, die aber glauben, dass sie gut aussehen. Einer von denen, die neben einer schönen Frau stehen und Sprüche raushauen wie: Ich mach jede Drohne zur Hummel. So einer kommt also rein, schaut sich um und stellt sich an die Bar, sagt mein V-Mann. Und jetzt zweiter Akt: Der Serge Cocescu geht aufs Klo, der Schlanke tänzelt mit seinem leichten Schleuderschritt hinterher. Und kommt nach zehn oder zwanzig Sekunden aus dem

Männerklo. Alleine und doch etwas in Eile. Keine Minute später geht das Geschrei los, und ein paar Schmalzlocken rennen in die Toilette und tragen den Cocescu aus der Tür vom Klo. Und der sieht aus, wie wenn ihn ein Fleischwolf geküsst hätte. Mit Zunge. Super, was? Sag mal, denkst du eigentlich nur noch mit deinem Schwanz? Weißt du, was du da kaputt gemacht hast? Wie? Was? Lauter, ich hör nix!«

Zuckerhahn hält sich eine Hand hinter das Ohr und beugt sich leicht nach vorne.

Zeno streichelt den Josef und gibt dem Zuckerhahn eine Kaffeetasse rüber: »Ich bin doch hier, wie kann ich da in München einen umgehauen haben? Ein Bild von mir hat dein V-Mann sicher in der letzten Ausgabe von ›Jagd und Hund‹ gesehen. Josef war als ausklappbares Mittelbild im Heft, als ›sexiest dog alive‹, und ich als sein Berater, ich war auch mit auf dem Foto. Und jetzt solche Anschuldigungen? Das ist der pure Neid, sonst nichts, sag ich dir.«

»Willst du mich jetzt auch noch verarschen? Was? Sag's, dann erschieß ich dich hier und jetzt. In Notwehr«, faucht der Zuckerhahn und dreht sich zum Stocker: »Und du, du hältst dich da ganz raus, okay?«

Stocker hebt die Schulter und fährt sich mit Zeigefinger und Daumen quer über die Lippen: Reißverschluss.

»Und wenn ich das gewesen wär – ich sag jetzt nur: wenn«, sagt Zeno, »was wär dann gewesen? Der Typ, von dem du redest, der hat doch sicher was mit dem Achs zu tun. War der denn auch da?«

»Nein, das war er nicht. Das weißt du doch. Was du nicht weißt, das ist, dass zwei Autos voll mit Rumänen heute in aller Frühe nach Innsbruck gefahren sind. Was machen die da? Training auf der Ski-Sprungschanze am Bergisel? Glaub ich jetzt eher nicht. Nein, da war vor ein paar Stunden eine gemütliche Schießerei im Gange, im Haus vom Suaretti. Der liegt jetzt ziemlich durchlöchert in der Uni-Klinik, lebt aber dummerweise noch. Drei von seinen Zombies hat es erwischt. Und vier von den Rumänen aus München. Der Schmittel, der von der Polizei aus Wien, der hat mich vor einer Stunde angerufen und gesagt, ich soll meine Scheiß-Privatkriege woanders austragen. In Afghanistan zum Beispiel, da fällt das nicht so auf, hat er gesagt. Und da könnte man zur Not alles den Amis in die Schuhe schieben.«

Hastig nimmt der Zuckerhahn einen Schluck von seinem Kaffee und verbrennt sich die Zunge, was ihn nur noch wütender macht: »Ich hab den Cocescu seit Tagen rund um die Uhr zusammen mit dem Achs beschatten lassen. Meine Jungs haben sich in den langen Nächten in den kalten Autos einen Wolf gesessen. Und das alles nur, weil ich wissen will, ob es der Achs ist, der irgendwen in meinem Umfeld auf seiner Lohnliste hat, und wenn ja, wer den Kontakt hält. Ich hab da so einen Verdacht, das ist aber mehr so eine Ahnung. Ich kann keinem mehr trauen in meinem Büro. Und jetzt verarscht *ihr* mich auch noch. Auf jeden Fall: Jetzt hauen sich die Ganoven gegenseitig weg. Soll mir auch recht sein. Warte mal, das ist mein Handy.«

Zuckerhahn stellt seine Kaffeetasse ab, schnauft einmal tief durch und fischt sein Nokia aus der Jackentasche: »Ja? Wo? Wohin? Okay, ruf mich an, was die machen, wo die hinfahren, wen die treffen.«

Und zu Stocker, der mittlerweile neben dem Zeno steht, sagt er: »Der Achs ist mit zwei anderen aus seiner Truppe unterwegs in einem Van auf der Autobahn nach Nürnberg. Keine Ahnung, wo die hinwollen. Meine Jungs bleiben an denen dran. Ich vermute, der Achs taucht ein paar Tage ab, weil er nicht weiß, was der Suaretti noch so in Reserve hat für einen eventuellen Gegenschlag. Wir machen Folgendes, meine Herren: Morgen früh fahrt ihr nach München und verwanzt die Wohnung vom Achs. So eine Gelegenheit kriegen wir so schnell nicht wieder. Zeno, ich schick dir heute Abend eine SMS, was da für Türschlösser zu knacken sind in der Königinstraße. Verdreh jetzt nicht die Augen, das hast du alles mal gelernt. Von meinen Jungs kann da keiner mit dabei sein, aber ich lass die Straße überwachen. Wenn was ist, rufen mich meine Burschen an, und ich meld mich sofort bei euch. Okay? So, und jetzt hab ich Hunger. Wenn ihr zwei Tanzmäuse gestern Abend hier in eurer Küche gewesen seid oder auch nur einer von euch, dann ist doch bestimmt noch was zu essen da. Wer hat gekocht gestern? Und keine Falschmeldungen jetzt, ja?«

»Ich«, sagt der Stocker, »ich hab gekocht, weil der Zeno mit dem Josef geübt hat. Erotik-Posing für den Hunde-Playboy. Und dann natürlich fürs Interview.«

»Fürs Interview, was? Was kann ein Dackel bei euch hier drin schon groß erleben?«, fragt der Zuckerhahn, dessen Blutdruck sich so langsam wieder normalisiert.

»Hier drin? Allerhand«, sagt der Stocker, »gestern Abend zum Beispiel, da hat sich der Primelmeier meine berühmten Atzdorfer Klopse mit Bärlauch-Kartoffelpüree bestellt. Und beim Essen hat ihn der Josef ein paarmal böse angeknurrt. Der Primelmeier hat sich bei der Nellie beschwert und gefragt, ob der Hund Tollwut hat, weil er sich so aufführt. ›Nein‹, hat die Nellie gesagt, ›der regt sich bloß auf, weil du von seinem Lieblingsteller isst.‹ Verstehst du, Donat, so was wollen die hören, die von der Presse. Das sind Geschichten, die schreibt das Leben, so was kannst du gar nicht erfinden.«

Der Zuckerhahn schaut auf seine Kaffeetasse und meint: »Aber Kaffee trinkt der Josef noch keinen, oder doch? Egal. Haben wir noch Atzdorfer Klopse? Und wenn ja, was ist das?«

»Ein Rezept meiner Oma«, sagt der Stocker, »gut, ursprünglich hießen die mal Königsberger Klopse. Aber so wie meine Oma die immer gemacht hat, und jetzt ich natürlich, so gemacht heißen die hier drinnen:

Atzdorfer Klopse (bayrische Version von Königsberger Klopsen)

Und hier das Rezept, wie üblich für vier Personen.
Wir brauchen:
400 g gemischtes Hackfleisch, dazu 200 g weißes Bratwurstbrät.
1 Ei, 1 altes Brötchen, 50 g Butter, 1 Zwiebel,
5 Knoblauchzehen, 10 grüne Oliven, fünf oder sechs getrocknete
und in Öl eingelegte Tomaten, Bratenfond und eine Essiggurke,
außerdem 50 g Mehl, 400 ml Brühe, 200 ml Milch, 1 EL
Kapern, Essig, Zucker, Salz, Pfeffer.
Das klingt jetzt schon mal sehr kompliziert, ist es aber nicht. Auf
geht's:
Zwiebel und Knoblauch hacken und anbraten. Jetzt das Brötchen
in Milch einweichen und gut ausdrücken und zerkleinern.

*Zusammen mit Salz, Pfeffer, dem Öl, den gehackten Oliven,
den Tomaten und dem Ei zum Hack und dem Brät geben, die
angebratene Zwiebel und den Knoblauch dazu und alles gut
vermischen.*
Mit nassen Händen kleine, runde Klopse formen.
In einem Topf die Butter erhitzen und das Mehl dazurühren.
*Ständig rühren, das ist jetzt wichtig. Alles leicht anbräunen, nun
langsam und unter ständigem Rühren die Brühe dazugeben,
dann die restliche Milch einrühren. Essig und Zucker rein. Wir
haben jetzt eine dicke Sauce, in die legen wir die Fleischklopse.*
Die gehackte Essiggurke dazu, jetzt salzen und pfeffern.
Das alles bei kleinster Hitze ca. 40 Minuten köcheln lassen.
*Das lange Schmoren und das Wurstbrät im Hack, das ist das
eigentliche Geheimnis. Erst kurz vor dem Servieren die Kapern
und den Bratenfond in die Sauce rühren.*
*Dazu servieren wir Kartoffelbrei, bei dem wir die Kartoffeln
in der Schale garen und dann samt der Schale durch unsere
Kartoffelpresse bitten. So, jetzt Salz, Pfeffer, ein paar Spritzer
Maggi dazu, und eine Handvoll Bärlauch, in dünne Streifen
geschnitten, beigeben. Alles sehr vorsichtig durchrühren, damit der
Brei nicht matschig wird, und flott auf den Teller.*
*Mahlzeit. Und das schmeckt auch aufgewärmt am nächsten Tag
noch richtig gut.*

»Stimmt«, sagt der Zuckerhahn, »das schmeckt super, und so hab
ich das noch nie gegessen.« Mittlerweile hat er sich wieder beruhigt und lehnt an seinem Stammplatz in der Küche, dem alten
Holztisch. Den Teller hat er in Kinnhöhe und schaufelt mit einer
Gabel Klopse und Sauce mit Püree in den Mund, während er
spricht: »Der Serge Cocescu, der ist ein ganz harter Hund, der war
in Rumänien bei der Securitate, so heißt der Geheimdienst dort.
Da war er Personenschützer für Politiker. Vor zwei Jahren ist er
nach Deutschland gekommen, und seit einem halben Jahr ist er der
Chef der Sicherheitstruppe vom Achs. Seit dem Tod von Traian
und dem ganzen Zeugs sind die Rumänen hier in München richtig
hysterisch geworden, sicherheitstechnisch, meine ich. Warum hast
du den Serge umgeschaufelt, Zeno?«

144

»Weil ich glaube, der Achs hat die Mona in die Luft sprengen lassen. Und du glaubst das auch. Und wir alle, wir können nichts machen, nur zusehen. Aber wenn ich auf den Busch klopfe, und zwar so, dass alles rauskommt, was da drinnen lebt, dann kriegen wir sehr viel schneller sehr viel mehr raus als mit dem ganzen Überwachungsscheiß. Und die Clowns legen sich dann gegenseitig um. Du bringst die doch sowieso nicht ins Gefängnis. Keinen von denen. Wer hält da bei euch die Hand drüber? Das kann keiner aus deiner Truppe sein, Zuckerhahn. Der muss eine Stufe höher stehen. Also wer? Was meinst du?«

»Ich?«, sagt Zuckerhahn, während er mit der Zunge nach einem Stück Hackfleisch zwischen seinen Zähnen fischt. »Ich glaub, und das muss jetzt hier drinnen bleiben, ich glaub, dass der Reimers, der ermittelnde Staatsanwalt, da seine Finger mit drin hat. Irgendwie. Schau mal, letztes Jahr, da haben wir den Anwalt von diesen Mafia-Scheißern so an den Eiern gehabt, dass er geredet hätte. Der ist dann aber dummerweise in der ersten Nacht in der U-Haft umgelegt worden. Was sagt der Staatsanwalt tags drauf? Selbstmord, sagt der. Und zu den Beweisen, die wir damals gegen den Traian hatten? Reicht nicht aus, um den zu verhaften, sagt er. Dann, später, da sind so ziemlich alle Berichte von der ganzen Sache unter Verschluss gekommen. Wegen laufender Ermittlungen, um die bloß nicht zu gefährden, sagt der Herr leitende Staatsanwalt. Und mir hetzt er hintenrum die Burschen von den Internen auf den Hals, bei jeder Gelegenheit. Mittlerweile, glaub ich jedenfalls, weiß ich, aus welcher Ecke das kommt. Vom Reimers. Warum hasst der mich so?«

»Was ist das für einer?«, fragt der Stocker.

»Der? Dem kannst du nichts anhängen, der ist so glatt wie ein Aal in der Autowaschanlage«, meint der Zuckerhahn. »Ich hab den gecheckt, und das nicht nur einmal: zweiundvierzig, geschieden, seine Frau hat jede Menge Geld mit in die Ehe gebracht und ihm nach der Scheidung viel dagelassen. Die Frau ist jetzt in Ontario mit ihrem neuen Typen. Da hat sie eine Galerie oder so was. Der Reimers lebt alleine in einer alten Jugendstil-Villa in Grünwald, gibt nichts Auffälliges zu berichten aus seinem Leben. Gute Karriere, kennt die richtigen Leute und hat hier in der Ecke am Chiemsee in Gstadt einen Schwager, glaube ich. Von dem wissen wir aber so gut wie nichts. Bloß, wie der heißt, und dass er anscheinend ein vermögender Privatier ist. Das war's. Was willst du so einem anhängen?«

»Schwierig, das stimmt«, meint der Stocker. »Wie heißt denn der Schwager?«

»Perlmann, Hubert Perlmann. Ist dreiundfünfzig, keine Vorstrafen, nicht verheiratet, hat in Gstadt, wenn man in Richtung Seebruck rausfährt, da irgendwo eine Villa. Direkt am Chiemsee, mit eigenem Bootshaus und allem Schickimicki. Hat sein Geld mit irgendwas Industriellem gemacht und dann seine Anteile verkauft. Zusammen mit der Exfrau vom Reimers. Das war's.«

»Ein Bootshaus, hm?«, sagt der Stocker, fischt sein Handy vom Regal und drückt eine Kurzwahlnummer. Ringo ist nach dem zweiten Läuten dran: »Polizei Prien. Hier spricht Ringo der Greifer. Außer Dienst, aber trotzdem: Ich höre?«

»Grüß dich, Ringo. Sag mal, kennst du einen Hubert Perlmann? Hat eine Nobelhütte direkt am See, da kurz hinter Gstadt irgendwo. Eigenes Bootshaus. Privatier, lebt so vor sich hin. Hast du da was?«

»Der Perlmann? Endlich kümmert sich mal einer um den«, schnauft der Ringo und sagt: »Warte mal, ich muss hier raus. So, jetzt geht's. Ich bau nämlich gerade eine Infrarotsauna. Hinten, auf der Terrasse, jetzt kannst du dein Bier im Stehen inhalieren, wenn du bei mir bist. Weil da, wo immer der Tisch war, da ist jetzt eine Sauna, Alter. Und die ist so was von heiß, da kannst du dir ein Ei auf dem Bauchnabel braten lassen. Was willst du eigentlich jetzt am Telefon? Heute Abend bin ich sowieso da, Rock-Mucke in der ›Endstation‹. Schon vergessen? Dann kann ich dir was über den Perlmann sagen.«

»Nein, hab ich nicht vergessen. Aber ich hab den *commissario* hier stehen, und der fragt nach dem Perlmann. Also, leg den Hammer weg und erzähl. Bitte.«

»Okay, also der Perlmann, das ist ein ganz ominöser Typ. Was soll ich dir zu dem sagen?« Im Hintergrund hört man, wie ein Gegenstand, wahrscheinlich ein Hammer, zu Boden fällt und gleich darauf das typische Zischen, das entsteht, wenn man eine

Bierflasche mit einem Schraubenzieher oder einem 14er-Schlüssel öffnet. Ein Gluckern ist zu hören, dann ein wohliger Seufzer, und jetzt spricht der Ringo weiter: »Wir haben den schon lange im Fadenkreuz. Weil wir glauben, nein, verkehrt, weil wir ziemlich sicher sind, dass in seiner Villa Renkenkacke, oder wie die heißt, dass da irgendwo unten im Keller ein illegales Spielcasino ist. Mit Roulette, Poker, was weiß ich, so Zeugs eben. Wir haben da schon öfter mal was gehört, dass sich bei dem Perlmann so ein- oder zweimal im Monat eine hochkarätige Zockertruppe trifft. Anwälte, ein paar Ärzte und einige unserer Wirte sollen dabei sein. Aber von denen sagt keiner was, das haben wir alles schon probiert. Vor ein paar Monaten hab ich sogar einen Bericht geschrieben und den direkt nach München geschickt an den leitenden Staatsanwalt von der OK, der Abteilung für organisierte Kriminalität. Ist aber nie was zurückgekommen. Der Perlmann, der hat wahrscheinlich einen, der die Hand über das Ganze hält. Und dieser Jemand, der sitzt ziemlich weit oben. Die Kollegen von der Rosenheimer Kripo waren auch schon dran, haben aber keinen Durchsuchungsbeschluss bekommen. Kein ausreichender Tatverdacht, hat es geheißen. Und auf reines Hörensagen können wir da nicht rein und stürmen, haben die gesagt. Warte mal.«

Wieder hört man das Gluckern, dann ein herzhaftes Rülpsen, so laut, dass sich der Stocker das Handy auf Armeslänge weg vom Ohr hält. Und bei der Gelegenheit gleich auf Lautsprecher stellt. Mit dem Ergebnis, dass ihm der Zuckerhahn und der Zeno jetzt ziemlich auf die Pelle rücken. Doch dann spricht Ringo wieder: »Hast du das nicht gelesen vor ein paar Monaten? Der Brand in der Pizzeria in der Kendlmühlfilzen? Der Laden, der jetzt ›Il Padrino‹ heißt? Musst du doch gelesen haben, Mann, oder?«

»Nein, oder doch. Weiß ich jetzt auch nicht. Was war denn da?«

»Pass auf, das war so: Da hat einer im Restaurant, genauer gesagt im Thekenbereich Feuer gelegt. Aber vorher hat er den Wirt verschnürt und in den Keller gesperrt. Der alte Spaghetti-Schweißer war alleine zu Hause. Seine Frau war bei einer Freundin, und das Personal war schon weg. Wie wir da ankommen, da brennt die Holztheke lichterloh und ein paar Hocker auch schon, wir haben aber gleich zu löschen begonnen, und dann war auch kurz drauf die Feuerwehr da. War alles nicht so schlimm. Dann hören wir im Keller einen schreien. Ich geh runter, und eingesperrt im Heizungskeller, eingewickelt wie eine Rindsroulade, da liegt der Musona, der Wirt. Der war von oben bis unten mit Schnaps übergossen. Als Brandbeschleuniger, könnte man sagen. Fertig zum Flambieren. Und neben ihm, da liegt ein Roulette-Chip. Was sagst du jetzt?«

»Weiß nicht, erzähl weiter«, sagt der Stocker.

»Also, ich frag den Musona, was los ist. Und der sagt: ›Nichts, da wollte mich vielleicht einer überfallen oder so.‹ Anzeige wollte er auch keine machen. In dem Moment kommt seine Frau zurück. Frau? Was sag ich, seine Bestie. Eine waffenscheinpflichtige Kampfjodlerin aus Niederbayern. Die rumpelt erst mal meinen Kollegen über den Haufen. Der leidet jetzt noch und hinkt. Dann schreit sie den Musona so was von nieder, dass der ins Sprechkoma fällt. Aus dem war nichts mehr rauszuholen, der hat nur noch gestottert. So, und jetzt kommt's: Wir haben das Liebespärchen vernommen.«

»Welches Liebespärchen?«, fragt Stocker.

»Na die, die die Flammen gesehen und uns angerufen haben. Die waren in ihrem Auto gerade am Unterwäsche-Lüften, da sehen die, wie's in der Kneipe brennt. Und noch was sehen die: einen Kerl weglaufen, der war so an die zwei Meter groß, kräftig gebaut, schwarz oder dunkel angezogen und hatte auf dem Kopf so eine Sturmmütze, also der hat ausgesehen wie ein Henker, hat die Zeugin gesagt. Jetzt redet so eine Frau ohne Unterwäsche natürlich viel Blödsinn, muss man bedenken. Fakt ist aber: Der Perlmann, der hat einen Angestellten, der ist an die zwei Meter groß und muskulös wie eine ausgewachsene Wildsau. Weißt du, was ich glaube? Dass der Musona beim Perlmann in der Villa gezockt hat. Diese Italiener zocken doch alle. Schon immer. Die haben den Franzosen doch sogar mal eine Insel abgezockt. Die heißt so wie meine Lieblingsnachspeise, drum weiß ich das so genau: Melba.«

»Elba, die Insel heißt Elba, Ringo.«

»Sag ich doch. Also unterbrich mich nicht dauernd. Pass auf, meine Theorie ist folgende: Der Musona zockt beim Perlmann, verliert vor Zeugen einen Haufen Kohle und kann nicht zahlen.

Was macht der Perlmann? Verwarnt ihn wahrscheinlich ein- oder zweimal und schickt ihm dann seinen Haudrauf. Der, weil der auf dem zweiten Bildungsweg nichts anderes gelernt hat, der will den alten Cannelloni-Dreher gleich mit abfackeln, wenn er schon mal beim Anheizen ist. Ein typischer Von-Goisern-Fan, wenn du mich fragst.«

»Moment«, spricht der Zuckerhahn dazwischen, »frag ihn, wer dieser von Goisern ist. Noch so einen Pyromanen können wir jetzt wirklich nicht brauchen.«

»Ich piesel mich weg«, kommt die Stimme vom Ringo aus dem Handy, »ehrlich, ich werd gleich ganz tränig im Schritt. Herr Kommissar, bleib doch bis heute Abend, dann stell ich dir den Goisern vor. Aber jetzt im Ernst: Wir haben rausgekriegt, dass der große Typ, also der Henker, dass der schon am Abend vorher in der Nähe der Pizzeria gesehen worden ist.«

»Wie habt ihr das rausgekriegt?«, fragt der Zuckerhahn in Richtung Handy.

»Die übliche Masche«, sagt Ringo, »wir haben einen kleinen Artikel in unserer Chiemsee-Zeitung platziert: Die Polizei bittet um Hinweise, wer hat zu der fraglichen Zeit im Bereich der Gaststätte Dingsbums verdächtige Personen oder Fahrzeuge beobachtet. Hinweise an die Polizei unter der Telefonnummer und so weiter. Ist immer interessant, die Resonanz auf so eine Anzeige, weil einer zum Beispiel steif und fest behauptet hat, er hat Michael Jackson gesehen. Elvis war auch dabei, aber das ist für uns nichts Neues. Tja, aber einer, der nicht schlafen konnte, weil er in der Früh beim Zahnarzt war, der war noch spazieren, und der hat den Henker-Typen gesehen. Ohne Maske, natürlich. Und die Beschreibung, die passt ziemlich gut auf den Hiwi vom Perlmann.«

»Wisst ihr was über den?« Das ist jetzt wieder der Zuckerhahn, der fragt.

»Wenig«, quäkt die Stimme vom Ringo aus dem Handy, »ich hab rausgekriegt, dass das ein Deutsch-Russe ist, der in Traunstein gewohnt hat. Jetzt lebt er in der Villa vom Perlmann und ist für den auch mal Chauffeur oder fährt ihn mit dem Boot raus, was halt so anfällt bei den Millionarios.«

»Der Kerl hat einen Bootsführerschein? Interessant. Gib uns den

Namen durch und alles, was du von ihm hast, Ringo. Aber nur mir oder dem Stocker oder dem Zeno, kapiert?«, sagt der Zuckerhahn zu dem Handy.

»Wow, bin ich jetzt undercover? Ich schmeiß mich weg. Mach ich, heute Abend bring ich alles mit, was ich von dem Scheißer hab. Hups, da kommt meine Alte angefahren, ich muss wieder in die Sauna und weitermachen, sonst bricht hier der Dritte Weltkrieg aus. Bis später und einen schönen Gruß an den Josef.«

Die drei in der Küche der »Endstation« sehen sich an, dann sagt der Zuckerhahn: »Männer, jetzt trinken wir erst mal ein kleines Bier im Stehen. Die Sache mit den beiden ersoffenen Wirten, die muss ich jetzt wohl von einer ganz anderen Perspektive aus sehen. Verdammt aber auch. Und das mit dem leitenden Staatsanwalt Reimers, das passt jetzt auch sehr viel besser zusammen. Ratet mal, welche Abteilung der leitet?«

»Organisierte Kriminalität«, grinst der Zeno und schaut den Stocker an, »da sitzt der an der Quelle und kann seinen Schwager schützen, solange er will. Und natürlich nebenbei so richtig abkassieren. Und wenn das Ganze gut durchorganisiert ist, kommt denen so schnell keine Sau auf die Schliche. Und jetzt?«

»Jetzt bleibt's erst recht dabei: Ihr verwanzt die Wohnung von dem Achs, und zwar morgen Vormittag, wenn's geht. Und ich fahr zurück nach München und lass mir die Wirte-Akte noch mal vorlegen. Ist zwar nicht mein Fall, aber ich hab da so einen Riecher, wo uns das hinführen könnte. Jetzt ist mir auch klar, warum der Musona samt seiner Frau nach Niederbayern verschwunden ist. Aber warum noch nicht früher?«

»Ich glaube«, sagt der Stocker und schaut den Zuckerhahn über den Rand seines Bierglases an, »ich glaube, dass der alte Musona vielleicht schon viel eher die Flatter machen wollte. Aber so richtig Bammel hat der erst gekriegt, als das mit den zwei toten Wirten publik wurde. Davon hat der bestimmt als einer der Ersten gehört, wollen wir wetten? Abhauen, das ging für ihn aber nicht so einfach, weil er aus irgendeinem Grund ständig ein paar Mafiosi beschäftigen musste, denen daheim in *bella Italia* der Boden unter den Tretern zu heiß geworden ist. Das ist so ein Familien-Dings mit diesen Italienern, da kannst du nicht so einfach aussteigen.

Die Mafia-Kellner, es waren ja immer so vier oder fünf Mann, die haben sich dann hier eine Nebenbeschäftigung gesucht. Und sind irgendwie an den Achs und seine Jungs gekommen. Für die haben sie die Drogen verteilt, die Drecksarbeit gemacht und ab und zu als Geldeintreiber gearbeitet. Mit nur einem Job kommst du ja heutzutage hier in *Germania* nicht mehr besonders weit. Wenn dann einer oder zwei von den Italienern wieder aus der Pizzeria verschwunden sind, warum auch immer, dann sind für die kurze Zeit drauf wieder neue gekommen. Direkt aus Italien. Und die sind nahtlos in das Geschäft eingestiegen, von ihren Kumpels hier im Schnellverfahren eingewiesen, so seh ich das. Das würde jetzt aber heißen, dass der Musona wahrscheinlich gar nichts oder nur sehr wenig gewusst hat von den Nebenjobs seiner sogenannten Kellner und Köche. Oder, andersrum, dass er es gewusst hat, und es war ihm schlicht und einfach egal, weil er die Jungs als eine Art persönlicher Leibwache gesehen hat. Blöderweise hat aber keiner von denen in der Pizzeria gewohnt. Das wollte die Frau vom Musona wahrscheinlich nicht. Also brauchte der Henker, der Assistent vom Perlmann, nur zu warten, bis die Jungs alle weg waren, und dann hat er zugeschlagen. Überprüf mal, wann das angefangen hat mit den italienischen Beschäftigten beim Musona. Der hat die bestimmt ordnungsgemäß angemeldet, auch da wette ich drauf. Und dann müsste man rauskriegen, wann der Musona beim Perlmann im Keller zum Zocken war, ungefähr, jedenfalls. Tja, und ob die beiden ertrunkenen Wirte auch da gespielt haben. Aber wie willst du das rausfinden?«

Applaus vom Zeno und vom Zuckerhahn in Richtung Stocker. Der verbeugt sich mit seinem Bierglas in der Hand und sagt: »Danke für die Applause, weil, nur zusammen sind wir mehr.«

»Ich weiß zwar nicht, was der jetzt für eine Sprache spricht, aber ich hab da schon so eine Idee«, sagt der Zuckerhahn und grinst. »Wisst ihr was? Jetzt fahr ich nach München und geh die Akten alle noch mal durch und sortier das Ganze neu. Klingt eigentlich ziemlich logisch. Da gab's doch mal diesen Film, der hieß, warte mal … ›Der Club der toten Dichter‹. Genau, so hieß der. Und in dem Film hat ein Professor versucht, seinen Studenten beizubringen, dass man alle Probleme aus verschiedenen Blickwinkeln betrachten muss. Weil die Dinge dann plötzlich ganz andere Perspektiven haben. Wisst ihr, wie der das gemacht hat, der Professor? Nein? Also, der ist mitten im Unterricht plötzlich auf einen Tisch gestiegen und hat zu seinen verdatterten Studenten gesagt: ›Jetzt seh ich euch aus einem ganz neuen Winkel. Und ihr mich auch. Und so geht man an Probleme ran. Man sieht sie sich aus verschiedenen Perspektiven an. Dann hat man vielleicht verschiedene Ansatzpunkte zur Lösung.‹ Versteht ihr, was ich meine?«

»Klar«, sagt Zeno, »das ist ein ganz normaler Lehrsatz, so wie der aus der Quantenmechanik. Da heißt es: Der Beobachter verändert durch seine bloße Anwesenheit die Wirklichkeit. Das musst du dir mal auf der Zunge zergehen lassen, das. Aber zurück zu deiner Aussage: Wenn du hier in unserer Küche auf einen Tisch steigen willst, dann hast du gleich ein echtes Problem am Hintern, Zuckerl.«

Der Kommissar seufzt und stellt sein Bierglas ab: »Dass du noch am Leben bist, mein lieber Zeno, das zeigt, dass der liebe Gott Humor hat. Schönen Tag noch, die Herren. Ruft mich morgen früh an, wenn ihr in München seid. Damit ich auf euch aufpassen kann. Tschüss, Josef, hier drinnen hast du, intellektuell gesehen, die Arschkarte gezogen, du armer Hund.«

Jetzt taucht zu allem Überfluss auch noch die Nellie in der Küche auf. Mit dem Hinterteil zuerst, weil sie sonst mit dem Tablett mit den drei kleinen Bieren und dem Gin Tonic drauf nicht so richtig durch die Schwingtür kommt. Sie gibt dem Stocker und dem Zeno ein frisches Bier, der Kommissar wedelt aber mit der Hand und sagt: »Ich darf keins mehr trinken, ich hab heute noch eine Zeugenvernehmung in München zu machen. Wiederholungstäter, übler Bursche. Den hab ich vor ein paar Jahren schon mal hinter Gitter gebracht. Weiß ich noch genau, das ging um eine Vergewaltigungssache damals. Und bei der Gerichtsverhandlung, genauer gesagt, während der Befragung des Kerls durch den Staatsanwalt, da hat die Schwester des mutmaßlichen Vergewaltigungsopfers dauernd dazwischengerufen. Die saß mitten in den Zuschauern, die Schwester, hatte mit der Verhandlung eigentlich gar nichts zu tun. Hat aber alle naselang irgendwelche Zwischenrufe gemacht.

Dem Richter, dem ist das irgendwann zu blöd geworden, er hat mit seinem Hammer auf den Tisch gedroschen und gesagt: ›Jetzt sind Sie doch bitte mal still, Frau, Sie sind hier kein Prozessbeteiligter. Oder haben Sie auch eine Ladung bekommen?‹ ›Eine Ladung? Nein‹, schreit die Schwester, ›die hab ich nicht bekommen, bei mir hat er Gott sei Dank nur gefummelt, die alte Sau.‹«

Zeno und Stocker pusten vor Lachen in ihre Biere, nur die Nellie schaut sich den Josef an und meint: »Hast du das Gerede von dem Onkel jetzt verstanden, Josef?« Und zu den drei Männern: »Jeder von euch ist für sich gesehen eine Zumutung. Zwei von euch, wenn die zusammenstehen, das bedeutet schon mal akute Kriegsgefahr, aber ihr alle drei auf einem Fleck, das ist einfach unerträglich. Dabei ist mein Bedarf an komplizierten Männern für heute eigentlich schon voll gedeckt. Da draußen im Biergarten, da sitzt auch so einer. Den hab ich gefragt, ob er ein Bier will. ›Nein‹, sagt der, ›ich will nur ein Wasser.‹ ›Ist aber nicht so gesund‹, sage ich. Darauf er: ›Ist egal, ich bin ja nicht von hier, also gebürtig. Aber ich arbeite hier. Übrigens, wie viele Einwohner hat denn unser Dorf eigentlich, wissen Sie das?‹ Darauf ich: ›Atzdorf? Unsere Einwohnerzahl, die bleibt immer gleich, da kann kommen, was will.‹ Sagt er: ›Wie das?‹ Und ich sage: ›Na ja, das ist einfach zu erklären. Immer wenn hier ein Kind auf die Welt kommt, dann verschwindet tags drauf ein Mann. So halten wir die Einwohnerzahlen konstant.‹«

Stocker wischt sich den Bierschaum vom Mund und meint: »Und dann?«

»Was, und dann?«, sagt die Nellie. »Dann hat er mir voll auf die Warndreiecke geguckt und gemeint: ›Also ich, ich würde nicht verschwinden. Außerdem wohne ich seit ein paar Jahren hier, aber so was wie Sie, so was hab ich noch nie kennengelernt.‹«

Nellie schaut sich ihre drei Männer in der Küche an, die gebannt an ihren Lippen hängen. »Ja, und dann? Was hat er gesagt?«, fragt der Zeno und schaut aus dem Küchenfenster nach draußen in den Biergarten. Da sitzt eine Gestalt mit hängenden Schultern und einer Strickmütze auf dem Kopf an dem Tisch direkt unter der Kastanie. Einer von den Gemeindearbeitern, der war schon öfters hier.

»Dann? Dann hat er ein Bier bestellt. Muss sich die Lage schön trinken, hat er gesagt. Wenn ihr mich fragt, dann ist der eine geschlechtsneutrale Vollgurke. Prost, die Herren. Josef, komm mit, das hier ist kein Umgang für dich.«

Und raus ist sie aus der Küche mit dem Hund im Schlepptau. Zuckerhahn stellt sein leeres Glas ab und sagt: »Muss Spaß machen, hier zu arbeiten. Nach diesem Fall hier werd ich sowieso zwangspensioniert. Vielleicht kann ich mich dann bei euch hier in der Kneipe einkaufen. Als stiller Teilhaber, der gratis mitlachen darf. Bis morgen, Männer, und damit mein ich euch alle vier.«

»Alle vier?«, wundert sich der Zeno und schaut dem Zuckerhahn nach, wie der durch die Schwingtür geht.

»Wo geht's denn jetzt rechts ab? Das hier ist die Giselastraße. War die Giselastraße, wir sind ja grade dran vorbeigefahren. Sehr gut, wirklich.«

Zeno fährt und Stocker, auf dem Beifahrersitz, hat einen Stadtplan auf den Knien. Und fühlt sich etwas unwohl in dem alten Škoda Octavia vom Zeno. Die Kiste klappert, riecht übel und ist unbequem. Aber die taubenkack-graue Rostmühle ist so was von unauffällig, und damit für so eine Aktion wie heute das ideale Auto.

»Und warum kannst du nicht das Navi benutzen wie andere Leute auch?«, mault der Zeno und brummelt weiter, während er suchend nach links und rechts schaut: »Ich hasse den Verkehr hier. Ich hasse vierspurige Straßen. Und ich hasse Taxifahrer in Großstädten. Außerdem ist heute Mittwoch, da wäre Livemusik bei uns in der Kneipe. Wer trommelt denn heute für dich, hm? Und hätten wir das nicht morgen machen können, mit dem Team vom Zuckerhahn als Aufpasser? Und warum hast du dem Zuckerhahn nichts gesagt?«

»Hör jetzt auf zu meckern, Mann. Das nervt. Ich erklär dir das jetzt der Reihe nach: Ringo bringt einen Trommler mit. Der macht die ersten beiden Sets für mich. Danach müssten wir eigentlich längst wieder in Atzdorf sein, sodass ich die letzten fünfundvierzig Minuten selber trommle und somit ein super Alibi habe. Und die Wohnung vom Achs, die verwanzen wir heute, weil Meister Achs mit ein paar seiner Jungs in Nürnberg oder so ist. Der kommt heute nicht zurück. Der Cocescu, der liegt irgendwo und pflegt seine gebrochene Nase. So, und jetzt überleg mal, was uns der Zuckerhahn vorhin erzählt hat. Nämlich, dass er in seiner Abteilung einen Maulwurf hat, der alles brühwarm dem Staatsanwalt Reimers steckt. Willst du in der Bude beim Verwanzen verhaftet werden? Ich nicht. Also, bieg da vorn die Erste nach der Gisela rechts ab, dann gleich links, dann rechts, dann sind wir auf der Königinstraße. Hier, ja. Passt. Jetzt links. Gut. Da vorne rechts.«

Stocker packt seinen Stadtplan weg und schaut sich die Hausnummern an: »Das da vorne auf der linken Seite, das mit der Kastanie davor. Das ist es. Hast du noch alles im Kopf, was wir über die Bude wissen?«

»Ja doch. Fünfter und sechster Stock. Vierhundert Quadratmeter Wohnfläche, Wohnzimmer mit achtzig Quadratmetern mit sechs Steckdosen. Da machen wir zwei Wanzen rein. Dann eine ins Masterschlafzimmer, eine in den Ankleideraum und eine in die Küche.«

»Nicht wir. Du. Hier, nimm das Funkgerät und stell auf Kanal sechs, sobald du in der Wohnung bist. Dann klickst du dreimal. Ich steh mit dem Wagen gleich hier drüben. Da, vor dem grünen Benz, da park jetzt ein. Okay, von hier aus hab ich einen guten Blick. Wenn irgendwas auftaucht, das mir verdächtig vorkommt, dann funk ich dich an.« Stocker beugt sich nach hinten und nimmt die Umhängetasche vom Rücksitz: »Hier, komm in die Hufe. Glückauf, Kumpel. Ich werd dich vermissen. Und keinen Sex vor dem Endspiel. Denk dran.«

»Was?«

»Ist von Berti Vogts. Das hat der immer zu seinen Fußballern vor einem entscheidenden Match gesagt: Keinen Sex vor dem Spiel. Weiß auch nicht, warum mir das gerade jetzt einfällt. Hat wahrscheinlich irgendwas mit Konzentration zu tun oder so.«

»Glaub ich jetzt nicht«, meint der Zeno, »ich glaub eher, dass das ein mathematisches Problem ist. Sex vor dem Spiel, überleg mal: Bei elf Mann in der Kabine, da würde dann immer einer übrig bleiben. Verstehst? Nein? Hab ich mir gedacht. Was mich aber jetzt viel mehr interessieren würde: Funktioniert das mit dem Transponder? Ich hab deinen spanischen John nie gesehen und kenn ihn auch nicht. Aber heute hängt mein Arsch davon ab, ob das alles passt, was der dir geschickt hat und was seine Jungs da unten über ihre schwulen Satelliten steuern können oder auch nicht.«

»Zeno, dem John verdank ich mein Leben, und ich hab andererseits auch was gut bei ihm. Letztes Jahr, da wären wir ohne den John und seine Burschen jetzt Sondermüll, das weißt du so gut wie ich. Und seine Cyber-Jungs in Benidorm, die sind Weltspitze. Hier, wenn du oben bist, drück auf den Knopf da, bevor du das Türschloss knackst.« Stocker hält dem Zeno den kleinen Plastikkasten, der aussieht wie ein Handy von vor fünf Jahren vor die Nase: »Fünfzehn Minuten, maximal, dann musst du wieder raus sein aus der Bude. Solange ist die Alarmanlage überbrückt, sobald du hier draufdrückst. Das Türschloss, das ist deine Sache. Mal schauen, ob du es so schnell schaffst, wie du immer sagst, du humpelnder Angeber. Und wenn's geht: keinen Funkverkehr. Ich bin hier, und wenn was ist, dann bin ich hinter dir.«

»Klingt gut und erinnert mich an eine Freundin, die beim Sex immer ganz laut meinen Namen gerufen hat. Zeno … Zeno … Zeno … Das hat mich so genervt, dass ich zu ihr gesagt hab: ›Jetzt bleib doch mal ruhig, ich bin doch hier. Genau hinter dir.‹«

Blödes Gerede unter Stress, denkt sich der Stocker und schaut dem Zeno nach, der mit seinem merkwürdigen schlenkernden Humpeln über die stark befahrene Straße tänzelt und ohne sich umzudrehen den linken Arm mit dem Transponder in der Hand hebt. Dann ist er auch schon drin in dem Haus. Wie zum Teufel hat der die Haustür aufbekommen, der ist doch kaum stehen geblieben?

Zwei Minuten später klickt das Funkgerät in Stockers Hand dreimal. Drinnen, er ist drinnen. Stocker rückt den Rückspiegel im Octavia zurecht und schaut sich die anderen Autos an. Alle leer und unverdächtig. Auch auf der Straße ist nichts, worüber man groß nachdenken müsste.

Plötzlich ist Zenos Stimme zu hören. Laut und ein bisschen atemlos: »Alter, wow, das solltest du sehen. Ein Wohnzimmer, unfassbar. Der hat da einen Flügel stehen, wie der Udo Jürgens auf der Bühne. Direkt neben der Wendeltreppe zu den Schlafzimmern hoch. Und an den Wänden, da hängen Bilder. So was von farbig. Voll die Kacke, Mann. Warte mal: Miró, das steht auf einem, und das andere, das hier, das sieht aus wie ein Riesen-Comic-Bild. Da steht, ist schwer zu lesen, aber ich glaub: Roy Lichtenstein. Und auf dem hier: Chagall. Ein irres Farbgekleckse, sag ich dir. Alles in Blau. Mit Engeln drauf. Oder Motten, sieht man nicht so genau. Wer gibt für so was Geld aus?«

»Zeno, halt deine kulturlose Schnauze und tausch die Steckdosen aus. Los, mach hinne, Mann. Und Funkstille haben wir ausgemacht. Funkstille.«

»Ist ja gut, Mama. Ich bin jetzt in der Küche. In dem Kühlschrank, Scheiße nein, das ist eine Kühlwand, da hat der Mistkerl sicherlich dreißig Dosen Kaviar. Und fünf verschiedene Sorten Schampus. Hier: Roederer Cristal Rosé. Den gibt's nicht mal bei uns in der Kneipe. Egal, ich fang jetzt an. Gleich hier in der Küche. Die Steckdosen sehen wirklich genauso aus wie unsere Auswechseldinger. Ich nehm alles zurück, was ich über deinen John gesagt hab. Bis gleich, Alter.«

Der ist nervös, sonst würde er nicht so viel reden, denkt sich der Stocker. Auf der Straße ist dichter Verkehr, es ist noch immer hell, aber die Luft wird irgendwie blasser, weil die untergehende Sonne nur noch mit ein paar vereinzelten Strahlen durch die Äste blinzelt. Ein leichter Wind ist aufgekommen. Von den alten Kastanienbäumen am Straßenrand rieseln die kleinen Blütenblätter wie Neuschnee auf die geparkten Autos. Stocker sieht im Rückspiegel eine Bewegung in einem der Autos hinter ihm. Ein blauer, absolut unauffälliger 3er-BMW, ein Touring. Das Kennzeichen sieht man nicht. Aber da sitzt einer am Steuer, denkt sich der Stocker. Unauffällig, genau wie ich. Und wartet auf was. Auf was?

»Zeno, hörst du mich?«

»Klar und deutlich. Ich hab schon drei Steckdosen ausgetauscht. Küche, Bad und Schlafzimmer. Geht ruck, zuck, das sind alles Klemmverbindungen. Jetzt geh ich in den Ankleideraum. Wow, der Kerl hat hier an die hundert Anzüge hängen. Von hell bis dunkel. Alles da. Und Schuhe, Alter, also, das sind vierzig Paar, oder noch mehr. Und Hemden erst, ich sag dir …«

»Sei mal ruhig, ich will was wissen. Was für Dienstfahrzeuge habt ihr bei der Münchner Kripo gehabt zu deiner Zeit?«

»Wir? Meistens BMWs, 3er, und die Bonzen, die hatten 5er. Hast du nie ›Derrick‹ gesehen? Einen Kripowagen erkennst du relativ leicht. Der ist meistens in einem uninteressanten Blau, oft auch ein Kombi, und immer ein bisschen verstaubt. Warum?«

»Genau so einer steht hier, drei oder vier Autos hinter mir. Der muss schon hier gewesen sein, als wir ankamen. Ich hab nichts bemerkt. Bis jetzt eben. Wenn du rauskommst, dann geh auf der

Straße nach rechts und dann die erste wieder rechts. Halt deine Tasche tief, dann sieht er die bei dem Verkehr vielleicht nicht. Das da vorne ist Gott sei Dank eine Einbahnstraße, da kann er dir nicht nachfahren, falls er es auf uns abgesehen hat. Obwohl, woher soll der wissen, dass wir hier sind?«

»Kann keiner wissen. Wenn der mitgekriegt hätte, was wir hier tun, dann wär schon lange das SEK hier. Oder ein paar uniformierte Burschen vom Trachtenverein ›Die lustigen Blaulicht-Buam‹ mit ihrem Vereinsauto. Ich mach jetzt schnell und bin in fünf Minuten draußen und geh dann rechts. Mal schauen, ob ich mir den Vogel unauffällig ansehen kann. Blauer BMW-Touring, drei oder vier Kisten hinter dir, sagst du? Fahr los, sobald ich aus der Haustür komme. Wenn er dir folgt, wissen wir Bescheid. Dann ruf mich über Handy an. Okay? So, eine Steckdose noch. Am liebsten würd ich hierbleiben und noch ein bisschen stöbern. Da gäb's so einiges zu finden, glaub ich. Unter den Esstisch im Wohnzimmer hat der zum Beispiel eine Handgranate geklebt, mit Paket-Klebeband. Erinnere mich dran, dass ich dir von dem Comstock-Typen in Cannes erzähle, bei dem ich mal war. Das glaubst du nicht, echt. Bis gleich. Ende.«

Der Kerl in dem blauen BMW trinkt aus einem Pappbecher, verdreht den Kopf und starrt gegen die tief einfallenden Sonnenstrahlen zu der Achs-Wohnung im fünften Stock hoch. Da gibt's aber nichts zu sehen. Gut, dass wir das nicht nachts durchgezogen haben, denkt sich der Stocker. Man sieht den Kerl in dem Wagen auch nur schemenhaft. Die Frontscheibe spiegelt, und wenn der Bursche nicht die Wischer angestellt hätte, um die Kastanienblüten vom Glas der Windschutzscheibe zu entfernen, dann hätte ich von dem nichts mitbekommen. Ich werde alt, denkt er und sieht kurz darauf den Zeno aus der Eingangstür gegenüber kommen. Die Stofftasche hält er auf Kniehöhe. Was zum Teufel macht er jetzt? Er winkt zurück in Richtung Haus und wirft eine Kusshand in den ersten oder zweiten Stock hoch. Und geht dann gemächlich nach rechts, blickt dabei die Hausfassade an und nickt und lächelt.

Stocker startet den Octavia, der unter Protest vor sich hin grummelt. Ein Blick in den Rückspiegel: nichts. Der BMW rührt sich nicht. Der Kerl hinterm Steuer schaut immer noch zum fünften

Stock hoch. Stocker fädelt in den fließenden Verkehr ein und wirft einen Blick über die Schulter. Der BMW steht. Wahrscheinlich falscher Alarm, denkt er sich, biegt an der Ecke links und nach hundert Metern wieder links. Siegesstraße, so heißt diese hier. Passt ja irgendwie. Auf der rechten Seite kommt ihm der Zeno entgegen. Der tritt jetzt vom Bürgersteig zwischen zwei Autos auf die Straße und reckt den Kopf, um zu sehen, was so alles hinter dem Octavia fährt. Kein blauer BMW dabei. Alles klar. Zeno reckt den Daumen nach oben, Stocker bremst ab und Zeno springt in den Wagen. Die Stofftasche wirft er nach hinten und schaut aus dem Rückfenster.

»Fahr an. Fahr da vorne rechts, dann sind wir wieder auf der Leopoldstraße. Wow, dass du das gemerkt hast, den BMW, meine ich. Das war super. Was denkst du, wer da am Steuer war?«

»Weiß ich nicht, aber du hast eine Vorstellung da auf der Straße vorhin abgeliefert, das war irgendwie … George Clooney als junges Mädchen, würd ich mal sagen. Was sollte das denn? Seit wann machst du einen auf Schauspieler?«

»Dein Problem ist: Du kennst mich überhaupt nicht. Weil, eigentlich bin ich ganz anders. Ich komm nur so selten dazu. Verstehst?«

»Nein. Wer war der Kerl in dem Wagen?«

»Der? Ach so ja, das war ein alter Bekannter, wenn ich mich nicht täusche. Der Sperber Fritz. Der ist aber vor ein paar Jahren in den Zwangsruhestand versetzt worden. Versteh ich also gar nicht, was der da macht. In einem Kripo-Dienstwagen. Das heißt, so langsam wird mir einiges klar.«

»Zwangsruhestand, was ist das denn? Warum? Wo war der? Und was wird dir klar?«

»Der Sperber? Der war ein Sonderfahnder. Der kommt noch aus der ›Dirty Harry‹-Generation. Der hat die höchste Aufklärungsquote von allen Kollegen in der Ettstraße gehabt. An die zweitausend Ganoven hat der in Staatspension geschickt. Ist im Rotlichtmilieu aufgewachsen, der Sperber, und Erfolg hat für den mehr gezählt als die Dienstvorschriften. Der hat die ganze Palette draufgehabt: Schlägereien bei Festnahmen, Strafvereitelung im Amt, illegaler Waffenbesitz, solche Sachen. Zum Beispiel hatte der immer eine Derringer 9 mit rausgefeilter Seriennummer im

Hosenbund und eine abgesägte Pumpgun im Auto. Der war 1972 bei dem Sonderkommando dabei beim Olympia-Attentat. Ist vor zwei Jahren, glaube ich, frühpensioniert worden und soll seitdem als Leibwächter für Leute aus der Hochfinanz gearbeitet haben. Bei einem der Flicks war der mal, und als Clint Eastwood in München war, wer glaubst du, war da sein Bodyguard?«

»Der Sperber? Dann muss der jetzt um die fünfundsechzig sein, oder?«

»Richtig! Ich weiß noch, da war damals ein großes Foto in der Abendzeitung. Sperber und Clint Eastwood. So, und jetzt kommt die Preisfrage: Wer hat den Sperber wohl gedeckt und beschützt bei uns bei der Bullerei? In den letzten Jahren seiner glorreichen Dienstzeit jedenfalls, und wer hat die Hand über ihn gehalten, bis es nicht länger ging? Und wer hat dafür gesorgt, dass dem Sperber nicht etwa der Prozess gemacht wurde wegen seiner ganzen Sauereien, sondern dass der mit achtzig Prozent seiner Bezüge frühpensioniert worden ist? Mit ein bisschen Druck dahinter, aber immerhin? Und wer hat ihm die *connections* in die Hochfinanz und in die Filmstudios verschafft und dafür gesorgt, dass er eine Lizenz als Privatdetektiv bekommt? Na? Wer? Und außerdem, es gab Kollegen, die gesagt haben, das mit der Pensionierung, das war alles ein inszenierter Bluff. Weil der Sperber nämlich in irgend so eine hochgeheime Abteilung versetzt worden ist. Und dass die ganze Bodyguard-Kacke und das andere Zeugs nur seine Legende war, seine Tarnung.«

»Wer steckt deiner Meinung nach also dahinter?«

»Kannste mal sehen: Kochen macht blöd. Und Schlagzeug spielen auch, glaub ich. Der Reimers, Mann, unser kommender Stern als Oberstaatsanwalt. Im Moment noch leitender Staatsanwalt bei der OK. Mit besten Verbindungen in die Politik. Na? Taucht irgendwo in deiner verbruzzelten Birne ein Licht auf?«

»Super. Das fällt dir alles jetzt ein. Echt gut.«

»Stocker, ich hab den Sperber seit drei oder vier Jahren nicht mehr gesehen. Ich hab gedacht, der fotografiert Ehebrecher oder perverse Synchron-Stricker oder beschützt den Beckenbauer vor dem Matthäus oder so was. Und da sitzt der plötzlich in einem Dienstwagen der Münchner Kripo. Weißt du, was das heißt? Der arbeitet nach wie vor für den Reimers. Nebenbei, aber immerhin. Und der Reimers, der steht auf der Lohnliste vom Achs. Glaubt der Zuckerhahn jedenfalls. Anscheinend hat der Reimers so was wie eine private Truppe, von der der Zuckerhahn nichts weiß. Nur, was macht der Sperber vor der Achs-Wohnung? Der Achs ist doch angeblich irgendwo in Nürnberg oder so. Das weiß der Zuckerhahn, und das weiß bestimmt auch der Reimers. Auf was wartet der Sperber da? Was tut der da?«

Stocker macht den Mund auf und will was sagen, aber das Handy meldet sich lautstark. Die Nellie ist dran, und im Hintergrund hört man Stimmen, Musik und Gläserklirren: »Wo seid's ihr Burschen denn? Der Laden ist jetzt schon rappelvoll, die Musik spielt, und die Leute schreien nach Essen. Ich hab in meiner Verzweiflung den Primelmeier in die Küche gesteckt, weil, ich hab ja auch nur zwei Hände, und die brauch ich zum Zapfen und Servieren.«

»Der Primelmeier in unserer Küche. Mein Gott. Der hat vom Kochen so viel Ahnung wie eine Kuh von der Politik!« Entsetzt schaut der Stocker zum Zeno rüber, der nimmt das Handy und sagt: »Nellie, ich bin's. Wir haben doch Schnitzel und Kartoffelsalat fertig im Kühlschrank, Bolognese ist auch noch ein Topf voll auf dem Herd, der Primelmeier braucht doch bloß was warm zu machen, oder was tut der in unserer Küche?«

»Schnitzel? Bolo? Alles weg, Schwester. Weißt du, was der gemacht hat? Der hat die restlichen Maultaschen und die Brezenknödel, ein paar Eier und was weiß ich alles genommen und produziert in drei Pfannen parallel sein ›Primos Panzer-Gröstl‹. ›Nur hier und heute‹, schreit er dauernd aus der Küche. Und die Leute, die wollen nur das. Für neun achtzig die Portion. Und ihr amüsiert euch derweil irgendwo. Was sagst du jetzt?«

»Gib mir den Primelmeier, Nellie. Wir sind in einer Stunde da, dann übernehmen wir das Schiff wieder. Bis gleich.«

Knacken, Klirren und andere Geräusche kommen aus dem Telefon, dann ist der Primelmeier dran: »Spezialitäten-Restaurant ›Endstation‹. Essen Sie hier, bevor wir beide verhungern. Sie sprechen mit dem Chefkoch. Hallo?«

»Selber hallo. Was zum Teufel kochst du da? Wir haben einen Namen zu verlieren, Mann.«

»Und ich verlier gleich meine Hose bei dem Stress hier. Außerdem flieg ich dauernd über euren Chefhund hier. Was ich koche? Ich war beim Bund in der Kantine. Bei den Panzerpionieren. Da haben wir abends das zubereitet, was die Trottel mit ihren Panzern tagsüber flachgerollt haben. Pass mal auf, du Schlaumeier. Hier kannst du noch was lernen. Improvisieren, nämlich.«

»Primo, seit wann heißt ein erwachsener Mann Primo, Primelmeier? Was für ein Scheißname. Was genau essen unsere Gäste jetzt, Primo?«

Die genießen:

Primos Panzer-Gröstl aus Maultaschen und Brezenknödel

Geht so, portionsmäßig mal für zwei runtergerechnet, zum Mitschreiben:
250 g Maultaschen, 3 kalte Brezenknödel (macht man wie Semmelknödel, nur eben mit geschnittenen alten Brezen).
2 Eier, 100 g Hackfleisch, 1 Zwiebel, 4 Knoblauchzehen, 3 oder 4 getrocknete Tomatenstücke, Räuchersalz, Pfeffer, Maggi, frische Kräuter wie: Rosmarin, Petersilie, Oregano. Alles, was wegmuss eben, nach dem Motto: Was weg ist, ist weg. Dazu noch eine Chili-Schote.
Die Maultaschen in Streifen schneiden und in Olivenöl in einer Pfanne anbraten. In der anderen Pfanne die klein geschnittenen Brezenknödel ebenfalls bei mittlerer Hitze anbraten, dann das Hackfleisch in kleinen Stückchen dazugeben.
Zu den Maultaschenstreifen jetzt die Zwiebeln, den Knoblauch und die getrockneten Tomaten geben, die wir vorher in feine Streifen geschnitten haben. Alles anbraten und dann zu den Knödelstücken in die andere Pfanne. Gut durchmischen, salzen und pfeffern, ein paar Spritzer Maggi drüber. Den Chili und die frischen Kräuter (klein gehackt) dazu.
In der jetzt freien Pfanne zwei Spiegeleier braten, salzen und pfeffern. Das Gröstl auf die Teller, die Spiegeleier drüber legen und das Ganze mit einer Handvoll frischer Kräuter garnieren.
Ab auf den Tisch. Voilà.

»So, Burschen, und jetzt muss ich wieder an die Töpfe«, sagt der Primo, und: *»Hasta la vista, chicas.«*

Und aufgelegt hat er.

»Spinn ich, oder was?« Zeno starrt das Handy in seiner Hand an und dann den Stocker. Der zieht die Schultern hoch, setzt den Blinker links auf die Auffahrt zur A 8 Richtung Salzburg und stellt das Radio an. Eine weibliche Stimme sagt: »Das war das Wichtigste vom Tag in dreißig Sekunden hier bei uns auf Bayern 3. Zum Schluss noch der Sport: Die Bayern bereiten sich an der Säbener Straße auf das große Endspiel am Samstag vor. Trainer Heynckes hat seiner Mannschaft ja gestern freigegeben, aber für heute Abend ein Geheimtraining angesetzt. Die Engländer üben derweil Elfmeterschießen mit George Michael im Tor. Ihnen weiterhin eine gute Fahrt. Und hier ist Christie mit ›Yellow River‹.«

»Gelber Ausfluss, das passt zu meiner momentanen Stimmung. Was zum Teufel ist ein Geheimtraining? Kannst du mir das mal erklären?«

»Klar«, sagt der Stocker und überholt ein grottenhässliches weißes VW-Wohnmobil mit NL-Nummer (NL, das bedeutet: nur Luft. Weil Holländer im Urlaub nur Luft brauchen, alles andere nehmen sie prinzipiell in ihren Wohnmobilen von zu Hause mit, inklusive Kartoffeln und Klopapier). »Geheimtraining, das bedeutet, die Spieler laufen in Burkas über den Platz, sodass die Spione der Engländer nicht sehen können, wer jetzt wer ist. Außerdem spielen die beim Geheimtraining komplett ohne Ball. So kann auch keiner sehen, wie die Pässe laufen oder in welche Ecke die Elfmeter gehen. Eigentlich klar, oder?«

»Mann, das sind so die Momente, da wünsch ich mir meine Vergangenheit zurück«, sagt der Zeno, »oder so eine Wohnung, wie der Achs eine hat. Blick auf den Englischen Garten. Eine Küche, in der noch nie einer gekocht hat. Aber wenn mal einer kochen will, dann wäre alles da. Unfassbar. Pass doch auf, wo du hinfährst.«

Ringo macht eine seiner gefürchteten Ansagen. Genau in dem Moment, in dem Stocker und der Zeno durch die Tür in die rappelvolle Wirtsstube gehen: »Freunde, wisst ihr eigentlich, dass fünfundachtzig Prozent aller Frauen mit ihrem Arsch unzufrieden sind? Nein? Aber trotzdem würden ihn die meisten sofort wieder heiraten. Spaß beiseite, der Kapitän betritt soeben das Deck. Augen links, hier ist er: der Galeerenpauker, unser Albin, der jetzt ans Schlagzeug geht. Applaus, Applaus!«

Die Meute tobt, hinter der Theke verdreht Nellie die Augen, und Zeno kämpft sich durch die Leute in die Küche, während der Stocker winkend hinter sein Schlagzeug geht: »Grüß euch, Leute«, sagt er durch sein Mikro und rückt sich die Trommeln und die Becken zurecht, »hat ein bissel gedauert, aber ich hab gewusst, der Wiggerl trommelt um sein Leben, bis ich da bin. Applaus für den Wiggerl, der eigentlich ein Saxofonist ist. Applaus für den Primo in der Küche, Applaus für die Nellie und den Josef. Und jetzt hauen wir rein mit einem Stück, da kann der Wiggerl so richtig in seine Kanne blasen: ›Baker Street‹ von Gerry Rafferty, Gott hab ihn selig. Auf geht's, Burschen.«

Und auf geht's wirklich, an diesem Abend in der »Endstation«. Auf »Baker Street« folgt gleich »In the Summertime«, dann »Cotton Fields«, und beim Saxofon-Solo von »Peter Gunn« ist der Primo aus der Küche gekommen: knöchellange schwarze Schürze, ein schwarzes T-Shirt mit einem Panzer vorne drauf und der Aufschrift: »Willst du mal mein Rohr sehen?« und ein Piraten-Kopftuch auf der Birne, tief in die Stirn gezogen. Auf dem Arm, da hat er den Josef, der mit einem schwarzen Halstuch versehen ist, auf dem steht: »Bloodhound Gang«.

Die Menge tobt, Bier und Wein fließen in Strömen, und die Musik und die Stimmen und die Geräusche verschwimmen zu einem Klang-Wasserfall.

Um zwei, halb drei verlassen die letzten Gäste dann die »Endstation«. Primo, alias Primelmeier, der mit Josef im Arm fast eine

Stunde lang auf der Theke getanzt hat, verdreht die Augen und sagt: »Für so einen Scheiß werd ich langsam zu alt. Darf ich wenigstens den Hund mitnehmen?«

Josef liegt aber längst in seinem Korb in Zenos Zimmer und schnarcht. Stocker zapft ein letztes Bier und macht noch einen Gin Tonic für Nellie fertig, und der Zeno sagt: »Das ist Leben, Alter, genau das ist es. Ich geh jetzt noch schnell eine Runde ums Haus und check die Kameras und die Alarmanlage, dann hau ich mich auch hin.«

Nellie schwenkt ihren Gin Tonic und meint: »So toll find ich das jetzt auch wieder nicht. Ihr beide haut einfach ab, und ich hab den vollen Laden hier am Hals. Aber, wenn ich so überleg, der Primelmeier, der ist eigentlich gar kein schlechter Kerl. Und kochen kann der auch. Vielleicht sollt ich mir das mit den Frauen noch mal in aller Ruhe überlegen. Ich schau jetzt noch mal nach Josef, dann bin ich auch weg. Prost, Männer.«

»Der Sperber, hm? Bist du sicher, Zeno? Du hast ihn ja nicht allzu oft gesehen, glaub ich, oder?« Zuckerhahn ist sofort und auf der Stelle nach Atzdorf gefahren, nachdem ihn der Stocker gleich um Viertel nach neun in der Frühe aus der Telefonzelle vor dem Eggstätter Rathaus angerufen hat. Sicher ist sicher. »Nicht am Telefon, kein Wort mehr, ich bin gleich da«, hat er gesagt. Und jetzt steht er in der Küche und kratzt mit einem hölzernen Kochlöffel die kalten Reste von »Primos-Panzer-Gröstl« aus der riesigen alten Gusseisenpfanne.

Josef, der immer noch mit seinem »Bloodhound-Gang«-Halstuch unterwegs ist, macht ein »Erdmännchen« nach dem anderen, direkt vor dem Zuckerhahn. Der schaut den armen kleinen Kerl an und sagt: »Du musst abnehmen. Ich auch. Aber ich kann mich selber füttern. Dafür kannst du dir die Eier lecken. So ist das im Leben, mein Hundefreund. Nimm dir bloß kein Beispiel an deinen beiden Herrchen hier. Die wissen zwar, dass sich das Verbrechen nicht lohnt, aber die sagen sich, was soll's, dafür hat man klasse Arbeitszeiten.«

»Jetzt erzähl dem Hund nicht so einen Scheiß, der ist sensibel«, sagt der Zeno über die Schulter und schneidet weiter seine Zucchini. Stocker lehnt am Kühlschrank und schlürft seinen Milchkaffee. In der Küche riecht es immer noch nach gebratenem Fleisch und Zwiebeln und Knoblauch. Durch das Küchenfenster sieht man auf den Parkplatz neben dem kleinen Biergarten. Und was steht da? Ein 5er-BMW, dunkelblau. Der Dienstwagen vom Zuckerhahn.

»Ich erkenn den Sperber, wenn ich ihn sehe. Und das gestern, das war er. In voller Blüte. Der Sack sollte längst in Rente sein und im Englischen Garten Tauben vergiften oder so was. Was macht der vor dem Haus vom Achs? Und woher weißt du, dass der da war?«

»Weil ein Dreierteam von mir die Bude in der Königinstraße rund um die Uhr überwacht. Die haben dich rein- und wieder rausgehen sehen. Obwohl, bei deinem Gang, da solltest du lieber bei DSDS auftreten, oder wie diese Freakshow heißt. Der Bohlen, der steht auf so was. Das Zeug hier schmeckt übrigens super. Was ist das?«

»Ach das? Das ist Opossum, das ist eigentlich für den Josef, weil der leichte Darmprobleme hat. Deswegen macht der auch schon dauernd Männchen vor dir, weil du sein Futter aufisst. Ich kann dir aber gerne ein Glas mitgeben, wir haben für zwei Wochen vorgekocht, weil gestern nicht so viel zu tun war.«

»Red keinen Scheiß, Zeno. Ihr beiden Betschwestern, ihr wart gestern in der Bude vom Achs und habt die Wanzen installiert. Das hat mir der Stocker heute früh erzählt, und meine Jungs, die haben euch sowieso fotografiert. Die Fotos hab ich seit gestern Abend. Ich wollt nur warten, ob ihr von selber damit rüberkommt. Warum habt ihr nicht gewartet, bis ich einen Überwacher-Trupp für euch zusammengestellt hab?«

»Weil wir nicht wissen, wer bei dir der Maulwurf ist. Und du weißt es auch nicht, sonst würdest du hier nicht stehen und Hundefutter essen. Also, was ist mit dem Sperber? Arbeitet der für den Reimers? Warum hat der einen Dienstwagen?«

»Der Sperber«, meint der Zuckerhahn, der so unauffällig wie möglich die Gusseisenpfanne wegstellt, vorher aber den letzten Bissen, den er noch im Mund hatte, in den Abfalleimer spuckt, »der Sperber, der muss nicht unbedingt für den Reimers arbeiten. Der hat in den letzten beiden Jahren für so ziemlich jeden gejobbt, der ihm Geld auf den Tisch gelegt hat, heißt es. Ich könnt mir zum Beispiel gut vorstellen, dass der Reimers den Sperber an seinen Schwager weitergegeben hat. Irgendwie gibt's da eine Verbindung, ich weiß bloß noch nicht, wo. Den BMW, den hat der Sperber damals wahrscheinlich ganz legal gekauft. Alle paar Monate werden in München ausrangierte Polizeiautos verkauft oder versteigert. Die hätten ihm auch zwei oder drei BMWs ganz billig mitgegeben, bloß damit sie ihn schneller loswerden. Natürlich hat der noch beste Beziehungen ins Präsidium und zu den Kripo-Furzern vom alten Schlag. Der weiß also, was wo gerade abläuft. So einer, der ist für Leute wie den Schwager unbezahlbar. Ich hab gehört, dass der Sperber auch als Auftragskiller gearbeitet hat. Und dass er beste

Drähte zu *la Famiglia* hat. Aber das sind Gerüchte, und geredet wird ja viel. Obwohl, zutrauen würd ich dem prinzipiell alles. Übrigens, das war eine gute Zeit von dir, da in der Wohnung gestern. Du warst keine halbe Stunde in der Bude. Alle Achtung. Funktioniert alles, was du da installiert hast? Hast du irgendwas gesehen, das uns gegen den Achs weiterhelfen könnte?«

»Yep, da war so einiges. Und die installierte Technik läuft bestens, die Übertragung ist ziemlich gut. Willst du mal sehen?« Zeno deutet auf den Laptop, der auf dem mannshohen Kühlschrank steht.

Der Zuckerhahn schüttelt seinen fast kahlen Kopf und sagt: »Was war in der Bude, das wir gegen den Arsch verwenden können? Komm, versüß meinen Tag.«

»Wow, das war Clint Eastwood in ›Dirty Harry‹, Teil eins: ›*Make my day*‹, das hat der da gesagt. Zuckerl, du bist ein echter Cineast. Aber du lässt mich nie ausreden. Also, pass auf: Im Wohnzimmer, da steht ein Riesenesstisch. Unter der Tischplatte, da klebt eine Handgranate. Russisches Modell. Hab ich früher selber gerne verwendet. Und daneben, mit Gaffa-Tape festgemacht, da klebt ein Revolver, mit abgesägtem Lauf. Und der Revolver, der sieht verdammt noch mal genau so aus, wie ich mir den vorstelle, mit dem dieser Kerl damals angeschossen wurde. Wie hieß der Bursche doch gleich? Der, den ihr dann mit durchschnittener Kehle und einem Steckschuss im Bein auf dem Pendler-Parkplatz an der Autobahnauffahrt Bernau in Richtung München gefunden habt? In dem Kofferraum seines eigenen Autos hat der gelegen. Und ihr hattet einen anonymen Anruf. Hatte der nicht eine Kugel im linken Bein?«

»Dandu Sibole, so hieß der. Das war der Knurrhahn mit dem schnellen Messer. Ich glaub immer noch, dass *ihr* den umgelegt habt. Ist mir aber so was von scheißegal, ehrlich. Der, der es mir sagen könnte, der ist mittlerweile auch mausetot. Aber, Zeno, mein lieber alter Freund, woher willst du denn wissen, mit was dem Dandu damals in das linke Bein geschossen wurde, hm?«

»Musst du mir oder dem Stocker hier damals gesagt haben. Keine Ahnung, woher ich das sonst wissen sollte. Fällt mir nur eben gerade so ein. Aber wär das nicht schön, wenn die Waffe endlich auftauchen würde? Dann könntest du den Achs erst mal einsperren. Eine flotte Hausdurchsuchung inszenieren, das Zeug finden und weg ist der vom Fenster. Wir, wir könnten uns vielleicht mit dem Sperber treffen und dem das eine oder andere stecken, was meinst du? Was die Bosse wohl dann mit dem Achs machen? Keine Ahnung. Aber wir hätten ein Problem vom Hintern und könnten uns um den Schwager vom Reimers kümmern und vielleicht rausfinden, wer die zwei Wirte umgelegt hat. Was meinst du dazu? Und dass der Achs was mit dem Tod von der Mona zu tun hat, das ist so sicher wie das Amen in der Kirche, oder? Wenn du da nicht mitspielst, räum ich den selber weg. Das weißt du! Und? Was?«

Zuckerhahn hebt die Hand und fischt mit der Linken sein Handy aus der Jackentasche. »Ja? Gut. Bleibt dran. Danke. Bis morgen.« Dann klappt er sein Nokia wieder zu und steckt es in seine Brusttasche. Zu Zeno und Stocker sagt er: »Der Achs ist wieder in München, die sind vor ein paar Minuten von der Autobahn runter. In einer Viertelstunde oder so, da ist der in seiner Wohnung. Meine Burschen sagen, sie kommen grade am Messegelände vorbei, und es sieht so aus, als wenn der Achs schnurstracks zu seiner Bude fahren würde. Ich lass morgen früh um sechs einen Trupp vom SEK und meinen Leuten da aufmarschieren und die Bude auf den Kopf stellen. Ihr habt dann vielleicht zwei Tage Zeit, irgendwas zu machen. Ich will nichts davon wissen. Macht es einfach. Hier, das ist eine der Handynummern vom Sperber. Ein alter Spezi vom BKA hat mir die gegeben. Für die arbeitet der auch ab und zu. Als freier Mitarbeiter, inoffiziell, du glaubst es nicht. Sogar die Amis haben den auf der Lohnliste, sagt mein Kumpel. Für die CIA soll der hier in München vor ein paar Monaten was gedreht haben. Passt bloß auf mit dem. Alle, die dem zu nahe auf den Pelz rücken wollten, sind nicht mehr sprachfähig.«

Und zum Josef: »Du lebst nicht schlecht, du kleiner Kacker. Das hat sogar mir geschmeckt.« Und zu Zeno und Stocker: »Haltet den Ball flach, Männer. Und passt auf eure Ärsche auf. Wenn der Sperber hier auftaucht, dann gute Nacht. Gegen den habt ihr nicht den Schimmer einer Chance. Ich hau wieder ab. Wir telefonieren.« Nachdem er dem Josef noch einmal mit den Fingern durch den Pelz gefahren ist, geht er raus und wirft dem ausgestopften Hirschkopf über dem Tresen einen Luftkuss zu.

Stocker schaut auf die Schwingtür und sagt zum Zeno: »Die Pistole, mit der du den Dandu-Knaben damals zum Sprechen überredet hast, die hab ich doch in den Chiemsee geworfen. Eigenhändig. Wie kann die wieder auftauchen?«

»Alter Freund, das, was du in den See geworfen hast, das war nicht das, was du gedacht hast, dass es ist. War besser so, für dein Gewissen und deine Seele. Sieh's mal so: Wir haben uns noch nicht so richtig gekannt, damals. Heute, da würd ich so was mit dir nicht mehr machen. Glaub mir das. Ich weiß jetzt, was ich an dir und an meinem neuen Leben hab. Und jetzt tu mir einen Gefallen: Ich, ich bin nicht so der große Frauenversteher, aber du, du kannst spitze zuhören, und deine Ratschläge, die sind so toll, dass ich mich manchmal frage, warum du sie nicht selber berücksichtigst. Hau jetzt ab, ich bring den Josef in sein Körbchen. Der ist müde und braucht seinen Mittagsschlaf.«

»So schlimm wird's doch wohl nicht sein, oder?« Stocker sitzt mit der Nellie in der Wirtsstube. Vor ihnen, auf dem zerschrammten alten Holztisch, da stehen ein Bier und ein Gin Tonic. Die Notbeleuchtung wirft ein fahlblaues Licht durch den menschenleeren Gastraum, und die Gesichter der beiden wirken blass und durchscheinend. Auf der Theke sind noch jede Menge Gläser und ein paar Teller und benutztes Besteck. Es riecht nach abgestandenem Bier, nach gebratenem Fleisch und Sauce und nach was noch? Nach Menschen vielleicht, die vor kurzer Zeit noch hier waren und geredet und gelacht haben und sich von ihren Sorgen und Ängsten erzählt. Von ihren kleinen oder großen Erfolgserlebnissen, von ihren Niederlagen und Problemen.

In der Küche hört man den Zeno rumoren, und wie er mit dem Josef spricht, der den Fußboden inspiziert. Könnte ja sein, dass in irgendeiner Ecke noch was Essbares liegt. Der Josef, der steht nämlich auf dem Standpunkt: Wenn du glaubst, man kann es essen, dann iss es erst mal, bevor es ein anderer tut … Kacken kannst du es dann immer noch.

Stocker hört mit einem Ohr, wie der Zeno zum Josef sagt: »Jetzt hör mir doch mal zu und friss nicht den ganzen Mist da unten. Das war ein Cockerspaniel, von dem ich hier rede, das musst du dir jetzt mal vorstellen. Ich hab den gekannt, sag ich dir. Ehrlich. Gut, die sind nicht so clever wie ihr Dackel, aber der, der hat's auch draufgehabt. Sein Herrchen, also mein Kumpel, der hat dem vormittags immer sechzig Cent in seine Tasche am Halsband gesteckt und dann zu dem Hund gesagt, war übrigens ein Rüde, der Hund, meine ich. Also hat mein Kumpel zu ihm gesagt: ›Lauf und hol mir die Abendzeitung.‹ Das hat der Hund dann gemacht. Ist vor bis zur Kreuzung gelaufen, dann über die Straße und weiter bis zum Zeitungskiosk, und da hat ihm der Perser, dem der Kiosk gehört hat, die Zeitung in die Schnauze gelegt, hat das Geld genommen und den Hund wieder nach Hause geschickt. Jeden Vormittag ging das so. Hörst du mir überhaupt zu? Gut! Eines Morgens also, da hat mein Kumpel dem Hund einen Zwanzig-Euro-Schein in die Halsband-Tasche gegeben, weil er kein Kleingeld hatte. Der Hund rennt aus dem Haus und war … weg. Verschwunden. Mein Kumpel hat den Perser angerufen und gesagt: ›War mein Hund heute nicht da?‹ Und der Perser sagt: ›Nein, den hab ich heute noch nicht gesehen. Hoffentlich ist dem nichts passiert.‹ Was soll ich also sagen, Josef, nach drei oder vier Stunden, da taucht der Hund wieder bei meinem Kumpel zu Hause auf. Völlig fertig, aber mit einem versauten Grinsen um die Lefzen. Mein Kumpel sagt: ›Mensch, Harro, du blöde Töle, wo bist du denn gewesen?‹ Und der Hund sagt: ›Ich war im Hundepuff, Alter. War super. Die haben voll krass ondulierte Pudelweiber da.‹ Und mein Kumpel sagt: ›Das hast du doch noch nie gemacht.‹ Und der Hund sagt: ›Du hast mir ja auch noch nie so viel Geld mitgegeben.‹« Stille in der Küche. Dann wieder der Zeno: »Das war ein Witz, Josef. Ein Witz. Hier, probier mal das. Hackfleisch, frisch durchgedreht heute Nachmittag.«

In der Gaststube verzieht die Nellie müde das Gesicht, nimmt einen kleinen Schluck von ihrem Gin Tonic und sagt zum Stocker: »Ich hab ehrlich geglaubt, das läuft, das mit der Renate und mir. Was hab ich verkehrt gemacht? Warum will sie ausziehen? Was mach ich jetzt mit dem Urlaub? Ich hab das Hotel gebucht und bezahlt. Was mach ich mit meinem Leben? Warum geht die plötzlich weg, was hab ich verdammt noch mal falsch gemacht? Kannst du mir das sagen?«

»Nein, kann ich nicht«, sagt der Stocker und schaut in sein Bierglas. »Weißt du, ich kann dir keine Tipps und Ratschläge geben. Das Leben, das verstehst du nach hinten, aber leben musst du es nach vorne, das ist das ganze Problem. Ich selber, ich stell mir das Leben gerne wie einen Zug vor.«

»Einen Zug? Einen Eisenbahnzug?« Nellie grinst etwas gezwungen und fährt gedankenverloren mit dem Zeigefinger über einen nassen Ring am Tisch, den ihr Glas hinterlassen hat. »Ist das nicht ein bisschen profan?«

»Kann schon sein. Aber denk doch mal so: Du bist die Lokomotive. Du ziehst dich mit deinen ganzen Schwächen und Stärken durchs Leben. Durch dein ureigenes Leben. Keiner hilft dir dabei.

Du musst dich da selber durchziehen und immer wieder aufs Neue entscheiden, in welche Richtung es gehen soll. Gut, du kommst an Weichen, die vielleicht nicht so gestellt sind, wie du dir das vorgestellt hast. Und die Richtung, deine Richtung, die stimmt auch nicht immer. Manches kannst du beeinflussen, aber das Meiste nicht. Das passiert einfach. Leben, das ist das, was mit dir passiert, während du mit was ganz anderem beschäftigt bist. So ist das nun einmal. An deiner Lokomotive, da hängen auch ein paar Waggons. Da ist alles drin, was für dich und dein Leben wichtig ist, oder war. Deine Erfahrungen, deine Glücksmomente und Enttäuschungen, deine Probleme, einfach alles ist da drin, und das schleppst du dein Leben lang hinter dir her, egal, wo du bist und was du machst. Und in diese Waggons, da steigen auf deinen vielen Stationen dann auch Personen ein, die dich ein Stück weit auf deinem Lebensweg begleiten. Sie steigen ein, weil du sie eingeladen hast, oder weil sie glauben, dass sie auch in diese Richtung wollen, oder weil sie aus einem anderen Lebenszug gestiegen oder gefallen sind und glauben, dass das jetzt die richtige Wahl ist. Manche bleiben länger bei dir, manche steigen schnell wieder aus. Manche willst du für den Rest deiner Reise gerne dabeihaben, aber die haben plötzlich ganz andere Pläne, oder sehen auf einem anderen Gleis einen Zug, in den müssen sie unbedingt rein. Wir sind alle irgendwie … Anschlussreisende oder so was, ich weiß auch nicht, wie ich das jetzt sagen soll. Auf jeden Fall, dein Zug, der fährt weiter, immer weiter. Und es steigen immer wieder Reisende ein und aus. Da kannst du selber nicht viel machen. So sehe ich das. Mein Zug, der hat auch nicht immer da gehalten, wo ich das wollte. Und so manch einer ist viel zu schnell wieder ausgestiegen, von dem ich gehofft habe, dass er bei mir bleibt bis zur Endstation.«

»Endstation? Das passt doch. Hoffentlich ist dein Zug jetzt im Bahnhof, Albin. Du bist schon in Ordnung, weißt du das?« Nellie fährt dem Stocker mit den Fingern durch die Haare und gibt ihm einen Kuss auf die Wange. »Du und der Bescheuerte da draußen, und der Josef, ihr seid meine Familie. Pass auf deine Passagiere auf, Stocker. Lass keinen mehr aussteigen. Schlaf gut. Ich fahr jetzt heim. Bis morgen.«

Im Rausgehen winkt die Nellie noch einmal mit den Auto-

schlüsseln in der Hand über die Schulter, und der Stocker schaut
ihr nach und trinkt sein Bier aus.

Zeno kommt mit Josef auf dem Arm aus der Küche und sagt:
»Der Sheriff und ich, wir drehen eine Runde. Bis gleich, und
dann trinken wir noch ein kurzes Bier.« Josef nickt, zumindest
glaubt man, dass er nickt, und dann sind auch die beiden aus der
Tür und Stocker sitzt alleine an dem alten Holztisch und schaut
sich im fahlen Halbdunkel in der Gaststube um. Wenn mir das
einer vor ein paar Jahren gesagt hätte, denkt er sich, ich hätt's nicht
geglaubt. Nichts von alldem, was die letzten zehn oder fünfzehn
Jahre passiert ist, hätt ich geglaubt. Gute Nacht. Das Schicksal ist
eine dumme Sau, das kannst du sehen, wie du willst.

Seufzend stemmt er seine achtzig Kilo hoch und geht hinter
die Theke und zapft unter dem Hirschkopf, der hinter ihm an der
Wand hängt, zwei kleine Bier: »Du brauchst mich gar nicht so
dämlich angrinsen, für dich ist es auch nicht so optimal gelaufen,
oder?« Jetzt red ich schon mit der Dekoration, denkt er sich und
sieht den Zeno mit dem Josef über den Parkplatz kommen.

»Da, jetzt geht er rein. Oben links, das ist die Kamera im Eingangsbereich. Die daneben, das ist das Wohnzimmer, sieht man doch, oder? Die unten links, das ist das Bad, und die unten rechts, das ist das Schlafzimmer. Gut, oder? Bin ich gut, oder bin ich gut? Da rechts oben, das ist die Aufnahmezeit. Heißt in diesem Fall, dass der gestern Abend um null Uhr achtundvierzig in seine Wohnung gekommen ist.«

Voller Stolz zeigt der Zeno mit einer halben Butterbreze in der Hand auf den Bildschirm des aufgeklappten Laptops, der auf dem Tisch zwischen Kaffeetassen, einem Brötchenkorb und einem Teller mit Wurst und Käse steht. Draußen im Biergarten der »Endstation«. Der Bildschirm des Laptops ist in vier Sektionen unterteilt. Und Zeno spricht mit vollem Mund, was der Stocker überhaupt nicht abhaben kann. Das sagt er ihm jetzt auch: »Das hier ist ein einigermaßen zivilisiertes Frühstück. Nur weil wir im Freien sitzen, musst du nicht spucken wie ein Lama. Was soll sich der Hund von uns denken? Und das auf dem Bild, das ist nicht der Achs, sondern einer von seinen Kettenhunden, der schaut, ob die Luft rein ist. Das da, dahinter, der, der jetzt ins Bild kommt, das ist der Achs.«

Das ist er, stimmt. Vorsichtig und nach allen Seiten witternd, betritt er seine Wohnung, schiebt seinen Bodyguard zur Seite und öffnet eine Klappe in der Wand, direkt neben der Eingangstür.

»Der checkt jetzt die Alarmanlage, ob irgendwas war«, sagt der Zeno und grinst. Schnell schluckt er sein Butterbrezen-Stück runter und spricht weiter: »Da wird er aber nichts merken. Da, was sag ich? Jetzt geht er ins Wohnzimmer.«

Wie ein Riese wirkt er, der Achs, weil die Aufnahme von schräg unten kommt. Die Bildqualität ist gut. Ein bisschen körnig vielleicht, und in Schwarz-Weiß ist es auch, aber was man sehen will, das sieht man. Der Ton ist ebenfalls nicht gerade das, was man High-End nennen könnte, aber man hört deutlich das Klacken der Absätze.

Wie jetzt: Mit großen Schritten geht der Kerl durch das Zimmer und öffnet die Schiebetür zur Terrasse. Über die Schulter sagt er zu seinem Begleiter: »Hol die Koffer rauf, bring sie ins Ankleidezimmer. Mach unten noch eine Runde, und dann kannst du nach Hause fahren. Nimm den Wagen mit. Komm morgen um zehn Uhr und hol mich ab.«

Ohne ein Wort dreht sich der Leibwächter um und geht aus der Wohnung. Achs nimmt das Telefon und wählt eine Nummer. Ortsgespräch. Nach drei- oder viermaligem Läuten hört man ein Klacken und eine Stimme: *»Deci?«*

»Ich bin wieder da. Alles okay. Ich hab den Mann getroffen. Beste Referenzen. Ich erzähl es dir morgen früh. Passt dir um elf?«

»Da. Noapte bună!«

»Was heißt das?« Zeno sieht den Stocker an und schnappt sich eine frische Butterbreze.

»Bin ich Jesus? ›*Da*‹, das heißt vermutlich ja. Und ›*Noapte bună*‹, das heißt sicher gute Nacht oder so ähnlich.« Stocker gießt sich Kaffee nach und sagt: »Fahr die Aufnahme mal vor auf kurz vor sechs oder so.«

Der Achs in seiner Wohnung bewegt sich jetzt im Zeitraffer rasend schnell. Durch alle Räume tanzt er wie ein Derwisch. Kurz darauf wird es in der Wohnung dunkel. Um sechs Uhr drei fliegt die Eingangstür auf, und sechs oder sieben vermummte Gestalten, ganz in Schwarz und mit Maschinenpistolen an der Schulter, stürmen in die Wohnung. Man hört die lauten Rufe: »Sauber!«, und kurz darauf aus dem Wohnzimmer: »Sauber!« Ebenso aus dem Ankleideraum und dem Badezimmer: »Sauber!«

Dann sind sie auch schon im Schlafzimmer. Achs versucht noch, sich aufzurichten. Zwei der schwarzen Gestalten werfen sich auf ihn und drehen ihn auf den Bauch. Hände auf den Rücken, Handschellen klicken und dann wird er auch schon hochgehoben und in der Unterhose, so wie er ist, nach draußen geschubst. Oben rechts, in dem Quadrat, das das Wohnzimmer zeigt, da sieht man jetzt, wie sich einer der Männer in Schwarz auf die Knie fallen lässt und unter dem Esstisch verschwindet. Der Kollege hinter ihm sichert, mit dem Rücken zu ihm, das Zimmer. Der unter dem Tisch kommt wieder zum Vorschein und spricht in ein Mikro, das er wohl irgendwo an der Schulter hat: »Zwei an Eins. Schick die

Penner von der KTU hoch, hier ist eine Pistole, und daneben klebt eine Handgranate. Möchte mal besser gar nicht wissen, woher du davon gewusst hast. Ist von unten an der Tischplatte befestigt, das Zeug. Unser Zielobjekt ist fixiert und auf dem Weg nach unten, der ist schon im Treppenhaus. Noch was?« Immer noch auf den Knien bleibt er für ein paar Sekunden vor dem Tisch und lauscht einer unsichtbaren Stimme, dann sagt er: »Verstanden, Eins. Wir hauen ab. Soll ich nicht noch – Was? Ja, ist ja gut, wir hauen ab. Ende und *over*.«

Genauso schnell, wie sie gekommen sind, sind sie auch wieder weg, die »Men in Black«. Sekunden später erscheinen ein paar Gestalten in weißen Overalls im Bild. Das sind die Jungs von der KTU. Zwei fotografieren und messen Entfernungen aus, zwei weitere machen sich unter dem Tisch zu schaffen, dann ist auch dieser Spuk vorbei.

Zeno schnappt sich eine Scheibe Wurst und teilt sie mit dem Josef. Mit einem Nicken zum Laptop meint er: »Ich, zu meiner Zeit, ich hätte da noch weitergesucht. Der Mistkerl hat doch bestimmt einen Safe oder so was in der Wohnung. Ich hätte auch die Telefone und die Computer mitnehmen lassen. Soll ich ausmachen?«

»Nein, lass einfach auf doppelter oder dreifacher Geschwindigkeit weiterlaufen. Nur so, zur Sicherheit. Dann rufe ich mal den Zuckerhahn an, ob sich mit der Vernehmung von dem Achs was getan hat.«

Jetzt, du glaubst es nicht, passiert Folgendes: Um sechs Uhr neunundvierzig, da geht die Wohnungstür auf. Mittlerweile ist es ja richtig hell geworden, und man sieht auf dem Bildschirm auch ohne Beleuchtung ganz deutlich, was sich in der Wohnung in München abgespielt hat. Ein Mann, ebenfalls in Schwarz gekleidet, kommt in aller Ruhe reinmarschiert. Schwarze Bundfaltenhosen (wer zum Teufel trägt heute noch schwarze Bundfaltenhosen, außer vielleicht Karl Dall?), schwarzes Hemd und eine schwarze Windjacke. Wenige, aber graue und ganz kurz geschorene Haare auf dem Kopf, eine Geiernase mitten im blassen Gesicht und abstehende Ohren. Ein Rentner auf Kaffeefahrt auf der Suche nach dem Klo?

»Der Sperber, jetzt leck mich aber«, spuckt der Zeno, schon

wieder mit vollem Mund. »Was macht der da? Der hat einen Schlüssel, ich glaub es nicht. Der kennt sich da aus, schau mal, wie der sich bewegt!«

Und das tut er wirklich, der alte Sperber. Spaziert in aller Seelenruhe von einem Zimmer zum anderen und schaut sich um. Im Wohnzimmer, da kippt er eins der Bilder, den Lichtenstein, zur Seite. Hinter dem Bild kommt eine graue Safetür zum Vorschein. Der Sperber zieht eine Klappbrille aus der Brusttasche seiner Windjacke, setzt die Brille mit einer flüssigen Handbewegung auf seine Geiernase und beugt sich vor. Ganz nahe an die Safetür. Dann steckt er die Brille wieder weg und schaut über seine Schulter nach links unten. Genau in eine der Kameras. Stocker stellt mit einem Ruck seine Kaffeetasse ab und der Zeno vergisst, in seine Butterbreze zu beißen. Vor dem Esstisch geht er in die Knie, der Sperber, fast genau an der Stelle, an der der Polizist vor wenigen Minuten war. Die Kollegen von der KTU haben die Pistole und die Handgranate natürlich mitgenommen. Man sieht aber noch deutlich die Spuren der breiten Klebebänder an der Unterseite der Tischplatte. Sperber schüttelt den Kopf und grinst, dann steht er schwerfällig wieder auf.

»Uff, Mann. Fast hätt ich geglaubt, der hat meine Kameras entdeckt. Aber das kann ja nicht sein. Weil, wenn ich was mache, dann passt das. Einmal Profi, immer Profi. Verstehst?« Jetzt kann er wieder beruhigt zubeißen, der Zeno. Und zur Feier des Tages fliegt ein Stück Schinken unter den Tisch, das sich der Josef sehr akrobatisch im freien Flug schnappt.

»Hast du das gesehen? Wie sich unser intelligenter Hund die Wurst in der Luft gekrallt hat? Wow, der könnte jederzeit zu Bayern München, der Josef. Da brauchen die solche Talente«, sagt Zeno zum Stocker. Und zum Dackel runtergebeugt: »Josef, welches Tier schießt keine Tore?«

Josef und Stocker schauen den Zeno verständnislos an, der grinst und sagt: »Robben«.

Das versteht jetzt weder der Stocker noch der Josef.

Zeno meint: »Von Fußball habt ihr beide nicht viel Ahnung, was? Robben. Bayern München. Hat ein paar Tore verschossen, der Arjen. Na? Klingelt was? Nein? Auch gut. Noch Kaffee?«

Doch zurück in die Wohnung in München: Nachdem der Sperber alle Zimmer und die Terrasse inspiziert hat, nimmt er sich die Lampen und Vasen und Bodenleuchten vor. Offensichtlich sucht er nach Wanzen oder Kameras.

»Kalt, ganz kalt«, sagt der Zeno zum Computerbildschirm und grinst, »das war früher mal, Opa, heutzutage arbeiten die echten Profis anders. Die arbeiten so wie wir, aber das kannst du ja nicht mehr wissen, mein Alterchen.«

Schnell, aber sehr gründlich sucht die Gestalt in Schwarz die Wohnung ab, dann geht der Kerl zurück in den Eingangsbereich. Er öffnet die Wohnungstür, zögert dann mitten im Schritt und schaut über die Schulter zurück. Eine schnelle Drehung, die man dem alten Sack gar nicht zugetraut hätte, und dann geht er vor der Steckdose im Flur auf die Knie. Ganz nahe bringt er sein Gesicht zur Wand, bis der Bildschirmausschnitt, der den Eingangsbereich zeigt, nur noch die Riesennase und die belustigten Augen überträgt, grotesk verzerrt. Dann zieht er seinen Kopf wieder zurück, blickt voll in die Kamera und dann kommt sein Mittelfinger ins Bild. Begleitet von einem unverschämten Grinsen, und er sagt: »Hab's mir doch gleich gedacht. Bis bald, Männer. Ich schau mir nur noch schnell die anderen Steckdosen an. Fickt euch inzwischen.«

Zeno vergisst zu kauen, so fassungslos ist er, und der Stocker meint: »Einmal Profi, immer Profi, was? Aber dass der Sperber den Trick mit den Steckdosen kennt, das haut mich um. Was machen wir jetzt?«

»Weiß auch nicht. Ruf den Zuckerhahn an, würd ich mal sagen. Der Sperber kann ja sowieso keine Ahnung haben, wer die Steckdosen installiert hat, oder?«

Also steht der Stocker um kurz nach zehn wieder einmal in der Telefonzelle neben dem Eggstätter Rathaus. Dreimal der Piepston, dann eine Stimme: »Gleich.« Er hört, wie das Handy abgedeckt wird, dann knallt eine Tür zu, und dann ist die Stimme vom Zuckerhahn wieder in Stockers Ohr: »Erzähl, aber mach's kurz. Ich bin hier vor dem Vernehmungszimmer.«

Nachdem Stocker seine Geschichte durch hat, ist Schweigen in der Leitung, dann sagt der Kommissar: »Überrascht mich irgendwie nicht. Für wen der Sperber allerdings arbeitet, weiß ich auch nicht. Weißt du was? Ruf ihn doch einfach an. Angriff ist die beste Verteidigung. Red mit ihm, mal schauen, was dabei rauskommt. Den Achs haben wir verhört, der sagt aber sehr wenig. War zu erwarten. Die Pistole hat er noch nie gesehen, meint er. Und die Handgranate kennt er auch nicht. Damit kommt er aber nicht durch, weil seine Fingerabdrücke drauf sind. Weil ich grad davon rede: Auf der Pistole haben meine Jungs nach den ersten Untersuchungen überhaupt keine Fingerabdrücke gefunden. Ist das nicht putzig? Egal. Wir lassen den Achs in einer halben Stunde wieder laufen. Den bring ich persönlich raus auf die Straße und schüttle ihm da die Hand und klopf ihm auf die Schulter. In aller Öffentlichkeit. Weil ich ziemlich sicher bin, dass seine Bosse wissen, dass wir ihn hopsgenommen haben und dass er hier ist.«

»Mit dem Händeschütteln auf der Straße unterschreibst du sein Todesurteil. Aber das willst du ja, oder?«

»*Yes.* Ich hoffe, der stirbt langsamer als unsere Mona. Servus und Ende.«

Stocker schaut den Telefonhörer in seiner Hand an und kramt dann in seiner Hemdtasche nach dem Zettel mit der Nummer vom alten Sperber. Der lässt sich Zeit, nach dem sechsten Läuten kommt eine Stimme, die sagt: »Sprechen Sie jetzt.« Dann kommt ein Pfeifton.

Dann sprech ich eben jetzt, denkt sich der Stocker und sagt: »Das mit dem F-Wort, das war pfui. So was sagt man nicht. Das andere war ziemlich clever. Vielleicht sollten wir mal miteinander reden. Rein geschäftlich. Nur du und ich. Pass auf: Heute Nachmittag um halb vier, da sitze ich alleine an einem Tisch. Der Tisch, an dem ich sitze, das wär ja auch noch interessant für dich, der steht auf der Terrasse vom Hotel ›Malerwinkel‹. Für dein Navi: Lambach 23, 83358 Seeon-Seebruck. Ihr habt doch schon Navis in diesen alten blauen BMW-Kripokisten, oder? Ich weiß, wie du aussiehst, also werde ich dir zuwinken. Komm alleine. Bis nachher.«

Zurück in der »Endstation«, und das muss man sich jetzt folgendermaßen vorstellen: Der Stocker und Zeno stehen in der Küche und sprechen über den Treff mit dem Sperber.

»Find ich nicht gut, wie du das machen willst«, sagt der Zeno und rührt in einem Topf mit Spargelsuppe, »ich komm auf jeden Fall mit.«

»Sollst du ja auch, aber du weißt, wie raffiniert das alte Saustück ist. Wo willst du dich verstecken, und zwar so, dass du alles sehen kannst, er dich aber nicht?«

»Keine Ahnung, lass uns zwei Stunden vorher losfahren. In einer Viertelstunde sind wir da drüben, länger brauchen wir nicht, und wenn ich vor Ort bin, dann fällt mir schon was ein.«

»Weil wir grade von einfallen reden: Was machen wir zu den gebratenen Saiblingsfilets heute Abend? Als Beilage, mein ich? Hier riecht es ja irgendwie nach Sauerkraut, und das passt so was von gar nicht zu gebratenem Saibling«, sagt der Stocker.

Zeno schnüffelt in seine Spargelsuppe und verzieht den Mund zu einem gequälten Lächeln: »Höre und staune, du Banause, unser aller König Ludwig zum Beispiel, der hat am liebsten Hecht im Kraut gegessen, jedenfalls, was Fisch anbelangte. Und das kann ich schon mal vorkochen, das Kraut. Also, falls du heute Nachmittag erschossen wirst oder noch Schlimmeres, dann gibt's trotzdem ein tolles Essen für unsere Gäste, oder die, die über deine Beerdigung reden wollen. Da fällt mir ein, kennst du den? Pass auf, der ist gut: Der alte Bauer liegt im Sterben. In seinem Bett in seiner Kammer. Der Pfarrer war auch schon da. Die Verwandtschaft ist weg, es ist Ruhe im Haus. Da riecht der alte Bauer was, das er kennt: den Duft von frischem Zwetschgendatschi. Aus der Küche, wo seine Frau ist, da kommt der Duft her. Der alte Bauer hebt seinen Kopf aus dem Kissen, ruft mit letzter Kraft: ›Frau, bring mir doch bitte ein Stück von dem Zwetschgendatschi, bevor ich sterbe.‹ Die ruft aus der Küche zurück: ›Nein, das geht nicht, der ist für deine Beerdigung.‹ Der ist gut was? Ich wollt, ich hätt noch so einen. Also, zurück zu uns beiden hier: Wir fahren mit meinem Auto, das ist so was von unauffällig, und der alte Sperber-Sack, der würde mich nicht einmal wahrnehmen, wenn ich ihm auf dem Klo den Reißverschluss aufmache. Okay?«

»Wow, was bin ich froh, dass ich dich habe. Lass mich noch schnell ein bisschen rumtelefonieren, und du, du kannst dein Kraut fertigkochen.«

»Jetzt geh schon rein. Hinter uns war keiner, auf der Straße hierher war nichts Verdächtiges, und hier auf dem Parkplatz, da ist außer den Rentnern aus Höxter in dem grauenhaften Bus da drüben auch nichts, worüber man sich aufregen könnte.«

»Du hast ein Gemüt wie ein Fleischerhund«, sagt der Stocker und steigt aus dem Octavia. Der kiesbestreute Parkplatz ist ziemlich voll mit Autos aus allen möglichen Landesteilen. Sonst sieht hier aber alles ganz normal aus. Also geht Stocker, weiterhin nach links und rechts schauend, auf den Hoteleingang zu. Durch das Foyer, vorbei an der Rezeption und freundlich grüßend, marschiert er geradeaus auf die Terrasse am See. Wie immer ist er von dem Blick überwältigt: Der Chiemsee liegt da wie gemalt, am Ufer brechen sich kleine Wellen, weil eins der weißen Schiffe der Feßler-Flotte draußen vorbeigezogen ist, und auf dem Steg, der ein gutes Stück in den See hineinragt, da fotografieren sich Touristen die Finger wund.

Die Alpenkette glänzt in der Sonne, und die Luft ist so klar, dass man das Gipfelkreuz von der Kampenwand sehen kann. Einer der Tische direkt am See, der ist frei, und Stocker nimmt Platz und bestellt sich ein Bier. Hinter ihm, ein paar Tische weiter, da sitzt die Seniorengruppe aus dem Bus und redet durcheinander. Nobel sieht es hier aus mit den großen Sonnenschirmen, den Bedienungen im Dirndl und den Rosen und Schilfgewächsen unten am Ufer. Wäre schön, nur hier zu sitzen und ein Bier zu trinken und diesen paradiesischen Blick zu genießen, denkt sich der Stocker. Ich komm viel zu selten zu so was. Wie oft war ich hier? Drei- oder viermal, seit ich aus Spanien wieder zurück bin? Öfters bestimmt nicht. Und so einen Ort, den der Herrgott persönlich erschaffen hat, den sollte man öfters aufsuchen.

»Wollten Sie nicht winken?« Stocker schreckt aus seinen Tagträumen und schaut auf, und da steht er vor dem Tisch. Sperber, wie man ihn kennt: in schwarzen Bundfaltenhosen, schwarzem Hemd und so weiter. Er rückt sich den Stuhl gegenüber zurecht und macht der Bedienung ein Zeichen. Die kommt an den Tisch und sagt: »Sie sind bestimmt einer aus dem Bus, oder? Die Seniorengruppe mit Bayrisch *all inclusive*, die meine ich, die sitzt da drüben.« Damit deutet sie auf die gackernde Truppe aus Höxter.

»Danke«, sagt der Sperber, »ich setz mich gleich rüber, ich will nur den netten jungen Mann hier was fragen, der schaut aus wie ein Einheimischer, finden Sie nicht auch? Bringen Sie mir bitte einen Kaffee, aber koffeinfrei, ich hab ein schwaches Herz. Jede Aufregung kann mich ins Grab bringen. Sogar eine so hübsche junge Frau wie Sie, die kann mein Tod sein. Ich darf mich einfach nicht mehr aufregen, sagt mein Arzt.«

»Draußen nur Kännchen«, sagt der Stocker, und die Bedienung nickt zur Bestätigung.

»Ja, dann halt ein Kännchen. Wird mich schon nicht gleich umbringen«, sagt der Sperber und schaut mit seinen toten Augen, die wie zwei Glasmurmeln in seinem blassen Gesicht wohnen, den Stocker an. Die Bedienung geht weg, und der Sperber redet weiter: »Weil wir gerade beim Thema sind, umbringen, meine ich, da sollten Sie mal zum See rausschauen. Da sehen Sie ein Segelboot, auf Zwölf-Uhr-Position, wenn wir hier sozusagen die Sechs darstellen. Und das Ende vom Steg ist die Uhrenmitte, meine ich. Also. Da drin sitzt einer meiner Leute unter Deck, und der hat ein G 22 mit Zielfernrohr auf Sie gerichtet. Wenn ich von meinem Kaffee trinke, dann schießt der. Auf Sie. Und Ihr Partner, der Herr Zeno, der schläft in seinem unsäglichen Škoda unter der Decke. Aber er lebt. Noch. So, und jetzt lassen Sie uns reden. Wie ist der Kaffee hier?«

»Seit wann haben Sie uns auf dem Radar, Sperber?«

»Seit ich den Zeno aus dem Haus in München tänzeln gesehen habe. Der ist wirklich unverkennbar. Und die Nummer mit dem Winken und dem Luftkuss, also ehrlich, ich hab eine Erektion gekriegt, so gut war das. Wissen Sie, dass auf den Zeno in München neuerdings ein Kopfgeld von fünfzigtausend ausgesetzt ist? Nein? Tja, ist aber so. Der Cocescu, der Chef-Kettenhund vom Achs, der hat die Leute in dem Lokal befragt, Sie wissen schon, und ein Phantombild anfertigen lassen. So wie sich Ihr Partner bewegt, das ist unverkennbar. Und an die zwanzig oder dreißig Leute konnten sich an ihn erinnern, der Türsteher auch. Was meinen Sie, wenn ich denen verklickere, dass ich weiß, dass der alte Zeno bei Ihnen in der ›Endstation‹ kocht, was Ihr Laden dann für einen Zulauf hat. Da geht's dann ab wie auf der Freitagsdemo in Kairo. Hier, schauen Sie mal. Die Fotos, die ich da auf meinem Handy hab. Schon toll, was Sie sich da aufgebaut haben. Wo Sie doch in Spanien eine ganz andere Nummer am Laufen hatten. Und außerdem: Sie sind ein reicher Mann, Stocker. Dass so einer für andere Leute Bier zapfen muss, also, das hätte ich nie gedacht.«

»Wer zum Teufel sind Sie und was läuft hier ab?«

Jetzt kommt das Kännchen Kaffee für den Sperber. Der sieht die Bedienung mit einem milden Alte-Männer-Lächeln an und sagt: »Ich glaub, ich nehm ein Wasser dazu. Kaffee kann tödlich sein, wenn man nicht aufpasst, wissen Sie?«

Und zum Stocker, der die Fotos auf dem Handy durchklickt (»Endstation«; Biergarten; Nellie mit Glas in der Hand; Nellie, wie sie mit Josef redet; Zeno, der aus dem Küchenfenster irgendjemandem was zuruft; Josef, der an den Kastanienbäumen schnuppert), sagt er: »Wir sind an der Sache schon länger dran. Und es geht um ein richtiges Pfund. Da können nicht ein paar Amateure aus der Prärie anreiten und uns an den Kaktus pinkeln. Und sagen muss ich Ihnen gar nichts, mein lieber Mann. Nur, dass Sie und Zeno sich aus der Sache so was von raushalten. Sonst gibt's Kollateralschaden, verstehen Sie das so weit?«

»Tu ich«, sagt der Stocker und trinkt von seinem Bier, »und Ihren Kaffee, den können Sie jetzt auch trinken, bevor er kalt wird. Ist es nicht schön hier? Ich liebe diese Aussicht. Aber Sie sehen ja gar nicht so toll auf den See, so wie Sie sitzen. Tun Sie mir den Gefallen und drehen Sie doch Ihren Stuhl ein bisschen und schauen Sie raus aufs Wasser, da gibt's immer was zu sehen. Ehrlich.«

Das tut er, der Sperber, und gleich darauf verzieht er den Mund. Neben dem Segelschiff (auf Zwölf-Uhr-Position, wir erinnern uns), da liegt jetzt ein Polizeiboot. Vom Vordeck aus winkt ein fröhlicher Ringo in Uniform mit seiner Polizeikappe zu ihnen rüber und deutet auf den Segler. Seufzend greift der Sperber in die Innentasche seiner schwarzen Windjacke und wirft einen Ausweis auf den Tisch, ein Stück Plastik in Scheckkartengröße. BUNDESNACHRICHTENDIENST steht da, über dem Foto eines deutlich jüngeren Sperber. Major ist er und sichtlich alt geworden seit der Aufnahme für den Ausweis.

Stocker winkt dem Ringo, dass er weiterschippern soll, und zu Sperber sagt er: »Das mit dem Polizeiboot da draußen, das war Teil eins, wollen Sie Teil zwei auch sehen?«

»Nein, ist okay. Klassisches Patt, oder? Im Moment jedenfalls. Lassen Sie uns die Sache vernünftig angehen. Was wollen Sie von Achs und Konsorten? Sie haben ja im letzten Jahr mächtig mit denen aufgeräumt. Ist Ihr kleiner Krieg immer noch nicht beendet?«

»War er eigentlich. Aber dann ist eine Bekannte von mir in Kitzbühel in die Luft gesprengt worden von Achs und Co., und hier am Chiemsee sind zwei Wirte ertrunken, und wir glauben, dass das ebenfalls auf oben genanntes Konto geht. Ja, und außerdem läuft hier so einiges ab, das hier nicht laufen sollte. Das ist unser Interesse. Wie haben Sie denn unsere Kameras entdeckt? Das würde mich und meinen Partner brennend interessieren.«

»Die Dinger kommen aus China, wir haben in meinem Verein dieselben, ich hab solche erst vor zwei Wochen bei einem der Bosse von dem Achs installiert. Und jetzt lassen Sie uns mal einen Deal machen, bevor Ihr Partner in seinem Auto überhitzt. Wir haben nämlich vergessen, die Fenster zu öffnen. Nein, warte mal.« Damit nimmt der Sperber sein Handy aus der Hosentasche, drückt einen Kurzwahlknopf und sagt: »Zieh das Boot ab. Und lass den Hinke-Spinner aus dem Škoda. Was? Nein, der tut euch nichts, der will nur spielen. Schick ihn hierher. Und dann fahrt für heute nach Hause. Alle, ja. Was? Alle, sag ich doch. Wachsen dir neuerdings Hämorrhoiden aus den Ohren oder sprech ich Kantonesisch? Nein, mir hält keiner eine Knarre an den Kopf. Und wenn doch, dann sollte einer von euch Hinterladern das eigentlich mitgekriegt haben. Und jetzt: geordneter Abmarsch. Ende.«

Mit dem Handy winkt er der Bedienung und deutet mit der linken Hand auf das Bier vom Stocker, dann hebt er drei Finger. Die Bedienung, die ein paar Tische weiter am Abkassieren ist, deutet ihrerseits auf ein leeres Bierglas und hebt mit einem fragenden

Ausdruck im Gesicht auch drei Finger. Wie in der Fernsehwerbung für das Dings-Bier, wie heißt das doch gleich?

Sperber nickt ihr zu und sagt zum Stocker: »Ich bin der Fritz. Du bist der Albin. Und gleich kommt der Zeno, der früher mal Helmut geheißen hat. So weit klar? Ich sag das jetzt nur, weil ich fast fünfundsechzig bin und mich ungern wiederhole. Was ich gleich noch so alles sage, bleibt unter uns. Wenn du irgendwas irgendwie aufnimmst oder weitergibst, bist du Vergangenheit. Und alle um dich rum auch. Kapiert? Jetzt schau mal, wer da kommt: Fred Astaire *himself*.«

Die beiden schauen dem Zeno entgegen, der stinksauer durch die Tischreihen tänzelt, wobei er ein Bein, das mit dem Durchschuss, in einem unnatürlichen Winkel schwingt, nein, vom Körper wegschleudert und irgendwie wieder ranholt. Faszinierend.

»Hab ich was verpasst?«, faucht er. »Ich muss wohl kurz eingeschlafen sein. Fritz, ich hab dich schon früher nicht gemocht, aber jetzt ist deine private ›Miles and More‹-Karte bei mir voll.« Damit lässt er sich in den Stuhl neben dem Stocker fallen und schaut finster auf den See hinaus.

»Jetzt sei nicht beleidigt, Helmut. Das war alles rein geschäftlich. Du kennst doch das Spiel, oder soll das jetzt eine ernsthafte Drohung sein?«

»Dein Tod steht vielleicht noch nicht vor deiner Tür, aber ich glaub, der sucht sich schon mal einen Parkplatz in deiner Nähe, Sperber. Treib's nicht zu weit, so gut solltest du mich kennen. Da hab ich schon ganz anderen Typen die Uhr auf null gestellt.«

Die Kellnerin kommt mit den drei Bieren, stellt sie auf den Tisch und sagt zum Sperber: »Na so was, da haben Sie aber schnell Anschluss gefunden. Mit uns Bayern kommt man eben ruck, zuck ins Gespräch, gell?«

Sperber nickt dankbar und meint: »Im Heim krieg ich kein Bier, wissen Sie. Und die beiden jungen Männer hier, die bringen mich dann zum Bus, da kann ich jetzt ruhig ein Bierchen trinken. Danke, mein junges Fräulein, ihr seid ja alle so gut zu mir.«

Die Bedienung tätschelt dem Sperber auf die Schulter und geht. Das Lächeln auf dem grauen Gesicht ist eine Sekunde später wie weggewischt, und zu Stocker und Zeno gebeugt sagt er: »Den Achs räumen die Ölaugen heute noch weg, wetten? Und vom alten Cocescu und ein paar von den anderen Brillantine-Schimpansen hören wir auch nie wieder. So sind die Spielregeln. Der Zuckerhahn und ich, wir haben uns nie gemocht. Aber respektiert habe ich ihn immer. Und wie der das mit dem Achs hingedreht hat, das mit ›ziemlich beste Freunde‹, mitten auf der Straße vor dem Präsidium, das war schon super. Auch das Ding mit dem Traian im letzten Jahr auf dem Mürzberg hier auf der anderen Seite vom See, wie heißt das Nest gleich wieder? Ach ja, Bernau. Einsame Spitze. Aber das ist Geschichte und kalter Kaffee. Was ich will, das sind die Leute hinter dem Achs, hinter dem Traian, der Herr hab ihn selig. Den Kopf der Krake, den will ich. Das ist das echte Problem, diese Vernetzung, die eigentlich über die ganze Welt geht. Dazu das Schweigegebot gegenüber der Polizei. Diese Ärsche lassen sich eher kaltmachen, bevor die was sagen. Da kriegst du keinen V-Mann rein. Weil keine Zelle die andere kennt und die Befehlsstruktur hierarchisch von oben nach unten läuft. Und da kommt ihr Fertigsuppenköche mir bitte ausgerechnet jetzt nicht in die Quere, wenn's geht. Macht, was ihr wollt, ist mir scheißegal, aber pisst an eure eigenen Bäume. Seit fast einem Jahr bin ich hinter denen her. Jetzt bin ich so kurz davor.«

Damit hält er eine Hand über den Tisch, Daumen und Zeigefinger zusammengepresst, und sagt: »Der Zuckerhahn, der sieht manchmal den Wald vor lauter Bäumen nicht. Reimers, unser hochgelobter Staatsanwalt, hat zwar jede Menge Dreck am Stecken, aber mit der aktuellen Sache, da hat der wenig zu tun. Der deckt bloß seinen behämmerten Schwager, weil er bei dem Spielschulden hat. Und der Schwager, der Perlmann, der kocht seinen eigenen Brei. Erpressung, Schutzgeld, ein bisschen Stoff und sein privater Spielclub, den er da in seiner Villa am Laufen hat. Das weiß ich alles schon seit ein paar Monaten, interessiert mich aber nicht. Einer von den Wirten, die da tragischerweise ums Leben gekommen sind, der hat uns mit Informationen versorgt. Das war wohl mit ein Grund, warum die arme Sau sterben musste. Und der andere, tja, der hat seine Spielschulden nicht bezahlt, weil sein Bruder irgendwo hier in der Ecke ein angesehener Bürgermeister ist. Hat ihm aber im Endeffekt nicht viel gebracht, oder? Ich nehme mal an, der Perlmann hat was geahnt, aber nicht gewusst, wer von den beiden ihn verpfeift, und da hat er eben beide umlegen lassen. Von seinem Traunsteiner Russen, den er sich da herangezüchtet hat.«

Der Sperber trinkt einen Schluck von seinem Bier und fährt fort: »Noch was kann ich euch erzählen, und dann ist Sendeschluss für heute. Im Büro vom Zuckerhahn, da sitzt einer, der ist bei den Rumänen auf der *payroll*. Ich weiß nicht wer, aber da ist einer. So, und jetzt könnt ihr in meine private Wette mit einsteigen: Morgen früh wird der Zuckerhahn vom leitenden Staatsanwalt Reimers einen Knüppel zwischen die Beine kriegen. Was genau, das weiß ich natürlich nicht, aber es wird ihn ausbremsen. Kann auch sein, dass euch der Brogin besuchen kommt, das ist der Russe vom Perlmann. Macht was draus, bevor die was aus euch machen. Zeno, fahr doch einfach mal rüber nach Dings, da hinter Gstadt, in die Strandvilla, wo der Perlmann seine Spielabende veranstaltet. Du bist doch ein Spieler, hab ich gehört. Hier, das wird euch weiterhelfen: Die haben ein Losungswort, das alle vierzehn Tage wechselt. Für den Rest dieser Woche und die ganze nächste Woche ist das Wort: Kranich. So kommst du in den Laden rein. Mittwochs und an Sonntagen spielen die. Die fangen so um Mitternacht an und zocken bis sechs oder sieben in der Früh. Steck aber gut Bargeld ein. Es sind immer so um die fünf bis zehn Leute da und das Personal natürlich. Übrigens: Wenn dem Perlmann oder dem Brogin was passieren sollte, dann ist das tragisch, aber ich sehe das dann als natürlichen Schwund an, und der Zuckerhahn auch, glaube ich. So, mehr gibt's nicht für das eine Bier. Ich fühle mich eingeladen und gehe jetzt. Vielleicht kaufe ich mir einen Dackel, der, den ihr da habt, den find ich irgendwie toll. Aber mal ganz ehrlich: Ist der nicht viel zu intelligent für euch? Schönen Tag noch.«

Damit erhebt er sich mit einem Ächzen und geht freundlich grüßend durch die ersten Tischreihen in Richtung Parkplatz. Plötzlich bleibt er stehen, schnalzt mit Daumen und Zeigefinger und kommt noch einmal zum Tisch zurück. Mit beiden Armen stützt er sich auf die Rückenlehne von Stockers Stuhl und sagt leise: »Morgen spielen die wieder in der Villa vom Perlmann. Fahrt rüber und seht euch das an. Ihr wollt doch bestimmt was machen wegen dieser zwei Wirte-Kumpels, die es erwischt hat, oder? Der Perlmann, das könnte auch der Koksverteiler vom Achs gewesen sein, das heißt, der sitzt jetzt auf dem Trockenen und wird nervös. Fahrt rüber, und wenn ihr was braucht, ruft mich an. Servus.«

Jetzt geht er wirklich, und die Bedienung verabschiedet sich mit ein paar Worten und einem Lachen von ihm und kommt zum Tisch: »So ein netter älterer Herr. Ehrlich, so was sieht man nicht jeden Tag. Ist das nicht ein bisschen unvorsichtig, dass Sie ihn jetzt so ganz alleine gehen lassen? Der wirkt so hilflos. Hoffentlich kommt er klar.«

Im Auto auf der Rückfahrt nach Atzdorf, da ist der Zeno immer noch stinksauer. »Da war eine Frau am Fenster auf der Fahrerseite und klopft und hält mir eine Landkarte hin. Ich Idiot lass die Scheibe runter und im nächsten Moment sprüht die mir was ins Gesicht und ich bin weg. Im Einschlafen hab ich noch gemerkt, dass die Beifahrertür aufgeht und sich ein Kerl über mich beugt. Das war's. Und das mir. Mir, verstehst du das? Nein, tust du nicht. Und ich will jetzt keine schlauen Sprüche von dir hören. Kein Wort. Kapiert?«

»Ist ja gut. Lass uns einfach über was anderes reden. Weltpolitik und Geschichte, die historischen Zusammenhänge zum Beispiel. Griechenland, ja, das passt, das ist was Aktuelles. Wiege der Zivilisation und Grab von unzähligen Euro-Milliarden und so weiter. Jetzt fragst du dich, die alten Griechen, die Gyros-Panscher und Pommes-Verbieger, wie können die uns die ganze Kohle aus der Tasche ziehen? Das hat Tradition, sag ich dir. Jahrtausendealte Tradition sogar. Weißt du, woher das Wort Europa kommt? Nein, weißt du nicht, weil du ja viel und gerne schläfst, besonders auf Parkplätzen. Macht nichts, ich sag es dir: Europa war die Schwester des Kadmos, und ursprünglich war sie wohl eine phönizische Königstochter, die der alte Zeus, damals als weißer Stier unterwegs, schwimmend nach Kreta entführt hat. Und dort hat er sie flachgelegt. Drei Kinder hat er ihr gemacht, eines davon war übrigens Minos, der spätere König von Kreta, mal so ganz nebenbei bemerkt. Gut, was?«

»Nein. Hab ich was verpasst? Was hat das ganze Mythos-Dings mit dem Euro zu tun?«

»Denk doch mal mit«, sagt der Stocker, »die Griechen haben Europa schon früher gebumst, und jetzt machen sie es wieder, einfach, weil sie es können. Das hat bei denen Tradition, kapiert?«

»Nein. Ich war noch nie in Griechenland und hab auch wenig Ahnung von der Tradition dort. Bei uns in der Kneipe gibt es aber eine andere Tradition, nämlich die, dass unsere Gäste abends was Gescheites auf den Teller kriegen. Ich bin bloß froh, dass ich das Sauerkraut schon vorgekocht habe und dass die Saiblinge filetiert sind. Gib Gas, die Küche wartet. Und halt bitte ab jetzt die Klappe.«

Und das gibt's in der »Endstation« heute Abend:

Gebratene Saiblingsfilets auf Curry-Sauerkraut mit Spinatspätzle

Für vier Personen sieht das so aus:
4 Saiblingsfilets mit Haut
400 g gekochtes Sauerkraut (in Weißwein mit Speck, Zwiebeln und Knoblauch)
200 g Spinatspätzle, einen TL Curry, einen Schluck Weißwein oder Fischfond.
Die Saiblingsfilets in Olivenöl-Butter-Mischung auf der Hautseite circa zwei Minuten scharf anbraten, dann die Pfanne von der Kochplatte nehmen und die Fischfilets in der heißen Pfanne noch kurz durchziehen lassen. Nicht wenden, erst direkt vor dem Servieren würzen (Salz, Pfeffer, ein Spritzer Zitronensaft, ein Spritzer Weißwein).
Das Sauerkraut in einer großen Pfanne anbraten, die Spinatspätzle zugeben, gut mischen, am Schluss mit etwas Weißwein oder Fischfond ablöschen und mit dem Curry abschmecken. Pfeffer aus der Mühle drüber und ab auf den Teller. Die Fischfilets, die eine knusprige Haut haben müssen, drauf und ab auf den Tisch.

»Schön, dass um diese Zeit schon einer ans Telefon geht. Hier spricht euer Lieblingskommissar. Hoffentlich habt ihr Mädels gut geschlafen. Ich nämlich nicht. Und heute früh, vor zwei Stunden, da hat mich der Staatsanwalt Reimers angerufen und mir erzählt, dass ich noch achtundvierzig Stunden habe, dann wird mir der Fall entzogen. Angeblich hat er Druck vom Oberstaatsanwalt bekommen, und der wiederum hat Druck vom BND gekriegt. Die rühren da selber in der Sache rum, mehr hab ich nicht erfahren können. Tja, und warum hab ich schlecht geschlafen? Weil der Achs verschwunden ist und mit ihm ein paar seiner Leute. Der ist uns nicht irgendwie durch die Lappen gegangen, sondern der ist einfach verschwunden. Hat sich in Luft aufgelöst. War nicht einmal in seiner Wohnung, nachdem ich ihn entlassen habe. Kann doch nicht sein, so was, oder?«

»Grüß dich, Zuckerhahn, auch dir einen schönen guten Morgen. Das mit dem Achs, das hast du doch selber so hingebogen, mit Handkuss verabschiedet, draußen auf dem Parkplatz, sodass das jeder sehen kann und alle denken, der hat gesungen bei dir im Büro. Was regst du dich also auf?«

»Weil ich geglaubt habe, der geht direkt zu seinen Bossen oder wird von einem von den Chef-Fahrern abgeholt, und wir können dranbleiben und schauen, was passiert. Jetzt ist der weg. Und wahrscheinlich schon seit ein paar Stunden mausetot. Und ich krieg den Scheißfall entzogen. Was soll's, raus aus dem Land kann er nicht gekommen sein. Wir überwachen die Flughäfen, Bahnhöfe, Autobahnen, alles, was es gibt, das ganze Programm. Aber wer steckt da dahinter, zum Teufel noch mal? Witzig ist auch, dass ich höre, dass die Rumänen ebenfalls auf der Suche nach dem Achs sind. Das glaube ich aber nicht. Ich denke, die haben ihn geschnappt, ausgequetscht und dann umgelegt. Also ist das alles nur Theaterdonner, was die jetzt hier veranstalten. In meinem Büro kann ich da mit keinem drüber reden, weil ich nicht weiß, wer der verdammte Maulwurf ist, deswegen erzähl ich den Mist dir, Stocker. Gut, den Achs wollte ich weghaben, aber ich wollte auch noch ein bisschen in dem Ameisenhaufen rumwühlen und den einen oder anderen von den Scheißkerlen einbuchten. Und an den Reimers komm ich jetzt auch nicht mehr ran und werde in diesem Leben wohl nicht mehr erfahren, auf welcher Seite der steht. Das wird mein privater Dreißigjähriger Krieg, das sag ich dir. Was läuft bei euch so?«

»Nicht viel. Wir kochen jetzt vor für heute Abend, und vielleicht fahren wir später, wenn hier Schluss ist, noch auf ein Poker-Spielchen zum Perlmann rüber. Keine Ahnung. Mal schauen.«

»Klingt gut. Ruf mich doch morgen mal an. Ich geh jetzt auf den Viktualienmarkt rüber und kauf mir ein paar Weißwürste. Und ein schön gezapftes halbes Bier dazu. Frust-Diät. Servus und Ende.«

»Hier irgendwo muss es doch rechts abgehen, oder?« Angestrengt schaut der Zeno aus dem Fenster und sagt zum Stocker, der am Steuer der Wanderdüne sitzt: »Wie viel hast du aus dem Safe genommen?«

»Zwanzigtausend, das muss reichen für den Einstieg.«

»Bist du bescheuert? Wir werden gewinnen und das Geld verdoppeln. Mindestens. Poker, das ist mein Spiel, das hab ich erfunden. Deswegen ist damals Las Vegas um mich herum erbaut worden. Da, fahr da rechts rein, die schmale Straße hier. Mach doch langsam, Mann. Da, hier, jetzt! Und gib mir das Geld rüber.«

Es ist zwar eine klare, mondhelle Nacht und fast kein Gegenverkehr mehr um diese Uhrzeit, aber fast hätte der Stocker die Seitenstraße übersehen. Kein Schild, nichts. Nur eine schmale, schwarz geteerte Straße führt in die Dunkelheit zum See runter. Nach vielleicht zweihundert Metern geht es durch eine Baumgruppe, dann scharf links ab, und eine Toreinfahrt taucht gleich darauf im Scheinwerferlicht auf. An den Säulen, die die hohen Mauern an beiden Seiten abschließen, sind Kameras zu sehen, die sich träge nach links und rechts bewegen. Das Tor selbst ist offen. Man sieht auf einen schwach beleuchteten, kiesbedeckten Platz. Darauf stehen vielleicht sechs oder sieben Autos: Porsche, Mercedes, ein Audi TT und zwei große BMWs. Die Fenster der Villa dahinter sind hell erleuchtet, die Hausfassade ist mattblau von unten aus versteckten Strahlern angestrahlt. An der Hausfassade stehen große Palmen und Ginkgobäume in riesigen Terrakottakübeln. Rechts hinter der Villa befindet sich ein beleuchteter Bootssteg, und Lichter von kleinen Schiffen tanzen langsam und verschwommen über den dunklen Chiemsee. Am Ende des Bootsstegs dümpelt eine Aquawatt Twin Carbon 848. Das ist eine der teuersten Elektro-Yachten. Und wer hat's erfunden? Die Österreicher. Sieht schon nobel aus, der Kahn.

»Schau, die Kameras. Weiter hinten auch. Und mit Sicherheit haben die hier auch Lichtschranken oder Infrarot-Wärmemelder

oder so was. Da kommt so schnell keiner rein, der nicht rein soll.«
Anerkennend nickt Zeno und deutet nach vorne: »Jetzt sieh dir
bloß das Haus an. Von so was träumt der Papst, sag ich dir. Und
die Autos davor. Willst du deinen Mülltransporter nicht lieber
draußen parken?«

»Beruhig dich wieder. Hier, nimm endlich das Geld. Du spielst,
ich setz mich an die Bar oder was die da haben. Mal schauen, was
abgeht.«

Über den knirschenden weißen Kies und dann über fünf Mar-
mortreppen gehen die beiden zu einer torähnlichen, zweigeteilten
Eingangstür, die sehr massiv aussieht und auf der linken Seite, auf
Augenhöhe, eine kleine Klappe hat. Gasfackeln brennen auf beiden
Seiten der Tür.

Die Klappe schwingt auf, und ein kantiges Männergesicht ist
in dem kleinen Quadrat zu sehen und fragt: »Sie wünschen?«

»Kranich. Hier gibt's Kranich, oder?«

Die Klappe schließt sich, und ein Torflügel gleitet auf. Der
Mann hinter der Tür tritt zur Seite und macht eine einladende
Bewegung mit der linken Hand. Die rechte hat er in der Sakko-
tasche seines schwarzen Smokings und hält einen Gegenstand, der
durchaus ein Revolver sein könnte.

»Ich kenne Sie beide nicht, wer hat Ihnen gesagt, dass es hier
Kranich gibt?«

»Alexej, mein Lieber, ich kenne die Herren, bitte sie doch rein.
Kommen Sie, kommen Sie.«

Hinter dem dunkelhaarigen, blassen und sehr massiven Russen
taucht eine Gestalt in einem weißen Anzug auf. Oh nein, denkt
sich der Stocker, der schaut ja aus wie dieser unsägliche Millionär,
der seine eigene Show auf RTL hat. Der mit der nervigen Frau,
wie heißt der doch gleich wieder? Und wirklich, wenn man sich
den Perlmann so ansieht: circa eins achtzig, mit gut und gerne
zwanzig Kilo Übergewicht und blond gefärbten, zurückgegelten
Haaren. Dann seine gelb getönte Pilotenbrille im bleichen Gesicht
und sein Lächeln, das genauso falsch ist wie seine Zähne, da glaubt
man schon, man ist im Fernsehen. Versteckte Kamera oder so.
Die Zähne sind zu viele, zu groß und zu weiß, aber bestimmt
scheißteuer, denkt sich der Stocker.

Aber da hat ihn Perlmann schon mit dem Arm um die Schulter genommen und sagt: »Sie müssen der Herr Stocker sein. Hab schon viel von Ihnen gehört und freue mich wirklich sehr, dass Sie endlich hierher zu uns gefunden haben. So eine Freude, also nein. Und Ihr Freund hier, das ist Ihr Partner, der Herr …?«

»Zeno.«

»Genau, Zeno, so heißen Sie. Waren Sie nicht früher mal auf der anderen Seite des Zaunes? Hüter des Gesetzes und so? Muss aber schön sein, wenn man schlussendlich entdeckt, wie man mit kreativem Denken und Unternehmergeist viel mehr Geld verdienen kann, nicht wahr? Kommen Sie, kommen Sie, immer herein. Wollen wir erst hier in der Halle einen Drink nehmen? Ja? Dann kann ich Ihnen kurz erzählen, was wir hier so alles tun, um uns das Leben schön zu machen.«

»Hier in der Halle«, das ist so, wie sich ein Japaner auf Droge Venedig vorstellt: viel Blattgold, Nippes, Glastische, Kristallleuchter, viel Marmor und Gips. Das alles auf ungefähr zweihundert Quadratmetern verteilt. Inklusive der Treppe aus dem Film »Vom Winde verweht«, die wahrscheinlich zu den Toiletten führt, die direkt vom Geiranger-Fjord durchgespült werden. Was bin ich froh, dass ich ein bisschen farbenblind bin, denkt sich der Stocker.

»Hier«, sagt Perlmann und zeigt auf eine Wassily-Sitzgruppe ganz in Weiß, »lassen Sie uns doch hier fürs Erste ein Glas Champagner nehmen. Alexej, machst du das bitte für uns?«

Der Russe knurrt vor sich hin und geht zu der in römischem Vor-Jesus-Kitsch gehaltenen Hausbar nebst Theke. An so was muss einst Josef, der Zimmermann, seine Maria rumgekriegt haben, denkt sich der Stocker, und an dem Resultat kauen wir heute noch. »So eine Hausbar hab ich schon mal gesehen«, sagt er zum Perlmann, »steht das Original nicht in Rom, im Vatikan?«

Perlmann sinkt in einen der Ledersessel, lacht und breitet die Arme aus wie ein Opernsänger: »Ja, Sie haben Humor. Ist das nicht schön? Endlich lerne ich Sie persönlich kennen, nachdem ich schon so viel von Ihnen und Ihrem Partner gehört habe. Neu ist mir, dass Sie gerne ein Spielchen machen wollen. Wissen Sie, wir sind hier ein ziemlich elitärer Club mit einigen wenigen und handverlesenen Mitgliedern, für die es allerdings keine Grenzen gibt.

In keiner Beziehung. Dies ist Ihr erster Abend hier, und deswegen erlauben Sie mir, dass ich Ihnen dieses Willkommensgeschenk überreiche. Hier, bitte!« Damit legt er zwei goldene Jetons auf den Glastisch mit Goldbeinen. Auf den Jetons ist in Goldprägung die Zahl Tausend zu sehen. »Gleich gehen wir nach unten, dann stelle ich Sie den anderen Mitgliedern unseres kleinen Clubs vor, und Sie werden sehen, dass man sich hier bei uns wohlfühlt.«

Alexej kommt mit den Champagnerkelchen, die außen feucht beschlagen sind, und stellt sie vorsichtig auf die Tischplatte. Perlmann nimmt ein Glas und produziert sein falsches Lächeln: »Hoch die Tassen, meine Freunde. Ich habe eigentlich schon mit Ihnen und Ihrem Besuch hier gerechnet, Herr Stocker. Ein Freund von Ihnen war vor zwei Tagen hier und der hat mir viel Interessantes über Sie und Ihren Partner erzählt.«

»Welcher Freund?«

»Na, jetzt spielen Sie bitte nicht mit mir, mein Lieber. Ich bin hier der, der die Spielrunden veranstaltet. Schon vergessen? Ihrem Freund können Sie sagen, dass er mich mit seinen Argumenten zwar überzeugt hat, an seinem Mode-Geschmack muss er aber noch arbeiten. In schwarzen Bundfaltenhosen mit einem schwarzen Hemd und dazu zu allem Überfluss auch noch eine schwarze Windjacke, also nein. Das geht ja so was von gar nicht. Wer läuft denn heutzutage noch so herum? Wenn er nicht einen gemeinsamen Bekannten als Referenz genannt hätte, dann wäre der gar nicht hier reingekommen. Selbst mit dem Losungswort nicht.«

»Ich will jetzt spielen«, sagt der Zeno und stellt sein Glas auf den Tisch, »ihr beide könnt ja ein bisschen plaudern, aber mich juckt es in den Fingern. Ich spiel für dich mit. Hier, schau dir die Kohle noch mal an, wenn ich fertig bin, ist es doppelt oder dreimal so viel.« Damit holt der Zeno das Geldbündel aus seiner Innentasche und schwenkt den beeindruckenden Papierstapel vor Stockers Nase. Dann steht er auf und winkt dem Russen: »*Dawai, towarisch*, jetzt geht's aufs Pferd.«

Alexej sieht den Perlmann an, der hebt eine Hand, und Zeno und der Smokingträger verschwinden durch eine Tür neben der Filmtreppe. Stocker trinkt und hört leise Musik aus verdeckt angebrachten Deckenlautsprechern: Frank Sinatras hundert größte Hits oder so was Ähnliches. Im Moment läuft »One for my Baby«, und Frankie-Boy schnulzt sich einen ab, dass der Schmalz nur so aus den Boxen tropft.

Stocker nickt mit dem Kopf zur Stuckdecke hin und sagt: »Der Kerl in dem Lied hatte eine katastrophale Liebesbeziehung, Herr Perlmann, und Sie müssen sich das jetzt so vorstellen: Der Kerl sitzt also an einer Theke und erzählt dem Barkeeper immer wieder, dass er ihm gleich von seiner schlimmen Enttäuschung erzählen wird. Aber die ganze Zeit erzählt er ihm nur, dass er ihm gleich was erzählen wird. Davon handelt das ganze Lied. Putzig, was?«

Perlmann stellt sein Glas mit einem Ruck ab, hat plötzlich einen leeren Ausdruck im Gesicht und greift in seine Hosentasche: »Ich glaube, ich verstehe, was Sie mir damit sagen möchten. Gut, kommen wir also gleich zur Sache.« Damit wirft er einen kleinen, durchsichtigen Plastikbeutel auf den Tisch, in dem sich ein feines weißes Pulver befindet, vielleicht fünfzig Gramm.

»Wir haben es geprüft. Es hat einen Reinheitsgrad von sechsundneunzig Prozent. So sauberes Heroin hab ich schon lange nicht mehr bekommen. Dass Sie mein Problem mit dem Lieferengpass, den ich im Moment habe, mit einem ziemlich hohen Preis für Ihre Ware kompensieren, das muss ich wohl hinnehmen, mein Freund. Erstaunlich übrigens, wie Ihr schwarzgekleideter Bekannter, und damit wohl auch Sie, wie Sie beide über meine Lieferanten informiert sind. Beziehungsweise über deren plötzlichen Ausfall. Wie dem auch sei. Ich mische mich in keine Revierkämpfe in München ein, ich habe hier rund um den See mein eigenes Ding am Laufen. Sie haben als erste Lieferung fünf Kilo, alles in dieser Qualität wie die Probe hier. Gut. Dafür wollen Sie einundeinhalb Millionen. Auch gut. Machen wir. Nur eins noch: Versuchen Sie nicht, hier unten rund um meinen Chiemsee einen eigenen Verteilerring aufzubauen. Das hier ist mein Gebiet. Rund um den See und rüber bis Kufstein. Kapiert? Ich habe hier meine Leute und meine Logistik. Beliefern Sie mich mit guter Ware und freuen Sie sich über prompte Barzahlung. Alles andere wäre Ihrer natürlichen Lebenserwartung sehr abträglich. Zwei Ihrer Berufskollegen haben das angezweifelt. Aber Ihnen brauch ich ja nicht zu erzählen, was so alles passieren kann im richtigen Leben, nicht wahr? Kommen wir unter diesen Umständen ins Geschäft?«

»Das können wir so machen. Wann haben Sie das Geld?«

»Natürlich habe ich so viel Bares nicht hier im Haus. Aber wenn Sie wollen, steht der Gesamtbetrag in ein oder zwei Tagen zu Ihrer Verfügung. Alles in Fünfhundert-Euro-Scheinen, in gebrauchten, natürlich. Wie wollen wir jetzt weiter verfahren?«

»Das spreche ich mit meinen Partnern ab. Sie werden bestimmt verstehen, dass auch wir auf unsere Sicherheit und auf unseren Quellenschutz bedacht sind. Lassen wir es für heute gut sein bei unserer Absprache. Morgen sage ich Ihnen, wie wir das mit der Übergabe machen werden. Einverstanden?«

Jetzt strahlt er wieder, der Perlmann, beugt sich über den Tisch und klopft dem Stocker auf den rechten Oberschenkel: »Ich habe gleich gewusst, dass man mit Ihnen gut und vernünftig reden kann. Eins noch: Zur Übergabe kommen nur Sie und maximal Ihr Partner, der Herr Zeno. Ich komme mit Alexej. Der macht auch gleich vor Ort die chemische Analyse. Schön wäre es, wenn wir die Übergabe auf dem Chiemsee machen könnten, dann komme ich endlich wieder einmal auf mein Boot, und da habe ich auch alles, was Alexej für den Schnelltest braucht. Was meinen Sie?«

»Wird sich einrichten lassen. Wie kann ich Sie, sagen wir mal, morgen Mittag erreichen?«

»Hier, mein Lieber, hier, schauen Sie«, sagt Perlmann und schreibt mit einem goldenen Cartier-Kuli eine Handynummer auf einen der Papieruntersetzer, die auf der Glasplatte des Tisches liegen. »Das ist eine Nummer, die Sie allerdings nur ein einziges Mal anrufen können, dann kommt das Handy in den Ofen. Man kann ja gar nicht vorsichtig genug sein heutzutage. Aber wem sage ich das, nicht wahr? Wollen wir jetzt nach unten gehen und schauen, wie Ihr Partner sein Geld vermehrt hat? Ja?«

Unten, das ist ein Riesenraum im Keller der Villa. Eine unwirkliche Welt, ein anderer Planet, könnte man sagen. Eigentlich ist es ein gigantischer Pool, der von unten angestrahlt wird. An die zwölf Meter lang und sicherlich zehn Meter breit, mit künstlich erzeugten Wellen und einem Meeresrauschen, das aus den Lautsprechern kommt, die man natürlich nicht sieht. In Blau, alles ist in einem hellen, unwirklichen Blau gehalten, und die Lichter von unten bewirken, dass sich das Wellenmuster an der Decke und an den Wänden bricht und sich bewegt. Im Wasser tummeln sich drei junge Frauen in Bikinis, und um den Pool herum sind die Spieltische aufgestellt. Zwei Pokertische und ein Roulette, dessen Kugel sich klackernd und in kurzen, hektischen Sprüngen von Rot nach Schwarz und zurück bewegt.

Gleich links neben dem Eingang und drei oder vier Treppenstufen nach unten, da steht eine Bar-Theke. Bestimmt ist die an die zehn Meter lang, mit Hockern davor und einer indirekt beleuchteten Glaswand mit eingebauten Glasregalen dahinter. Ein Barkeeper hantiert mit einer Fünf-Liter-Flasche Dom Pérignon, und am hinteren Ende des Pools ist ein hellblauer Konzertflügel, an dem sich ein in einem weißen Smoking gekleideter Pianist an Debussy vergreift. Gut, dass der schon tot ist, der Debussy. Die letzten Takte verklingen, und jetzt spielt er »La Mer«, das klingt schon besser und passt irgendwie in die skurrile Stimmung hier unten.

Vorne, nahe dem Eingang, stehen zwei Damen um die fünfundzwanzig an der Bar und unterhalten sich. Eine sieht aus wie die junge Liz Taylor, nur schöner, und die andere, die könnte unbesehen als ein Heidi-Klum-Klon durchgehen. Teuer gekleidet, beide. Escada, schätzt der Stocker, und die Schuhe der einen sind Manolo Blahniks, die andere balanciert auf Jimmy Choos mit Achtzehn-Zentimeter-Absätzen. Sehr elegant und sehr damenhaft, beide. Im Vorbeigehen hört man aber, wie die eine zur anderen sagt: »Und wenn du deine Scheißaugen nicht von meinem Alten nimmst, dann hau ich dir deine eigenen dicken Titten um die Ohren, du ausgschamte Dorfamsel, du. Hast mich?«

Schnell schiebt Perlmann den Stocker weiter zum Pokertisch, an dem Zeno mit drei anderen Männern sitzt. Alexej steht dahinter und beobachtet die Szene. Am Roulettetisch, auf der anderen Seite des Pools, lümmeln drei Kerle, die Stocker aus der Zeitung kennt: ein Landrat, ein Promi-Zahnarzt und ein Dermatologe. Am Tisch unten am Ende des Wasserbeckens wird offensichtlich Black Jack gespielt. Auch da ist gut Betrieb.

Zeno schaut über die Schulter und sagt zu Stocker: »Ich hab

erst knapp zehntausend verspielt, aber das ist Teil von meinem System. In einer halben Stunde gehört uns der ganze Laden hier, wirst du gleich sehen.«

»Na super, so ist er, mein Partner«, sagt der Stocker zum Perlmann, der grinsend hinter ihm steht. »Da fällt mir die Geschichte von dem Typen ein, der beim Pokerspielen in genau so einer Runde wie die, in der er hier jetzt sitzt, an die Zwanzigtausend verloren hat und deswegen am Pokertisch tot umfällt, so regt der sich da drüber auf. Seine Kumpels in der Runde sagen: ›Freunde, hilft alles nichts, der Sensibelste von uns, der muss jetzt zu der Frau von unserem toten Kumpel hier, und ihr das mit dem Totalausfall schonend beibringen. Aber schonend, wenn's geht.‹ ›Ich mach das, schließlich bin ich ja Psychologe‹, sagt einer. Steht auf und fährt zu der Frau. Die macht die Haustür auf und sagt zu dem Kumpel: ›Servus, grüß dich, wo ist denn mein Mann?‹ ›Der?‹, sagt der Kumpel. ›Der hat gerade zwanzigtausend beim Pokern verloren.‹ ›Was?‹, sagt die Frau. ›Da soll er doch gleich tot umfallen, der Sauhund, der.‹ ›Gut‹, sagt der Kumpel, ›ich geh und sag ihm das.‹«

»Ach, Herr Stocker, Sie sind wirklich ein Mann mit feinem Humor, so was weiß ich zu schätzen. Lassen Sie uns doch an der Bar noch etwas Champagner trinken, vielleicht möchten Sie auch mit einer unserer Hausdamen ins Gespräch kommen? Was meinen Sie?«

»Nein, das passt schon für heute. Schließlich haben wir alle morgen einen harten Tag vor uns, nicht wahr? Los, Zeno, schmeiß die Karten hin, wir haben zu tun.«

Seufzend legt der Zeno sein Blatt vor sich, deutet auf den Geldstapel in der Mitte des Tisches unter der Lampe und sagt zu seinen Mitspielern: »Ist schon im Pott, also lasse ich es liegen. Viel Spaß noch, bis zum nächsten Mal.«

Perlmann nickt Alexej zu und geht nach einer angedeuteten Verbeugung auf die andere Seite des Pools zu dem Roulettetisch. Stocker sagt zu Alexej: »Machen Sie sich keine Mühe, wir finden alleine hier raus. Wir sehen uns. Und immer schön geschmeidig bleiben.« Und zu Zeno: »Ohne Tritt Marsch, und Abgang.«

An der Bar neben dem Eingang kommen sie an den beiden

Spielerfrauen vorbei (im nächsten Leben werd ich auch Spielerfrau, denkt sich Stocker). Auf jeden Fall: Die beiden haben sich offensichtlich wieder so weit vertragen, dass sie in normaler Lautstärke miteinander reden können. Liz sagt gerade zu Heidi: »Deine Nase, das wollt ich dich schon lange mal fragen, hast du da was machen lassen, oder trägst du die schon immer so hoch?«

»Nein, gar nichts hab ich da dran gemacht. Also, wie kommst du denn auf so was? An mir ist alles Mutter Natur, fast jedenfalls. Aber die Knipplinger Angie, weißt schon, die Frau Metzgersgattin, die hat sich eine Designer-Muschi machen lassen, von dem berühmten Professor Dings, der da diese Hotel-Klinik an so einem See hat. Vom Allerfeinsten gemacht, kann ich dir sagen. Hat sie mir sogar gezeigt, neulich, auf der Toilette vom ›Sea-Inn‹.«

»Ehrlich?« Liz ist fix und fertig und nimmt einen kräftigen Schluck Champagner.

»*Yes*«, sagt die Heidi, »und weißt du was? Ich mein, in der Hotel-Klinik da am See, da ist sowieso alles inklusive, also *all you can eat* schon in der Früh. Das ist da ganz normal. Und finanzieren tun die auch, sehr günstig, die Angie hat sechsunddreißig Monatsraten ausgemacht für ihre neue Muschi, zu fünf Prozent, da kann man nicht meckern. Solange läuft dann ja auch die Garantie. Aber jetzt kommt der Hammer: Im Preis inbegriffen, da hat sie bei der Entlassung noch zwölf String-Tangas bekommen, exakt in ihrer Größe, alle mit dem Aufdruck: ›Wegen Renovierung geschlossen‹. So, was sagst du jetzt?«

Was die Klum jetzt sagt, das haben Stocker und Zeno aber nicht mehr mitgekriegt, denn die Stahltür hat sich hinter ihnen geschlossen. Durch die Halle und über den Kies auf dem Parkplatz gehen sie schweigend, und erst im Auto sagt Zeno: »Noch ein paar Minuten, und ich hätt sie alle im Sack gehabt, alle.«

»Klar, du denkst, du bist ein Spieler-Profi, oder?«

»Ich denke das nicht, ich weiß es.« Beleidigt schaut Zeno aus dem beschlagenen Fenster auf der Beifahrerseite.

»Dann sag mir: Woher weiß eine Kuh, dass sie kein Schmetterling ist, der träumt, dass er eine Kuh ist, hm?«

»Weil sie nicht fliegen kann, die Kuh. Aber ich weiß, dass ich hier abgeräumt hätte, wenn du mir noch ein paar lächerliche

Minuten gelassen hättest. Amen. Du verwechselt mich rein vom Intellekt her mit den beiden Mädels an der Bar. Aber ich bin ein Mann, der messerscharf denkt und analysiert. Klar?«

»Klar doch«, sagt Stocker und schaut in den Rückspiegel, bevor er den ersten Gang einlegt und anfährt, »der liebe Gott hat ja zuerst den Adam erschaffen, und weil's noch kein Fernsehen und kein Internet gab, damals im Paradies, kurz darauf die Eva. Da ist Adam zu Gott gegangen und hat gesagt: ›Mein lieber Scholli, warum ist die denn so schön?‹ Da hat Gott gesagt: ›Damit du sie liebst, Adam.‹ Das hat der Adam messerscharf analysiert und Gott kurz darauf gefragt: ›Schon klar, aber warum ist sie dann so blöd?‹ Da hat Gott geseufzt und gesagt: ›Damit sicher ist, dass sie dich auch liebt.‹«

»Wenn ich was hasse, dann solche Sprüche. Was hast du mit dem Hasenzahn da drin ausgemacht?«

»Ich?«, sagt Stocker. »Wenig. War schon alles ausgemacht. Unser Kollege, der Sperber, der hat dem Perlmann erzählt, dass wir beide hier in der Lage sind, ihm fünf Kilo Heroin zu liefern. Mit sechsundneunzigprozentigem Reinheitsgrad. Für eins Komma fünf Mio in Cash. Was soll ich da noch groß sagen? Ich bin doch schon froh, dass wir da heil und an einem Stück wieder raus gekommen sind. Und jetzt, du Analytiker, was machen wir jetzt?«

»Fünf Kilo, zu sechsundneunzig Prozent rein? Da zaubert der Perlmann, warte mal, an die dreißig Kilo draus. Mit einem VK auf der Straße von, na ja, von ungefähr sechs bis neun Millionen. Je nachdem, wie weit er den Stoff streckt. Guter Gewinn auf jeden Fall. Die Frage ist, warum macht der Sperber das? Woher soll der die fünf Kilo haben? Warum haut der uns in die Pfanne? Vielleicht will der Sperber das, dass der Perlmann und seine Geisteskranken über uns herfallen, dann ist dieses Problem, nämlich wir, auch aus der Welt. Aber was hat er davon?«

»Wie spät ist es? Viertel nach zwei oder so? Wir kommen in zwei Minuten nach Eggstätt, da ruf ich den Sperber an. Jetzt haben wir nämlich ein echtes Problem an der Backe.«

»Ja?« Verschlafen kommt die Stimme vom Sperber durch den Hörer.

»Jetzt pass mal auf«, sagt der Stocker und erklärt mit leicht vor Wut zitternder Stimme, was gerade so passiert ist, und fragt abschließend: »Bist du jetzt selber auf Droge, oder was?«

»Bleib mal ganz ruhig, Stocker. Die fünf Kilo, die hab ich. Bester Stoff übrigens. Und du und dein behämmerter Partner, ihr werdet den Deal machen. Weißt du, warum? Weil sonst dein Freund Zuckerhahn dran ist. Und wenn du den jetzt anrufst und dich bei dem ausweinst, dann ist der noch heute Nacht dran. Und du gleich mit. Ich hab nämlich genug Unterlagen von deiner Spanien-Scheiße gesammelt und von dem, was ihr im letzten Jahr hier abgezogen habt. Ich bin beim Bundesnachrichtendienst, schon vergessen? Und wir machen in erster Linie Auslandsaufklärung. Das ist unser Job. Pass mal auf: Allein das mit dem Geldtransport, das reicht, damit du für, na, sagen wir mal, für fünf bis zehn Jahre einfährst. Auch wenn du selber nicht dabei warst, das weiß ich alles, ich kenn die Story. Und dein Zeno war auch nicht in Persona dabei, ihr habt beide geile Alibis, weiß ich auch, aber der begleitet dich jetzt gleich mit beim Titanic-mäßigen Untergang. Und der Zuckerhahn, der kann froh sein, wenn er rund um den Chiemsee die Tüten aus den Hundeklos fischen kann. Noch Fragen?«

»Wo hast du den Stoff her, Sperber?«

»Den? Aus der Asservatenkammer. Ist noch von der Rumänen-Sache im letzten Jahr. Beschlagnahmt hat das Heroin übrigens unser Spezel Zuckerhahn, auch alles schön brav abgeliefert, nur viel von dem Bargeld ist verschwunden bei der Aktion. Natürlicher Schwund, ist mir auch scheißegal. Nur: Unterschrieben für den Stoff hat Zuckerhahn. Jetzt stell dir bloß mal Folgendes vor: Irgend so ein Sesselfurzer in München geht in die Asservatenkammer runter und schaut sich das Heroin an. Das ist aber mittlerweile zu astreinem Backpulver mutiert. Und der Zuckerhahn, der hat dafür unterschrieben. Also, *alea iacta est*, ist er dran. Und dann, die Geschichte ist ja noch nicht zu Ende, dann gehen Tipps von einem Informanten des BND ein. Die weisen auf dich und Zeno hin. Dreht sich da um ein paar Millionen Euro, die auf der Autobahn in Richtung Salzburg verschwunden sind, und noch ein paar so Kleinigkeiten. Huch, hoffentlich ist diese Verbindung hier abhörsicher, was meinst du?«

»Gut, wir machen das. Wie soll die Kiste ablaufen?«

»Ich kann das in meinem Alter nicht mehr so abhaben, wenn das Telefon mitten in der Nacht losklingelt. Ich muss mich erst mal ausschlafen. Morgen, also genauer gesagt heute, um elf Uhr, da treffen wir uns in Prien. Nur wir beide. Wo genau, das kriegst du noch per SMS. Ich bring die Ware mit und sag dir, wie es abläuft. Hat der Perlmann was vorgeschlagen?«

»Hat er. Auf dem See, sagt er, er kommt mit seinem Boot raus, und da treffen wir uns irgendwo mitten auf dem Wasser. Nur er und sein Alexej und das Geld in bar, und ich soll nur mit Zeno kommen, auch mit einem Boot und dem Stoff. Wie zum Teufel soll das ablaufen?«

»Perfekt wird das ablaufen. Besser hätt ich das selber gar nicht planen können. Ruf den Perlmann in der Frühe an. Nein, warte, ruf den um zehn Uhr an und sag ihm, das Geld muss in einem wasserdichten Koffer sein. Alles in Fünfhundertern und in drei wasserdichte Pakete abgepackt. Alle drei befinden sich dann in dem Koffer. Hast du das verstanden? Gut, weiter: Übergabe ist auf seinem Boot. Ihr, du und Zeno, ihr kommt mit einem Elektroboot, kannst du ihm erzählen. In so einem Dings, das man überall in den Bootsverleihen haben kann. Lass mich das organisieren, wo und wie erfährst du später. Sag ihm, der Treffpunkt ist morgen Nacht um Punkt dreiundzwanzig dreißig, und zwar genau in der Mitte zwischen Frauenchiemsee und der Krautinsel. Auf dem Wasser. Den Rest erkläre ich dir später, wenn wir uns sehen. Weißt du was, Stocker? Versau das nicht, und versuch nicht, mich kaputt zu machen, sonst mach ich dich kaputt. Dich und alles, was dir lieb und teuer ist. Das hier, das ist für mich der Schlüssel zu was Neuem. Das ist für mich wichtiger als alles, was ich bis jetzt getan habe. Der Schlusspunkt. Und wenn das gelaufen ist, dann habt ihr auch alle eure Ruhe von mir. Für immer. Alles an

Informationen, was ich so habe über dich, Zeno, den Zuckerhahn, das verschwindet auch für immer. Schlaf noch gut. Bis später. Ach ja: noch Fragen?«

»Nein, ist ja alles sonnenklar. Vor allem der Teil mit der Drohung. So ähnlich hat sich der Perlmann nämlich auch ausgedrückt, nur ein bisschen poetischer vielleicht. Jetzt kommt mein Gegenangebot, pass auf, denn das ist nicht verhandelbar: Wir machen das. Wir ziehen das durch, dieses eine Mal. Genau so, wie du das willst. Dafür möchte ich ein Drittel aus dem Geldkoffer. Gleich nach der Übergabe an dich. Dann kannst du machen, was du willst. Nur bleib mir und dem Zeno und dem Zuckerhahn und allem, was mir lieb ist, vom Leib. Wenn du so genau weißt, was bei mir so gelaufen ist, dann weißt du auch, dass ich Leute kenne, die dich finden. Überall, in jedem Winkel der Welt. Und dann hilft dir kein BND-Ausweis mehr. Wenn ich morgen Nacht nicht überlebe, dann bist du auch nicht mehr lange am Atmen. Hast du das so weit kapiert?«

Durch den Telefonhörer kommt ein raues kurzes Lachen, dann ein scharfes Einatmen, so, wie wenn Sperber noch was sagen wollte, aber kurz darauf unterbricht ein Klicken die Verbindung. Er hat aufgelegt. Stocker schaut sich den Telefonhörer in seiner Hand an und hängt ihn dann vorsichtig auf die Gabel.

Es hat leicht zu regnen angefangen. Nieselregen, und der alte Mercedes vor der Telefonzelle sieht im Licht der Straßenlaterne aus wie mit Glasperlen überzogen. Stocker fröstelt und geht schnell um den Wagen herum und steigt ein. Zeno, auf dem Beifahrersitz, wedelt mit dem ziemlich dünnen Banknotenbündel und meint: »Hast du auch über Unkostenerstattung gesprochen? Ich musste ja dummerweise mitten im Spiel abbrechen. Da haben wir natürlich einen ganz schönen Schwund in der Barschaft.«

»Ja.«

»Wow, du bist ja ein richtiges Plappermäulchen. Also, was geht ab?«

»Das wird dir nicht gefallen. Mir auch nicht. Und ein paar anderen Leuten wahrscheinlich erst recht nicht. Warum, zum Teufel, kann ich nicht einfach in unserer Kneipe vor mich hin kochen, Bier zapfen und leben, so wie die anderen auch?«

»Warum? Weil du mit deiner Vergangenheit keine andere Zukunft hast. Darum.«

Im Autoradio, auf Bayern 3, da läuft jetzt »Don't worry, be happy«. Göttlicher Humor, denkt sich der Stocker und erzählt seinem Partner, was da auf sie beide zurollt.

Der hört sich das schweigend an, schaut dabei auf die vorbeiziehende Landschaft, und erst als der alte Mercedes auf dem Schotterparkplatz vor der »Endstation« in Atzdorf ausrollt, sagt er: »Dann pack mer's. Was weg is, is weg. Aber erst schlafen wir uns aus. Ich geh noch schnell mit dem Josef vor die Tür.«

Früher war hier um die Ecke noch eine richtige Telefonzelle, denkt sich der Stocker, das war irgendwie gemütlicher und persönlicher als dieser futuristische Apparat an der Hauswand. In so einer Telefonzelle, da kann man seine Einkäufe auf den Boden stellen, dann geht die Tür zu und man muss nicht Angst haben, dass einem ein zufällig vorbeikommender Hund auf den Kopfsalat pisst. Was soll's. Jetzt starrt der Stocker auf den Papieruntersetzer, den ihm der Perlmann gegeben hat, mit der Einmal-wisch-und-weg-Telefonnummer drauf. Der hat eine Sauklaue wie ein Arzt oder Apotheker, der Perlmann. Ist das jetzt eine Eins oder eine Sieben? Ich nehm die Eins. Nach dem zweiten Läuten: »Stocker, mein Lieber, ich hoffe, Sie hatten eine angenehme Nacht? Na, wie schaut's aus mit uns beiden?«

»Gut. Machen wir es kurz: eineinhalb Millionen. In Fünfhundertern. In drei Pakete aufgeteilt, die wasserdicht sein müssen. Man weiß ja nie, nicht wahr? So, und das Ganze in einer Segeltuchtasche. Treff ist heute Nacht um exakt dreiundzwanzig Uhr dreißig, Sie kommen mit Ihrem Boot genau mittig zwischen Frauenchiemsee und der Krautinsel zum Stehen. Genau an der Stelle, an der die Distanz zwischen den beiden Inseln am geringsten ist. So weit verstanden? Gut! Wir, mein Partner und ich, wir kommen mit einem dieser kleinen Elektroboote, die man mieten kann. Wir sind beide unbewaffnet. Sie beide auch. Wir haben den Koffer dabei, den geben wir Ihnen rüber. Sie werfen einen Blick rein und geben uns die Tasche mit dem Geld. So einfach läuft das ab. Ist das okay für Sie?«

»Ja, natürlich. Alexej wird eine kurze Probe von dem Stoff nehmen und einen Schnelltest machen. Das dauert eine Minute. Aber wenn ich das Geld, Ihr Geld, wenn ich das so verpacken soll, wie wollen Sie das prüfen? Ob es echt ist, oder ob die Summe stimmt, meine ich?«

»Perlmann, Sie wollen bestimmt mit uns im Geschäft bleiben. Das hier ist die erste Lieferung. Außerdem: Ich weiß, wo ich Sie finde. Und ich habe Partner, die vollkommen humorlos sind. Also, auf gute Zusammenarbeit.«

Ein tonloses »Tja, dann bis später« kommt aus dem Hörer, und schon hat er aufgelegt, der Perlmann. Die haben einfach alle keine Manieren mehr, denkt sich der Stocker. Der Sperber, der legt einfach so auf, und jetzt der hier. Unhöflich, so was. Und ich, ich rede wie Al Pacino in »Scarface«, und zwischen meinen Beinen steht eine Tasche mit Kopfsalat, Schinken und Käse, Eiern und Paniermehl aus alten Brezen. Ich plane und kaufe ein für das Abendessen in der Kneipe, für die »Empfehlung des Tages«. Dabei weiß ich gar nicht, ob ich das, was ich heute Abend esse, ob ich das noch verdauen kann, jetzt mal rein zeitmäßig gesehen, denkt er sich und geht kopfschüttelnd zu seinem Auto.

Auf dem Weg nach Prien zum Treffpunkt mit Sperber schaut er auf sein Handy, eine SMS ist gekommen: »Café Heider am Marktplatz Prien – 11.00« steht da. Sonst nichts. Da kann ich noch schnell beim Praxen-Max vorbeischauen und die Renkenfilets holen, denkt er sich. Für das Fisch-Cordon-bleu, das es heute geben soll, sind seine Filets mit der Haut noch dran einfach die besten.

Am Kreisel in Prien rechts hoch und dann auf die frisch gepflasterte Hofeinfahrt, die gleich links nach ein paar hundert Metern kommt, und fünf Minuten später hat der Stocker seine Filets im Auto. Normalerweise ist immer Zeit für einen kleinen Plausch, aber heute, heute ist nicht so der Tag zum Rumplaudern.

Und das soll's heute Abend geben, das Rezept ist für vier Personen:

Renken-Cordon-bleu auf warmem Kartoffelsalat

Wir brauchen:
8 Renkenfilets, 1 Ei, Sahne, Mehl, Brezen-Brösel (beim Bäcker bestellen oder selber alte Brezen reiben), 4 Scheiben roher oder Schwarzwälder geräucherter Schinken, 4 Scheiben Gouda oder Emmentaler, dann noch Butter und Öl zum Rausbacken.
Die Filets mit der Hautseite in Mehl drücken, dann durch die Sahne-Ei-Mischung ziehen (wichtig: nur die Hautseite

bearbeiten), dann in die Brösel legen und leicht andrücken. Jetzt
auf jede Filet-Innenseite eine halbe Scheibe Schinken. Zwei
Filets vorsichtig zusammenklappen, vorher aber eine Scheibe
Käse zwischen die Schinkenblätter legen. Mit einem Schaschlik-
Spieß oder Holz die beiden Filetstücke zusammen fixieren. Das
kann man aber auch mit einem Kochfaden machen. So, jetzt den
Fisch in einer Mischung aus Butter und Olivenöl rausbacken, auf
mittlerer Hitze circa drei Minuten auf jeder Seite.
Dazu einen lauwarmen Kartoffelsalat und grünen Salat.
Mahlzeit.

Natürlich ist er schon da: schwarze Hosen, schwarzes Hemd und die unvermeidliche schwarze Windjacke. Nicht zu übersehen zwischen all den Rentnern und Kurgästen und Touristen. Jetzt muss man sich aber erst mal das Ambiente vorstellen: Das »Café Heider«, wenn man da reingeht, denkt man, man ist in Wien. Alleine schon die Theke mit den Torten und Kuchen, dann die Korbsessel im Café, und der Kristallglasleuchter. Ein Stück Wien in Prien. Reimt sich sogar.

Ich war schon lange nicht mehr hier, denkt sich der Stocker, dabei machen die hier ein Brot zum Niederknien, und die Brezen erst: Die sind dunkel und saftig. Ich bin ja jetzt so was wie ein Selbstmörder, wenn ich an heute Nacht denke, irgendwie so wie diese Leute, die sich ganz bewusst in die Umlaufbahn sprengen, so bin ich durchaus, denkt er sich. Und ebendiese Kerle, die wissen auf alles eine Antwort, kennen aber die Fragen gar nicht. Also ich, wenn's mich erwischt, ich wünsch mir in meinem privaten Paradies die Brezen vom Haider.

Ein paar von denen hat der Sperber aber schon bestellt: Auf dem Tisch, der hinten links neben der Säule steht, ist neben einer Kanne mit Kaffee und einem Haferl mit Milch ein Teller mit vier oder fünf Butterbrezen zu sehen. Stocker zieht sich einen der braun gestreiften Korbstühle her und setzt sich.

Sperber beugt sich über den Tisch und sagt: »Schon interessant. Da, am Tisch hinter dir, die drei alten Mädels, die reden über einen Bürgermeister, der anscheinend hier ganz in der Nähe in einem kleinen Dorf der Mufti war. Die Bärenklaue, so haben die den genannt. Und irgendwas von einem Vaterschaftstest haben die auch erzählt. Die arme werdende Mutter, die war blöderweise zu der Zeit wohl mit vier oder fünf von den örtlichen Jauche-Königen in der Kiste. Aber zugeschlagen hat schlussendlich die Bärenklaue, also rein genetisch gesehen. Schon irre, wie es bei euch auf dem Land so abgeht. Hast du mit Perlmann geredet?«

»Ja. Heute Nacht um halb zwölf steigt die Sache. Genau

zwischen den beiden Inseln Frauenchiemsee und Krautinsel am engsten Punkt. Wie du wolltest. Was zum Teufel soll das werden? Ich werde ganz bestimmt nicht für dich in Zukunft den Dealer machen. Also, was läuft da?«

»Pass auf, Stocker, ich erzähl dir jetzt was. Ich war fast zwanzig Jahre bei der Kripo. Da hab ich für ein paar Mark fuffzig den Arsch hingehalten. Dann hab ich selber ein kleines bisschen abgeräumt und immer kräftig meine Bosse mitverdienen lassen. War gut, aber dann haben die ein Bauernopfer gebraucht, und das war ich. Rausschmeißen konnten die mich nicht, also haben sie mich befördert und zum BND weggelobt. Und auch da haben alle in meiner Gruppe kräftig hingelangt, wenn es ging. Nebenbei hab ich für die München-Mafia ein paar Jobs erledigt und für ein paar Politiker die Kastanien aus dem Feuer geholt, da hat's schon mal den einen oder anderen Kollateralschaden gegeben. Haben aber alle ein tolles Begräbnis bekommen. Und voriges Jahr, da hat mir doch glatt einer die Bremsschläuche von meinem Auto angesägt. Da hab ich gewusst, es ist so weit. Die brauchen dich nicht mehr, du bist ab jetzt Ballast für die. Hätt mich beinahe erwischt auf der A 8, bei knapp zweihundert auf der Überholspur. Und da hab ich mir gedacht, Sperber, du alter Raubvogel, geh auf deinen letzten Flug nach Süden, bevor die Vogelfänger kommen. Hier sind mittlerweile größere Greifer im Revier, und rein evolutionsmäßig gesehen, da bist du dran. Einer von den großen Vögeln, der ist so weit aufgestiegen, dass der jetzt einiges wegräumen muss, was ihm nach oben geholfen hat. Verstehst? Nein? Auch gut. Ich mach noch den einen letzten Deal, dann hab ich genug Geld für die paar Jahre beisammen, die mir noch bleiben. Warst du schon mal in Neuseeland? Nein? Ich schon. Und da will ich wieder hin. Auf der anderen Seite der Insel, also, wenn du nach Auckland kommst, da gibt's ein Kaff, das heißt Clarks Beach. Das müsste eigentlich Clarks Paradies heißen, so traumhaft schön ist es da. Genau dort war ich mal. Und da hab ich mich an den Strand gesetzt und mir geschworen, eines Tages, da kommst du hierher zurück, und dann bleibst du einfach da. Dann setzt du dich jeden Tag hierher und zählst die Wellen. Soll ich dir was sagen? Es kommen immer sechs kleine und dann eine große. Und die Wellen, die reden mit dir.

Dauert lange, bis man das raushört an dem Strand, wo der Sand so weiß ist wie, ja, wie was? Keine Ahnung. Und ich in meinen schwarzen Klamotten da an dem Strand. Weißt du, warum ich immer Schwarz trage? Erstens, ich bin farbenblind, und bei Schwarz, da kannst du nicht viel verkehrt machen. Und zweitens, wenn du was machst, einen Job, und später werden die Zeugen verhört, da erinnert sich jeder an den Mann mit dem gelben Hut oder mit dem hellblauen Mantel. Aber einen alten Sack in Schwarz, den sieht keiner.«

»Mir kommen die Tränen. Lass uns übers Geschäft reden.«

Sperber hält dem Stocker den Teller mit den Butterbrezen hin und sagt: »Hier, solche Butterbrezen findest du heutzutage selten. Die sind wirklich außergewöhnlich gut. Nimm eine. So, und jetzt pass auf: Du fährst nach Breitbrunn, dann die Seestraße runter bis zum ›Gasthaus Oberleitner‹. Da parkst du irgendwo. Dann gehst du runter zum Wasser, halte dich rechts, am letzten Steg rechts, ganz hinten, da liegt eins von diesen Elektrobooten. An der Windschutzscheibe wird eine Aldi-Tüte sein. Das Boot ist deins. Mit dem fährst du an den Treffpunkt. Du brauchst vom Hafen bis zum Treffpunkt etwa eine Viertelstunde. Nimm den Rucksack, der hier unter dem Tisch steht, und gib ihn, so wie er ist, dem Perlmann. Bastel nicht an dem Rucksack rum. Mach ihn nicht auf. Ist besser für dich, glaub mir das. Der Perlmann wird dir das Geld geben. Geh nicht an Bord zu ihm, egal, was er sagt. Bleib in deiner Touristenmuschel. Dann fahr genau so zurück, wie du gekommen bist. Aber *presto*. Wir sehen uns, ich nehme das Geld, gebe dir die fünfhunderttausend und bin weg, für immer. Ich hab Unterlagen, die betreffen dich, den Zuckerhahn, den ganz besonders, dann den Zeno und ein paar von deinen spanischen Freunden. Die Papiere hab ich bei einem Notar in München gebunkert. Den ruf ich an, sobald ich in Sicherheit bin. Dann vernichtet der das alles. Ich bin weg, und euch kann keiner was tun, weil es keine Beweise mehr gibt, auch keine Hinweise, hab ich alles ganz sauber geklärt und alles entfernt, was euch gefährlich werden könnte. Ist das ein Deal?«

»Was ist mit dem Boot, das, das wir benutzen werden, meine ich? Was tun wir anschließend damit?«

»Das bringst du genau dahin zurück, wo du es heute Nacht

vorfindest. Zieh Handschuhe an, wenn du willst. Der Zeno, der soll auch welche anziehen. Ich hab alles genau geplant, es kann eigentlich nichts passieren, aber man kann ja nie wissen, nicht wahr?«

»Weißt du was?«, sagt der Stocker und beißt in eine Butterbreze, kaut und schluckt runter und redet dann erst weiter: »Zu meiner Zeit in Spanien, wenn da einer gesagt hat, kein Problem, dann hast du gewusst, dass du ein Problem hast. Und zwar kein kleines. Gut, wir machen das jetzt so wie besprochen. Aber wie schon in unserem Telefonat erwähnt: Wenn was schiefläuft, dann sollte es so schieflaufen, dass der Zeno und ich das nicht überleben, denn sonst, mein Lieber, geht's dir an die Federn. Ich hab mich rückversichert, genau wie du. Meine Kumpels, du weißt schon, wen ich meine, die wissen Bescheid. Und die haben technische Möglichkeiten, da seid ihr vom BND die reinen Montessori-Deppen dagegen. Noch was: Warum ist der Stoff in einem Rucksack und nicht in einem Alukoffer oder so?«

»Das willst du alles nicht wissen. Mach du deinen Job. Ist nur das eine Mal. Und der Perlmann, der wird euch nichts mehr tun können, wenn ich mit dem fertig bin. Das gehört mit zu dem Deal. Okay?«

»Okay. Ich muss weg, und du musst sicher noch packen. Mach's gut, Sperber, und überleg genau, was du machst. Wir tun das auch. Servus. Und danke für die Einladung.«

Damit nimmt der Stocker den schwarzen Rucksack, der rechts neben ihm unter dem Tisch liegt, und geht aus dem Café. War vielleicht die letzte Butterbreze meines Lebens, denkt er sich. Aber gut war sie.

»Ich hab Hunger, mir knurrt der Magen.« Stocker schaut sich am Uferweg um, der rechts hinter dem »Gasthaus Oberleitner« abgeht, wenn man die Seestraße in Breitbrunn runterfährt bis zum Wasser.

»Du hast keinen Hunger, du hast Angst«, sagt Zeno, »und Angst ist nicht die Abwesenheit von Mut. Kenn ich aber alles, glaub mir das. Da links ist der Bootssteg, und da hinten, da muss das Boot liegen.«

Kalt, nein, kühl ist es geworden, und vom See her zieht leichter Nebel über das Wasser. Der Mond ist fast voll und beleuchtet die Boote, die an den Stegen sanft vor sich hin schaukeln. Schräg hinter ihnen, im Gasthaus, da ist alles schon dunkel. Stocker stellt den Motor ab, nimmt den Rucksack von der hinteren Sitzbank und steigt aus dem Mercedes. Die Innenbeleuchtung des Autos ist ausgeschalten, und leise werden die Türen ins Schloss gedrückt.

Zeno rückt das Pistolenhalfter an seinem rechten Knöchel zurecht, und Stocker hält den Rucksack wie ein Tier, das er gerade gefangen hat, und von dem er nicht gebissen werden will.

Am Ende des alten Holzstegs liegt das Elektroboot mit der Aldi-Tüte an dem rechten Scheibenwischer. Lautlos fahren die beiden auf den dunklen See hinaus, rechts sind noch ein paar Lichter von Urfahrn zu sehen, und links blinkt irgendwas aus der Richtung von Weingarten über das Wasser. Schweigend gleiten sie auf dem mattglänzenden Chiemsee an der letzten Landzunge vorbei hinüber zu den Inseln. Nach vielleicht zehn Minuten sagt Zeno: »Halt dich links jetzt. Da vorne, das schwarze Loch rechts neben der Fraueninsel, da ist es. Siehst du ein Boot oder so was?«

»Das ist kein Boot wie das hier, das ist eine Twin Carbon 848, die ist an die zwanzig Knoten schnell, also, die macht leicht doppelt so viel Speed wie wir hier mit der Neckermann-Wanne. Außerdem hat die eine Kabine, direkt vorn im Bug. Mit Fenstern. Bullaugen, wie wir Seeleute sagen. Warum erzähl ich dir das? Weil da einer drin sein kann und rausschießen, verstehst du?«

Zeno seufzt, setzt ein Nachtglas an die Augen und sagt: »Elender

Schlaumeier. Da liegen sie, genau vor uns. Vorne am Bug, da ist diese kleine blaue Lampe, siehst du das?«

»Nein. Wie lange brauchen wir noch?«

»Fünf Minuten. Wenn der Sperber hier irgendwo ist, dann ist er unsichtbar. Ich sehe außer dem Boot nichts. Hinter dem Steuer, da steht einer, wahrscheinlich der Alexej, dieser Arsch, aber der schaut in Richtung Frauenchiemsee. Mit einem Nachtsichtgerät, du glaubst es nicht.«

»Was kann da sein?«

»Der Sperber mit einem Scharfschützengewehr, der uns alle ins Nirwana ballert und dann die Kohle und den Stoff hat? Oder seine Kollegen vom BND, die darauf warten, den Fang des Jahres zu machen? Keine Ahnung. Ich trau dem Sack nicht. Hab dem nie getraut, schon damals nicht, als ich noch bei der Bullerei war. Und Zuckerhahn, der ist dem auch immer großräumig aus dem Weg gegangen. Mach langsam jetzt, hier auf dem See kann man sich mit dem Tempo und den Entfernungen leicht verschätzen.«

Die Twin Carbon wird jetzt schnell größer, und ein paar Sekunden später hätte Stocker das Boot, das irgendwie wie eine dieser Riva-Schüsseln aussieht, die sich auf dem Gardasee tummeln, beinahe frontal gerammt.

»Ho, ho, ho, meine Herren, immer langsam«, sagt Perlmann, der aus dem Dunkel aufgetaucht ist und neben Alexej vorne am Steuer des Neun-Meter-Bootes steht. »Heute vergessen wir mal die gesellschaftlichen Höflichkeitsformen. Wo ist meine Ware?«

»Hier!« Stocker hält den Rucksack hoch, mit der linken Hand, rechts hält er das Steuer.

Wortlos nimmt Alexej einen Bootshaken, der an einer langen Alu-Stange befestigt ist, und hält ihn zu dem wesentlich kleineren Boot rüber. Stocker hängt den Rucksack an den Haken, die Stange biegt sich nach unten und Alexej hievt den Rucksack an Bord der Twin Carbon. Perlmann bückt sich ins Dunkel vor ihm, und Stocker sieht aus dem Augenwinkel, wie Zeno plötzlich eine Pistole in der Hand hat, die er aber so ans Knie hält, dass Perlmann sie nicht sehen kann.

Perlmann hebt eine dunkle Segeltuchtasche hoch, schwingt sie zweimal und wirft sie zu Stocker rüber. Zeno fängt die Tasche mit der linken Hand und legt sie auf die Sitzbank zwischen ihnen. »Mach auf, schau nach.«

Während Stocker die Tasche öffnet, macht sich Alexej an dem Rucksack zu schaffen. Er nimmt eins der weißen Pakete raus, sticht mit einer Injektionsspritze rein, drückt kurz und zieht dann etwas von dem Pulver in die Flüssigkeit, die bereits in dem Glaskolben der Spritze ist. Er schüttelt die Spritze, hält sie gegen eine kleine Taschenlampe und nickt zu Perlmann.

Stocker hat sich die drei Pakete in der Tasche angesehen. Geldbündel, Fünfhunderter, in durchsichtigem Plastik eingeschweißt. Könnten einundeinhalb Mio sein. Oder auch nicht. Was ist hier los, was passiert jetzt?, denkt er sich. Wie lange bin ich schon hier? Eine Stunde? Eine Minute?

Ffht. Ffht. Zweimal und leise, so wie ein Zischen, wenn man eine Mineralwasserflasche öffnet, mehr ist nicht zu hören.

Perlmann und Alexej fallen aber vornüber. Nein, sie fallen nicht. Sie … sinken hin wie Marionetten, denen man schnell und entschlossen mit einem Schnipp die Fäden durchtrennt hat. Zeno hebt seinen Revolver in die Dunkelheit, und hinter Perlmanns Boot taucht ein dunkles Kajak auf und geht neben dem Perlmann-Boot längsseits. Es ist eins von diesen Klepper-Booten, die man ruck, zuck zusammenstecken kann und dann lospaddelt. Eigentlich ein Spielzeug.

Aber in diesem Spielzeug sitzt der Sperber. Ganz in Schwarz, natürlich, wie auch sonst. Das Kajak gleitet dicht an das Elektroboot, und plötzlich hat auch Sperber seine Pistole wieder in Augenhöhe. Mit einem Schalldämpfer vorne dran. Er schaut nach links auf die Twin Carbon, aber da hat die Besatzung längst Feierabend gemacht.

Zeno zielt auf Sperber. Der zielt auf Zeno, legt das Paddel weg und sagt zum Stocker: »Wir haben einen Deal, oder? Sag ihm, er soll seine Kanone runternehmen. Sag ihm, er soll eins der drei Pakete aus der Tasche nehmen, das ist für euch, und dann sag ihm, dass ihr euch beide von hier verpissen solltet. Schnell und unauffällig. Los. Rede mit ihm. Ich hab kein Problem damit, euch beide hier und jetzt wegzublasen, glaub mir das.«

»Zeno, nimm ein Paket raus und wirf ihm die Tasche mit den

anderen beiden rüber. Ich leg jetzt den Rückwärtsgang ein. Hörst
du? Wir fahren schon an. Wirf endlich die Scheißtasche rüber.
Mach, Mann. Der schießt nicht. Sonst ist der morgen oder übermorgen selber tot. Mach an. Los! Jetzt!«

Wie in Trance nimmt Zeno eins der Geldpakete und legt es
auf den Boden des Bootes. Sein Revolver zielt noch immer auf
Sperber, der wie ein Beinamputierter in seinem Kajak sitzt und auf
den Zeno zielt. Alle drei Boote schaukeln leicht, und es riecht nach
Schilf und Wasser. Von der Fraueninsel, die keine hundert Meter
weg ist, kommen leise Musikfetzen über den See, und der Mond
wirft ein weißes Licht auf die Szene. Lachen, man hört Lachen.
Irgendwo da drüben lachen Menschen, und wir hier, wir sterben
wahrscheinlich gleich alle drei, denkt sich der Stocker.

Zeno nimmt jetzt die Tasche, hält sie hoch und wirft sie zum
Sperber rüber. Mit einem Platschen schlägt sie auf das kalte Wasser
direkt neben dem Kajak. Sperber zieht die Tasche zu sich heran,
hält aber immer noch den Revolver in der ausgestreckten rechten
Hand und schwenkt ihn von Zeno zu Stocker: »Mach's gut. Ich
halt mich an den Deal. Haut jetzt ab, ich räum hier auf.«

Stocker zieht das Steuer herum und stellt den Schalter vor sich
auf »volle Kraft«. Hinter ihnen verschwinden langsam die Umrisse
der Twin Carbon in der Nacht.

Nach drei oder vier Minuten, keiner hat ein Wort gesagt, erhellt
eine Explosion den See, und vielleicht eine halbe Sekunde später
kommt der Knall über das Wasser. Zeno schaut zurück und sagt:
»Der verrückte Hund hat das Boot gesprengt. Der ist noch viel
irrer, als ich gedacht hab.«

Stocker, der nicht so recht verstanden hat, sagt: »Was?«

»Nichts, fahr zu. Ich hab nur gesagt, ich muss gleich noch mit
dem Hund raus.«

Musikkneipe »Endstation«, am nächsten Morgen, 10.30 Uhr

»Jetzt mach doch einer das Radio lauter, auf dem See ist letzte Nacht schon wieder was passiert!« Die Nellie sagt das, während sie dem Stocker, dem Zeno und dem Josef ein etwas spätes Frühstück in den Biergarten bringt. An den Tisch, der genau unter der alten Kastanie steht. Die schmutzt zwar unfassbar, die Kastanie, aber schön ist sie. Und aus dem offenen Küchenfenster, da hört man Bayern 3: »… ist gestern kurz vor Mitternacht ein Boot in Brand geraten und kurz darauf gesunken. Anwohner von Frauenchiemsee wollen eine Explosion gehört haben. Die beiden Insassen des Bootes, ein Geschäftsmann aus der Nähe von Gstadt sowie sein Angestellter, sind bei dem Unglück ums Leben gekommen. Die Rosenheimer Kripo untersucht den Vorgang, es gibt aber bis jetzt keine Hinweise auf Fremdverschulden. Und jetzt das Wetter in Bayern von Gerhard Amberger …«

»Ist das nicht fürchterlich? Jetzt sagt doch mal was! Also, ich versteh das nicht. Ihr beide sitzt da und verzieht keine Miene. Dabei ist schon wieder was Schlimmes passiert, da muss man doch endlich mal was machen. Auf dem See, da sterben die Leute wie die Fliegen. Und hier bei uns in der Kneipe, da geht ein Kripo-Kommissar aus und ein, ihr beide kennt den, und ihr kennt den Ringo. Der ist auch bei der Polizei. Und was macht ihr? Sitzt hier, schaut in die Sonne und spielt mit eurem Hund. So richtige Sugar-Daddys seid ihr geworden. Bequem und keinen Biss mehr. Schade.«

Kopfschüttelnd geht die Nellie in die Gaststube.

»Hier, der Postbote war gerade da. Der soll den Josef nicht immer
füttern. Der wird zu fett. Das da, das ist Reklame. Aber hier, eine
Postkarte. Die ist an euch beide adressiert, aber wen kennt ihr denn
in Neuseeland? Und wer schreibt so blödes Zeug?«

Die Nellie wedelt mit einer Karte und legt sie auf den Tisch unter der Kastanie. Stocker und Zeno sprechen dort die Abendmenüs
durch, Josef frisst irgendwas, das er in den Büschen gefunden hat,
und Nellie stellt sich hinter Stocker und schaut auf die Postkarte.

Die zeigt einen hellblauen Himmel, einen grellweißen Sandstrand und im Hintergrund, unter Palmen, da sieht man ein paar
alte Fischerboote mit gerafften Segeln. Mit ihren fetten Holzbäu-
chen liegen sie wie betrunken nach Steuerbord geneigt am Strand
und warten, bis die mittägliche Gluthitze verschwindet.

»*Come to Clarks Beach*«, steht da, und Stocker dreht die Karte
um und schaut auf die bunte Briefmarke. Neuseeland, stimmt.
Als Anschrift: »Stocker und Zeno, Gaststätte Endstation, 83…
Atzdorf.«

»Versteht hier einer, was der mit dem Text meint?«, fragt die
Nellie. »Für mich klingt das wie ein Gedicht.«

Auf der Karte steht:

»Frei sind Körper, leer die Hand … was einst gesammelt … ist
längst verbrannt.«

Anstelle einer Unterschrift ist der Umriss eines Vogels, eines
Raubvogels gezeichnet.

»Was soll das sein, ein Habicht? Ein Adler?«, fragt die Nellie.

»Nein«, sagt der Stocker, »ich glaub, das ist ein Sperber.«

Nachwort

Was soll man jetzt noch sagen? Der Stocker, der hat endlich seinen Traum verwirklicht und den »Chiemgauer Wirtshausführer« geschrieben. Das war ihm ein Herzensanliegen. Ein Verlag hier am Chiemsee hat das Buch nach einigem Hin und Her sogar herausgebracht, und die hiesige Zeitung hat anlässlich einer Buchbesprechung darüber geschrieben: »Seit Anfang dieser Woche gibt es in unserem an sich schönen Bayern ein weiteres Werk aus der Rubrik: Bücher, die die Welt nicht braucht.« Und so weiter, da muss man jetzt nicht so ins Detail gehen.

Der Verleger verramschte den Wirtshausführer daraufhin flächendeckend an Sondermarktbetreiber, Flohmarktbeschicker und Biogasanlagen-Besitzer.

Stocker, von Zeno vorsichtig auf den oben genannten Zeitungsartikel angesprochen, meint aber nur: »Der blanke Neid. Die fürchten meine scharfe Feder. Schon die pure Anwesenheit des Gegners auf dem Platz verändert das Spielverhalten der eigenen Mannschaft. Ein Spruch aus dem Fußball-Sprachgebrauch. Aus der englischen Premier-Liga übrigens.«

Zeno hat sich daraufhin zu einem manischen Flohmarktgänger entwickelt. Jeden Sonntagfrüh stöbert er auf den noch morgenfeuchten Dorfwiesen-Events und in Hallenmärkten nach Exemplaren des Wirtshauswerkes und kauft alles kommentarlos und ohne zu handeln auf. Die Bücher gehen als humanitäre Hilfe in bedürftige Länder wie Nigeria oder die Fidschi-Inseln.

Nellie, die »Endstation«-Bedienung und überzeugte Gin-Tonic-Trinkerin, die ist immer noch solo. Sie schreibt aber neuerdings beziehungsbezogene Kurzgeschichten für das Eggstätter Gemeindeblatt. Mit Titeln wie: »Keiner liebt dich … wieso ich?«, oder, auch gut: »Ab morgen trinke ich nicht mehr … aber auch nicht weniger.«

Josef, der hauptberufliche Dackel mit eigenem Fanclub, der ist mittlerweile neben seinem Job als Securitychef in der Kneipe auch noch von den dortigen Stammgästen zum »Gemütlichkeitsbeauf-

tragten h. c. mit Anwartschaft auf den bayrischen Verdienstorden«
gewählt worden.

EKHK Zuckerhahn ist wegen diverser Ungereimtheiten im
Achs-Fall vorläufig vom Dienst suspendiert. Bei vollen Bezügen allerdings. Er arbeitet deswegen zum Zeitvertreib bei CHANNEL 42,
einem unsäglichen TV-Verkaufssender, der erst ab Mitternacht
auf Sendung geht. Dort macht der Ex-Kommissar (als Sedlmayr-
Double geschminkt) Werbung für eine Instant-Pilzsuppe aus der
südlichen Ukraine (nahezu ohne Geschmacksverstärker). Mit den
Worten: »Mei, san de guad, de Schwammerl, und des ois fast ohne
Chemie.«

Ja, und nach dem Sperber, nach dem wird nach wie vor weltweit
gefahndet. Das BKA hat letzte Woche sogar eine Truppe von
Zielfahndern nach Mallorca geflogen aufgrund eines anonymen
Tipps: Sperber sei dort gesichtet worden, getarnt als schlecht ge-
schminktes Double eines bekannten deutsch-griechischen Schla-
gersängers. Angeblich soll er dort wiederholt zu später Stunde
(auf dem Ballermann singend) sein Unwesen getrieben haben.
Bei dem anschließend auf Mallorca vorgefundenen Mann handelte
es sich dann allerdings tastsächlich um C. C. Dieser konnte durch
das fehlerfreie Absingen diverser deutscher Schlagertexte seine
Identität zweifelsfrei beweisen. Einer der Zielfahnder hat sich bei
der Gelegenheit eine Best-of-CD des Künstlers gekauft und diese
für seine Frau signieren lassen. Denn, unabhängig davon, ob man
C. C. mag oder nicht, ein großer Künstler ist er.

Sperber ist nach wie vor flüchtig.

Jetzt, und das ist interessant: Irgendwann, an einem teuflisch
schwül-heißen Sommermorgen, da hat der Atzdorfer Postbote
(gleich, nachdem er dem Josef sein tägliches Leckerli gegeben
hat) ein Päckchen für den Stocker abgeliefert. Auf dem braunen
Packpapier klebte eine dieser großen und bunten Briefmarken aus
Neuseeland. Mit einer Kiwi drauf, glaube ich. Und eingewickelt in
das alte und abgewetzte Papier war ein Notizbuch. In dem Buch:
lange Zahlenkolonnen, Konten, Namen von Banken und Summen. Riesige Summen, die da scheinbar kreuz und quer über den
Globus hin und her transferiert wurden. Auch in den Chiemgau
und nach Kufstein.

Und auf dem schwarzen verkratzten Einband des Buches, da war mit Tesafilm ein kleiner Zettel mit den Worten befestigt: »Es ist schön hier, aber wohin du auch gehst, deine Gedanken gehen mit. Und meine Toten besuchen mich neuerdings fast jede Nacht. Stocker, ich denke, ich bin dir noch was schuldig. Lies das Buch und mach was draus. Dann finde ich vielleicht meine Ruhe.«

Keine Unterschrift. Nur der schnell hingekritzelte Umriss eines Raubvogels.

Kochrezepte